九龍城寨

2 龍城第一刀

余兒——著

暗黑王道經典之作！
改編漫畫榮獲第七屆
日本國際漫畫賞！

CITY
OF
DARKNESS

九龍城寨

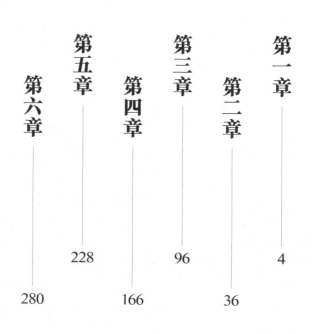

第一章

Chapter One

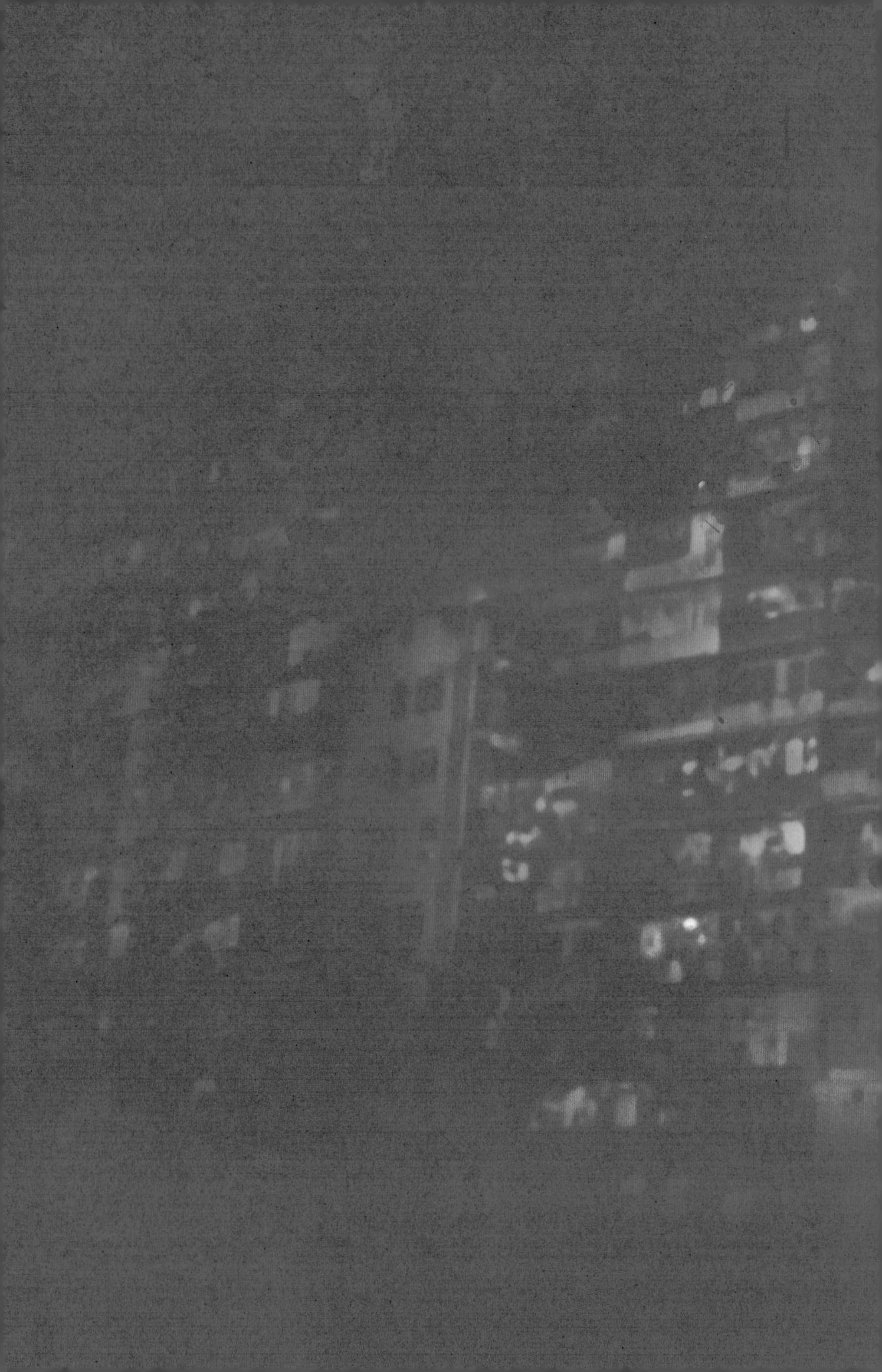

1990

1.1 登基

男人在整理衣襟，神情肅穆。

鏡中的他，五官精緻得有點像女生，一頭金髮，酷似公子哥兒，卻不顯荏弱，因爲身上有股獨特氣勢在流轉——

江湖霸氣！

男人姿態優雅，即使身上散發血腥暴力的氣息，卻毫無違和感。禮服合體的剪裁穿在他身上，相當好看。

這個氣質特別的人，今天將正式坐上幫會最高權力的寶座——

登基爲「龍城幫」第二任龍頭坐館，從此號令三萬門生！

「哥哥，請你放心，我一定把『龍城幫』的名號打得更亮更響，絕不會敗了你的威名！」

男人對鏡自吟，口中的哥哥，並非他的親兄弟，而是「龍城幫」上一代、亦是第一代龍頭。這個傳奇人物，於五〇年代已經在道上打滾，憑一雙拳頭以及過人膽識，幾近橫掃全港黑道，卻在人生最高峰時急流勇退，豹隱九龍城寨。直至一年前，與兵臨城下的「暴力團」龍頭大老闆決戰後，才殞落人間。

男人從小就一直在哥哥扶掖下成長，盡得哥哥眞傳。

儘管接掌「龍城幫」的責任重大，對外對內險阻重重，但男人既然一手扛下，就絕不容自己辜負哥哥的遺命。

時爲，一九九〇年。

而男人三十未滿。

男人挺直腰板，深吸一口氣，走到門前。把門推開，外面是一個偌大的酒家宴會廳，擺放了數十張大圓桌。每席盡是不同形式的賭具，一個個刺青大漢各自下注，人聲鼎沸、呑雲吐霧，賭得渾然忘我。

當男人從那細小的房間步出來時，眾人立即放下賭具，停止下注。

「信一哥！」

藍信一，是這個男人的名字。

有些人，與生俱來就帶著強大的氣場，不管在什麼環境下，他以一種怎麼樣的姿態出現在你的視線裡，你首先注意的就一定是他。

信一向面前百多名門生擺了擺手，展露出一個自信的笑容：「還未開席，大家繼續玩！」

大人物，便該有大人物的氣度，信一隨口一句話，已盡顯霸者風範，不怒而威，極具領袖魅力。

信一走在人群裡面，在門生身旁擦身而過，那些平素粗聲粗氣、凶神惡煞的大漢，竟如小學生面對家長般，變得乖乖的模樣，對他又敬又畏。

「信一哥！」

「你們慢慢玩，最緊要盡興！」

信一穿過人群，看見大群人馬從大廳入口魚貫而入，爲首的男人五十多歲，口中叼著大雪茄，頭上掛著大串足金項鍊，手腕戴著一隻勞力士鑽石金錶，張狂霸道，一看就知是個份量十足的江湖角色。

「四海幫」龍頭．豹頭。

信一笑著迎上前：「豹頭哥日理萬機竟也到賀，小的當眞臉上貼金！」

「信仔，由你出來混那天起，我便認識你，一直看著你成長，今日終於到你繼位，我豹頭又怎可以不到賀啊？」豹頭指著身旁門生捧著的足金金牌，豪氣地說：「這個金牌是豹頭哥特意爲你打造，喜歡嗎？」

信一望著金牌上「一諾千金」這四個大字，淡然一笑：「喜歡！」

「龍捲風在生時最愛跟人說：『做人，不需要大富大貴，但求問心無愧，對兄弟一定要——言而有信，一諾千金！』你是他的指定繼承人，一定要記著他的話，知道沒有？」

「嗯！」信一點頭，亦沒介意豹頭家長式的訓示，他知道這個叔父輩並無惡意。

應酬完豹頭，幾個大人物亦相繼進場，分別是「架勢堂」龍頭 Tiger 叔、「大龍堂」龍頭萬威、「天義盟」龍頭宋人傑以及幾個來自澳門的黑道巨頭等。

「大龍堂」的萬威人如其名，濃眉大眼，碩大無朋，舉首投足都很有霸氣，和信一交情泛泛，沒惡意亦不算和善，只對信一拋下一句「恭喜」便從他身旁通過，步入大廳。

宋人傑是個小個子，身高大約五呎五吋，臉上架著一副灰色鏡片眼鏡，讓人無法清楚看見其眼神，帶點陰險狡黠。

此人近年在樓房生意上大有獲利，把幫會業務逐漸放輕，在江湖已失雄心，稍有虧本的地盤已經全數甩掉，縱然知道因此會令幫會勢力收縮，也不當一回事，是個唯利是圖的守財奴。

宋人傑前來的目的，當然並非眞心到賀，而是他知道「龍城幫」有意擴大幫會業務，只想藉此跟信一攀關係，希望日後能取得合作機會，撈上一筆。

宋人傑熱情地熊抱信一：「眞是後生可畏！」

信一淺笑：「多謝宋老闆賞面。」

「別叫宋老闆這麼見外，跟其他大哥一樣，稱呼我人傑便可以了！哈哈哈……」

信一巧妙地掙脫開他的雙手：「都是一句吧。」

「哈哈哈……那就隨便你啦。」

宋人傑的虛偽，信一老早就領教過。若是換作從前，他對沒有好感的人，一定不屑一顧；可現在他身分不同了，每一句話都對幫會有直接的影響，考慮的東西自然不止個人意氣。這刻就算遇上面目可憎的討厭人種，只要對方沒有挑釁舉動，信一也會「以禮相待」，盡量以和爲貴。

身穿咖啡色西服、一臉笑容的 Tiger 叔走到信一身旁，拍了拍他的肩膀：「世侄，恭喜你正式當上龍頭！你雖然是我的後輩，不過你已成了一幫領導，那麼以後大家就是平輩啦！」

黑道中人，總愛論資排輩，對於入門先後、職位階級看得很重。不少老一輩的人員，就算被後浪趕上，也會因爲對方的年資不及而感不服，儘管他們在幫會的職級已超越自己，也不能改變這班老一輩的態度與看法。

Tiger叔在江湖上身分高、地位重，卻把信一跟自己看齊，足見他胸襟甚廣。

「謝謝你。」

這幾個大人物當中，信一最有好感的就是Tiger叔了。

「『龍城幫』跟『架勢堂』關係一向不錯，你與我們的十二少更是拜把子兄弟，我們兩幫人以後要多多合作。」Tiger叔笑說：「其實這兩年我的身體也不太好，已經逐漸把幫會的業務交給十二仔處理，我們這些老一輩眞的是時候退下來，過些平淡的日子。『架勢堂』出了一個十二少，『龍城幫』又有你這個才俊，踏入九〇年代，江湖也該來個新開始，現在是你們年青一輩的年代了！」

Tiger叔說得沒錯，每一個時代，都有屬於那個時代的英雄，過時過氣的舊人如不適時引退，隨時會被突如其來的巨浪淹沒在大江湖中。很殘酷卻又眞實，只因江湖從來凶險。

「信一，你的兄弟正等著你，上台跟大家說幾句話吧！」Tiger叔。

一幫之主，不是你想當便可以當得來，除了要有實力之外，更需要擁有梟雄的氣概，以及懾人的領袖魅力！

欠缺了這兩種元素，就算登上高位，也總有一天給狠狠地拉下來，摔個粉身碎骨。

信一是個聰明人，他當然明白這個道理。

「龍城幫」由龍捲風創立，歷來只有龍捲風這個唯一的龍頭，要令老一輩心服口服，絕非一件易事，所以不少舊派思想的老臣子也沒有出席「登基大典」。

站在台上的信一，面對著台下數百雙目光，無畏無懼，亦沒怯場，神色自若、自信，氣定神閒，大有君臨天下的皇者氣派。

「各位兄弟手足、同道盟友，你們好！」信一笑了笑，右手拿著麥克風，左手撥了撥額前瀏海：「首先多謝大家賞臉，撥冗出席今天的晚宴。大家都知道『龍城幫』是哥哥的畢生心血，一年前，哥哥與世長辭，他離世前委任我為『龍城幫』第二代龍頭，當時，眞的不知自己能否勝任……」

想起當日哥哥傳位給自己的一幕，信一的情緒亦激動起來。

「『龍城幫』人才輩出，論實力，我不算最好打；論資歷，不知還有幾多位前輩比我更有資格坐這個位，我德薄才疏，到底何德何能？之後幾個月，我反覆思量，哥哥為什麼會選中了我？而我，又是否有足夠能力擔此重任？想了又想，不知不覺間，我想起一些有關哥哥出道時的傳奇事跡……」信一抓緊麥克風：「大約在三十年前，出道不久的哥哥為了營救兩位拜把兄弟，不惜以身犯險，闖入當時屬於敵陣的九龍城寨，單挑『青天會』大惡人，震東！最後，哥哥血洗九龍城寨，憑一己之力轟下了八名『青天會』的武將，成功把他的兄弟救了出來，代價是，從此成為了『青天會』的狙擊目標。」

場中上一輩的人聽到震東的名字，同也心有餘悸，只因震東是當年華探長雷老虎的堂弟兼「收租佬」（注），一個橫行黑白二道的超級梟雄，誰開罪了他，便注定橫屍街頭！

「當時所有人都認爲，哥哥要保住性命，就得離開香港，可哥哥卻沒有逃離之意，一直留在原地抗爭，最後的結果如何，也不用我多說了。」信一續道：「多年以後，每當我問起哥哥爲何年少時那麼斗膽，了無懼意地去挑戰權威，哥哥總是說：『有些事是注定的，如果我注定成爲一個梟雄，那麼曾經在我生命中出現的敵人，全都是成就我登上高峰的踏腳石。正如一些歷史人物，無論他出身是個流氓或是乞丐，只要是命中注定，他終會天命所歸，成王稱霸！』回想起哥哥的話，令我當頭棒喝，既然哥哥已欽點我爲新任龍頭，那我就什麼也不用去想，剩下只需要做一件事情——就是好好地去當這個『龍城幫』第一人，殫精畢力，誓必要把『公司』的招牌擦得更亮！」

「信一哥說得對，從此我們『龍城幫』以你馬首是瞻！」

「信一哥萬歲、『龍城幫』萬歲！」

信一能說會道，他的「演說」聽得一眾門生熱血沸騰，現場氣氛亦因此炒熱起來。

而其他派別的人物，心裡暗自盤算，對信一亦有不同的看法。

唯利是圖的人・宋人傑：

「這個信一年紀輕輕卻甚有大將之風，一表非俗，絕對是大器之材，跟他打好關係，說不定他日能助我賺大錢，嘿！」

思想守舊的人・豹頭：

「說話倒有點感染力，不過還是太幼嫩，尚未能幹出什麼大作爲。」

豁達大度的人．Tiger叔：

「哥哥眞有眼光，信一絕非池中之物，他日成就肯定無可限量！」

「時候不早，請各位入席就座，好好享受晚宴。」

信一步向主家席，除了身旁的頭號門生阿鬼，與他共桌的，全都是其他幫會的領導級人馬，包括宋人傑、豹頭、Tiger叔、萬威等人。

席上，還懸空了四個席位，留給四個重要人物。

老大登基大好日子，卻見阿鬼露出憂色。

信一輕聲地問：「怎麼啦？」

「信一哥……有件事，我不知該不該說……」

「不要吞吞吐吐，有話就直說。」

「剛才我收到消息，『龍城幫』三大元老……認爲你不合資格坐這個位，今晚不會出席……」

「就是這樣？」

「他們已經召集了旗下門生，打算在今日收回你的地盤……」

「唔，這我早知道了。」

「今晚支持你的頭目全部都到這裡來，我們幾個重要地盤正處於眞空……」阿鬼憂心

注：在貪污猖獗的年代裡，代替探長出面，向黑道收取片數（規費）的角色。

忡忡：「我們需要立即調配人手過去嗎？」

「不用緊張，今晚是我跟『龍城幫』的重要日子，他們選擇今日向我開戰，你認爲目的何在？」

「當然是乘虛而入，掠奪我們的地盤！」

「我們每個月賺回來的錢，都會分兩成給他們，生意受損，便直接影響到他們的收入；而那些地盤，大多都是合法生意，就算被他們攻陷了，也不能掠奪過來啊，所以這次他們的目的，絕非爲利，而是要我——名譽掃地！」信一撥了撥頭髮，淡淡地說：「你以爲在場其他幫會的老大會不知道『龍城幫』內訌之事嗎？他們都在隔岸觀火等看好戲，看我如何拆除這台炸彈！今日我一旦調兵過去，難免有一場血戰，就算我們把對方打退，保住了地盤，輸的都是我。」

「爲什麼？」阿鬼一臉不解。

「你試想想，今天是我『登基』的大日子，直系門生卻弄得個個傷痕累累，第二天全江湖都會流言滿天，說我這個龍頭不但未能好好一統門下，而且連累門生受傷，到時黑道看不起我，白道也因爲我管治不力而對我施壓，我簡直兩邊不是人！」

「除非我方能壓倒性取得勝利，否則你的威信難免會被動搖。」

「Good！你的腦袋開始靈光了。」

「那麼……你爲何仍可如此輕鬆？」

信一翹起嘴角，笑而不語。與此同時，晚宴的第一道菜已上席。

一眾頭目都知道一場暴風雨即將要降臨在信一身上，每人都抱著不同的心情，看他如何面對這個關口。

「信一，我對你有信心。」信一身旁的Tiger叔耳語。

「謝謝。」信一報以一笑，舉起酒杯：「各位大哥，小弟敬大家一杯！今晚不醉不歸！乾杯！」

「乾杯！」

噹——

碰過了杯，晚宴正式開始。

1.2 班霸

九龍半島上，同一天空，一個被黑道喻為賺錢天堂的地方，尖沙嘴。

尖沙嘴的地盤由五大幫會瓜分，「四海幫」、「大龍堂」、「架勢堂」、「暴力團」及「龍城幫」各佔山頭，十多年以來，鮮有新幫會能打進這圈子。誰不怕死踏入這塊英雄地，無疑是自掘墳墓。

燈紅酒綠的街道上，有著各式各樣的夜場生意，夜總會、酒廊、舞男店、卡拉OK等。

這條紅燈區大街，是「龍城幫」其中一個地盤。

幾個性感打扮的妙齡女子，準備走進夜總會裡，迎接一天「辛勞」的工作。

此時，平靜的街道，突然響起了一陣如雷般的步履。

妙齡女子們同被眼前的景象嚇至花容失色，她們瞧見不遠之處的馬路上，有一群手執木棒、刀刃的大漢正殺氣騰騰，踏入信一的地域，一看便知絕非善類。

他們當然也不是來光顧，顯然是來找碴的！

小姐們見情勢不對，加快步伐，趕快走入夜總會內。

其中一女忙於走避，失足地上，足踝摔至瘀腫，無法站起嬌軀。

正感無助之際，一隻有力的手臂把她攙扶起來。

只見對方是個年約二十二、三，一頭紅髮，一身黑色皮衣的帥哥。

「小姐，弄傷了便早點回家休息，我跟妳老闆很熟稔，把妳的名字說給我知，待會替妳告假。」紅髮帥哥輕佻地說。

「知道，阿大！」

「吉祥，別多事，找位手足截輛計程車送她離開便是！」比紅髮帥哥更帥的男子說。

這兩個帥哥，不就是「架勢堂」的大紅人，十二少與吉祥。

站在他倆後面，還有十數名門生，各執一把壘球棒，顯然有備而來。

十二少手執一把日本武士刀，跟吉祥都好整以暇，全不為即將的戰役而緊張。

因為他們盡皆驍勇善戰，見慣風浪。

「吉祥，你聲音比較響亮，替我叫他們走吧。」十二少用尾指挖挖耳孔。

「喂！你們站著，別要動！」

本來浩浩蕩蕩的大漢，見吉祥拿著一把大刀擋在前路，也不敢輕舉妄動。

「你們是哪一幫的人？」

吉祥望著十二少說，傻了眼：「他連我們也不認識？」

「既然人家不認識你，你便告訴他，我們是誰。」十二少不徐不疾，冷靜地道。

「大塊頭，聽好，本大爺乃『架勢堂』兩大帥哥之一，紅髮吉祥是也。在我身邊這一位是鼎鼎大名的十二少，所謂平生不識十二少，便稱英雄也枉然！」吉祥哈哈笑道：「看你們的樣子也很難當英雄的了，回家吃飯拉屎，然後好好睡一覺吧！」

「十二少!?」

就算沒見過其人，出來混的不可能沒聽過十二少的名字。

「膽怯了嗎？在我們還沒改變主意之前，速速滾吧！」吉祥意態囂張地說。

「今天是我們『龍城幫』的私人恩怨，你們『架勢堂』最好不要插手！」

「你白癡啊！若不插手，我們現在便不會站在這裡啦！今天只有兩條路給你選，一是回家拉屎，二是給我打殘然後餵你吃屎！拉屎還是吃屎你自己選！」

面對十二少這支江湖勁旅，「龍城幫」人馬難免有所怯懼，可吉祥一再挑釁，他們就算眞的想回家拉屎，在這情勢下已經騎虎難下，唯有亮起兵刃，拚死一戰！

「敬酒不喝喝罰酒，殺他們一個片甲不留！」大漢甲鼓起勇氣大喝。

「什麼年代呀？還說這種老土對白！」

「龍城幫」一眾向著十二少方向衝殺過去，吉祥卻仍氣定神閒，提起手中大刀，看眞一點，那是歷史名將關雲長的青龍偃月刀！

「看見這種場面我便感到興奮，自從一年前跟『暴力團』大戰之後，我已很久沒有拿過刀了！」

吉祥異常亢奮：「阿大，此戰就由我來打頭陣吧！」

「隨便。」十二少未出鞘的武士刀扛在肩膀上，打了個呵欠：「不過信一曾囑咐，著我們盡量手下留情，知道沒有？」

「知道阿大！」吉祥如靈猴般一躍而起，右手祭起大刀，精神抖擻，殺入敵陣：「過來過來，不要命的就給我過來！」

吉祥氣勢如虹，對方一時間亦被震懾，頓住了步伐。

「我們人多勢眾，不要被他嚇倒，上呀！」

來到這個地步根本不可能走回頭路，大漢只好硬著頭皮，與一眾同門揮刀而上。

「人多勢眾又如何？」吉祥單臂橫揮大刀：「有沒有聽過——人強不需要馬壯呀？」

乒乒乒——

急快的刀鋒在黑夜中劃出一道銀光，接下來無數刀刃碎片散滿一地。

要贏人，先贏勢！吉祥甫一出手便把對方壓下來，縱然是敵眾我寡，他也有信心可以打贏這一場仗！

吉祥衝入人群，揮舞著手中大刀，橫劈直斬，刀法既快且準，不消半分鐘便傷了對方十多人，只傷不殺，把人斬至倒地或甩掉武器便收手，已算是相當仁慈。

原名韋小吉的吉祥，十多歲便跟隨十二少於江湖上打滾，初出道時，吉祥只是個外表呆頭呆腦、全沒霸氣的小混混角色，所以一旦要跟別人「講數」（談判）、動武，吃虧的總是他。

每個人都有自己擅長的東西，把所長發揮在合適的工作上，便如魚得水，相反就不能得心應手，難以跨越某個級數或檔次。

要做個響噹噹的頂尖江湖人，除了要夠狠夠惡，還要懂得運用腦筋，否則永遠不能站在最前線，只能當強人背後的三線角色。

當初所有同門也認爲吉祥的性格不合適走江湖路，難有發展。唯獨十二少覺得他是眾多門生中，最有潛質的一個，因爲吉祥在每次行動中，都會思考，縱然他從沒有表達過自己的想法及提出意見，但跑慣江湖的十二少卻可以看出，這個韋小吉絕非池中之物，假以時日，經過歷練與琢磨，必會成爲一把鋒利的寶刀。

十二少看著吉祥的精彩表演，內心暗感讚許：「比起一年前，他的刀法又再進步了。」

「對手太弱，不太好玩……」吉祥向著身後的同門說：「兄弟們，剩下的留給你們！」

一語甫畢，「架勢堂」人馬便向敵人衝過去。

「龍城幫」的氣勢已被吉祥打散，潰不成軍，「架勢堂」輕易地便把餘黨全數擊退。

「幹得好！」坐在鐵馬上的十二少，把一個頭盔拋給吉祥。

「都是多得阿大教導有方。」吉祥戴上頭盔，坐上十二少的鐵馬後座。

「何時變得如此謙虛？」

「我爲人一向謙虛！」

「是嗎……」

「阿大，知不知今晚的菜式如何啊？」

「今晚這場龍頭宴，肯定是一等菜式！」

「嘩，原來已經九點半，阿大……可否開快一點，我怕趕不及吃魚翅。」

「魚翅？我保證第二道菜還沒吃完我們就已經到了！」

「真的？」

「我十二少從不誇大！」

十二少踩盡油門，戰車便在公路上發出咆吼之聲，絕塵而去。

第一道菜還沒吃完，信一的手提電話響起。

「喂。」

電話筒的另一邊，是信一身處夜總會的門生，目睹剛才的一幕後立即致電老大，報告實況。

「Good！」信一滿意一笑：「今晚提早關門，下班後跟夜總會所有兄弟姊妹宵夜，費用由我支付，玩盡興點！」

「老大，怎麼了？」阿鬼問。

「拆掉第一台……」信一夾起一片脆皮乳豬，放入口中：「還有兩台。」

信一的笑容既自信又自然，這個年青後進看來真有能力平息這場風波。

旺角。

一條停泊了多輛小巴的大街上，一個個滿身鮮血的大漢七零八落倒在地上。

他們每人身體不同部位的肢節都扭曲得極不尋常，顯然是被硬物撞擊至骨折。

隆——

一個臉上戴著面具的巨大身軀，提起沉重步履，如鋼鐵般轟落地面，彷彿要把地面壓碎一樣！

他的拳頭，染滿了別人的鮮血！

他的名字叫ＡＶ！

「雖然信一叫我盡量留手，不過，我實在控制不住自己……」ＡＶ望著眼前幾個仍沒倒下的漢子說：「看見你們便叫我怒火中燒！今晚，沒一個可以逃過我的拳頭！」

轟——轟——轟——轟——

兩分鐘過後，所有紋身漢子都倒在地上，統統被ＡＶ重創！

兩幫人馬分別已給打敗，還餘下一幫，他們的目標，正是信一的根據地——

九龍城寨！

超過三百名黑衣大漢浩浩蕩蕩，來到九龍城寨正面入口的大馬路對面，陣容比尖沙嘴及旺角兩邊更強大、更誇張，可見這裡才是他們今晚的主要突襲目標。

可是三百名大漢卻沒有攻城之意，只一直待在大馬路上，全因為在城寨前面，站著一個名噪黑道的江湖巨人。

一個曾經避走城寨，如今卻是這裡一份子，前「暴力團」戰神，現爲九龍城寨街坊福利會主席——火兒！

眼下情景，不禁令火兒想起大老闆圍城一幕。

當然，今次的排場絕不可跟當日相比。

所以火兒也表現得甚是輕鬆，手中沒有任何兵器，只有一杯凍檸檬茶。

「火兒，你早被大老闆逐出幫會，現在已非黑道的人，江湖的事也與你無關，識趣點給我讓路，我們取了想要的東西便會離開，不會傷害城裡任何人！」

「你有所不知，我已成爲了『龍城幫』的會員，又再誤入歧途，加入黑社會了。而且我現在是九龍城寨街坊福利會的主席，保衛家園，男子有責！」火兒用吸管啜了一口檸檬茶：「你們是不是要取『龍城幫』的龍頭杖？是的話，那便認真抱歉，因爲信一哥吩咐我好好保管著它，這是他交給我的第一項任務，不容有失啊。我想今次你們要空手而回了。」

「你只有一個人，能惡到哪裡？你再有能耐也敵不過我們好幾百人！」

「誰說我只有一個人？」

火兒喝完最後一口檸檬茶，然後吹響了一聲口哨，城寨內便湧出大批人馬。

黑壓壓的人站在火兒身後，擠滿了整條道路，少說也有五百人。

「雖說人強不需要馬壯，不過人多始終好辦事。」火兒望了望身後那群人：「對不對啊？」

「火兒哥說得對！」火兒身後的人齊聲高呼。

站在火兒身後的，並非「龍城幫」的人馬，而是「暴力團」的成員。

大老闆雖然乖戾又自我中心，但也有善良的一面。當日火兒母親慘死在王九手上，一直令大老闆耿耿於懷，總想做出補償，故對火兒承諾，只要他有需要，隨時可以動用「暴力團」的兵馬。

這次跟「龍城幫」另一派系爆發衝突，不便出動信一人手，火兒遂向大老闆借兵。火兒人多勢眾，一旦開戰，來犯一方必吃大虧，可是若鳴金收兵，回去後必定被上級處罰，局面變成進退維谷。

「要你們這樣離去，相信很難交代吧。」火兒鬆了鬆筋骨：「別說我以眾凌寡，現在我給你們挑一個出來跟我單對單對打，只要把我擊倒，今天你反轉城寨我也不會再做阻止！」

現下形勢，火兒根本不用跟對方說條件，此舉不但盡顯他的皇者氣度，還充分表現出他對自己的實力信心十足。

這個盤口對來犯者相當有利，他們當下便派出一名個子比火兒巨大的大塊頭出來。

「你的身型跟AV相若，不過氣勢方面似乎不夠。」火兒上前，望著大塊頭說：「動手吧，讓我看看你的實力如何。」

大塊頭二話不說便運起巨大的拳頭，直轟面前火兒。

大塊頭的拳落空了，因爲火兒在眨眼之間已站到他的身旁。

「你的動作，太慢。」

大塊頭愕然非常，心想：「他……何時來到我身旁的？」

大塊頭的個子雖然比火兒高了一截，可他卻感到火兒如巨人般氣勢儼然，天威莫犯。輸了勢，這一戰大概已經分出了勝負，但大塊頭卻難得頗有體育精神，竟然還可揮出第二拳。

大塊頭的拳仍未完全揮出，便突然感到肚腹一陣劇痛，雙膝更不由自主跪在地上，口中還不斷吐出白沫。

「你跟我的實力相差太遠了。」

火兒實在太神了！在場的「凡夫俗子」無一不被他的「神技」所震懾。

他們雖看不到火兒何時出手，卻絕對相信大塊頭是因他而倒下。

「你們的代表輸了，帶他離開吧。」

他們根本沒有選擇餘地，只好垂頭喪氣，乖乖撤出九龍城寨。

火兒智勇兼備，而且實力超然，「龍城幫」信一派系增添了這一名猛將，幫會聲威將與日俱增，香港第一社團之位，指日可待！

1.3 後哥哥年代

「乾杯——」

四隻酒杯交碰，四個好兄弟把杯中威士忌一飲而盡。

十二少沒騙吉祥，魚翅還沒上，二人已跟火兒安坐酒樓，信一龍頭宴的主家席上。

「辛苦大家了。」信一頷首。

「舉手之勞，小事一樁。」十二少淡然地說。

「AV不喜歡人多的地方，辦完事便獨自回城寨了。」坐在信一身旁的火兒說：「還有大老闆，他跟喵喵去看演唱會，來不了啊。」

「明白。」信一轉向席上其他的人說：「這幾位都是我信一的好朋友、好兄弟！我跟大家介紹，這兩位是『架勢堂』十二少與吉祥。」

十二少與吉祥同是新一代江湖炙手可熱的人物，席上部分人首次見其廬山眞面目，不禁驚嘆：「後生可畏！」

十二少望向Tiger叔：「阿大！」

十二少能征善戰，爲人又重情義，早已名震江湖，今日相助信一大獲全勝，作爲他的老大，Tiger叔夠面子，對門生深感讚許。

Tiger叔心想：「以十二少的資質，假以時日成就必定能超越我……他志大才高，天生下來就是當大人物的材料，回想起一年前他要跟大老闆開戰，我卻沒有做出支持，實在對不起他……」

信一拍了拍火兒的肩膀：「這一位是火兒，相信大家也聽過他的名字。現在他已是『龍城幫』的人，跟我平起平坐啦！」

「平起平坐？信一哥你不要玩弄我了。」火兒對著其他人說：「我這位老大很會說笑，事實上我加入『龍城幫』不久，只是個小混混的角色，論資排輩，信一哥是我老大老大老大的老大啊，哈哈哈哈。」

吉祥對十二少說：「那我現在的輩份豈非比火兒哥還要高？」

「是啊，所以吉祥哥日後有什麼事想我辦，儘管吩咐我好了。」火兒對吉祥笑了笑，爲他斟酒：「來，我敬你的。」

吉祥尷尬一笑：「火兒哥，我自己來就可以了……」

「來來來，我們幾位兄弟再乾一杯！」信一舉起酒杯說。

噹噹——

新人事、新氣象，「龍城幫」由信一接掌，不但邀得火兒加盟，而且跟「架勢堂」同氣連枝，江湖勢力將會更穩固。

這兩幫人馬走在同一陣線，結聚爲一股超強勢力，屬於他們的盛世時代已經來臨，黑道版圖將因他們改變。

終有一天，他們將統領黑道，制霸江湖！

澳門——

一座神祕的大廈，一間昏暗的密室，一個吃著血淋淋生牛排的男人。

密室的牆上掛著十多部電視機，每部都播放著不同的畫面，有的男人在強暴女人、有的男人強暴男人、有的十幾名男人在蹂躪一個女人、也有男人給鎖在凳上，被另一個男人暴力折磨。盡是血腥、暴力與色情的「情節」。一眼望去，當中有個很強烈的共通之處，就是所有受害者的表情都異常眞實。

那些驚慌、絕望、痛苦，在每個被害者的五官擠壓出來，統統都不像演戲。就算是影帝影后，也演不出這種神態，這全都因爲他們的苦難都並非假象，螢光幕上的一切，竟全是實況！

慘絕人寰的實況！

男人邊吃著牛排，邊看著螢光幕上的殘虐畫面，看得津津有味，臉上更不時露出令人心寒的詭譎微笑。

他看上去約四十多歲，紮小馬尾，五官算是端正，可卻流露著一份令人不寒而慄的邪氣。

「先把他的眼球挖下來，然後輕輕多插他兩刀，別讓他死得那麼快……這邊也要加點勁，出點力度，把那個婊子盡情暴虐，咬掉她的乳頭吧，哈哈……」男人看得很是興奮，大口大口吃著牛排的同時，不忙爲各個畫面增設旁述，吐出正常人沒可能說得出口的歹毒話。

半晌，男人放下刀叉，抹了抹嘴角，轉身望向後面一張簡陋的手術床上。

一個醫生正準備對病人下刀。

「搞定了嗎？」男人對那醫生說。

「差不多了。」

「動作那麼慢，怎能賺大錢！」男人一手奪過醫生的手術刀：「看我的！」

男人提起手術刀，想也不想便刺向那病人的肚內。

「嚓」的一聲，男人不知刺破了病人哪個內臟，血花濺在他的臉上，然而他毫不在意，伸了伸舌頭，把臉上滴下來的血顆舔去，那個變態模樣，看來更顯猙獰可怕。

男人劃下手術刀，一手插入病人肚內，把一個新鮮的內臟捧在掌心。

「哈哈，還是要我出手才行！」男人把內臟拋給醫生：「在我這裡當醫生，除了手勢要好之外，還要有速度，知道沒有？」

「知……」醫生雙手盛著內臟，戰戰兢兢：「知道了……雷公子……」

雷公子，一個叫AV永世難忘的名字。

就是這人，奪去了AV的女人、奪去了AV的人生！

權傾澳門黑道的他，數年前因爲一個不滿，把AV的女朋友捉了去拍色情電影，更以利刀在AV的臉上刻下了一個極盡侮辱的字眼。

這些年來，他在澳門的勢力與日俱增，不但是疊碼界（注）極有勢力的人物，而且控制著澳門大部分色情及毒品事業，亦染指黑市器官買賣。

還有，近來他在身處的這座神祕恐怖大廈開設會所，爲尊貴的會員提供各樣「獨特」玩樂，殺人、強暴、虐打，種種見不得光的暴力活動應有盡有。

會員更可以「預訂」心儀或憎恨的對象，金額當然亦相對提高。

擁有這個會籍的，大多都是上流名流，他們不介意付出金錢，只要能滿足到他們的變態獸慾，這班惡魔多少錢都花得起。

剛才雷公子在螢幕上收看的，竟全都是現場直播的眞實事件。

取過器官內臟，雷公子拿出一部拍立得相機，替手術床上那具被整得很慘的死屍拍了張「遺照」，然後隨手把照片放入一本相簿內。

他滿足地翻閱相簿，又再細心而輕蔑地欣賞一遍。相簿每一頁，都整齊地排列了四至五幀照片，全部都是極度殘忍的虐待照。毒打、強姦以及被挖掉內臟的慘況，說得出的，都應有盡有，很多更是超大特寫，彷彿看到每一個恐懼的毛孔都張開著。光看照片，已可感受到這些受害人的遭遇是何等慘痛、何等侮辱！

稍有血性的，都慘不忍睹，可雷公子卻回味得很，就像在看一本心愛的漫畫、或一本極具娛樂性的雜誌般，稀鬆平常。

這類珍藏相片簿，在架上，還有好多，好多本……

雷公子欣賞完珍藏集，又再把視線轉回那排電視機上，像看搞笑片一樣，不時發出笑聲。

「嘿嘿……盡情殺、盡情虐待他們吧，只有性與暴力才是這世上最實在的東西啊！」

雷公子正陶醉在這個血與性的世界裡面，盡情觀賞別人痛苦的表情、悽厲的叫聲。

人命在雷公子眼中根本毫無價值，他享受那種掌握生殺大權的感覺；在這幢大廈裡，他就是神！

給予別人噩夢的死神！

叩叩——

密室的大鐵門響起了兩下敲門聲。

「進來。」

一名手中拿兩盒錄影帶的男人打開大門走到雷公子身旁。

「雷公子，查到了，信一原來跟林杰森是相識的。」

「林杰森？是人還是狗？」

「幾年前，我們在香港遊艇上強暴了他的女朋友、毀了他的容，然後把他拋入大海，他死不了，而且曾經走上你的大廈鬧事。」

「我記得了，是那個大隻佬！」

注：當時澳門賭場專營權由澳門娛樂公司獨有，旗下有十個賭場，行政大權一直在賀新（虛構名字）家族手中。為了減少賭場的風險，賀新想出一方法：將賭廳推出競投，批給價高的廳主承包，由各廳主幫娛樂公司包銷籌碼和搵賭客，廳主在賺取回佣（約百分之十幾）的同時，亦承擔了賭客不認賬的風險，而娛樂公司的收入亦可保穩定。

「後來他住進九龍城寨，認識了信一及火兒，改名AV。」

「怎會有人改這種爛名？他很喜歡看AV嗎？」

「沒錯，因爲我們把他的女朋友賣到日本拍AV，所以他就不斷看色情片，希望能從中尋找到她的下落。」

「白癡！簡直就是個白癡！想得出這個方法的腦袋肯定有問題！」雷公子不屑地翹起了嘴角：「信一這蠢才，竟爲了一個白癡而開罪我……澳門四大『公司』以我的勢力最大，另外三幫的龍頭也收到請帖，偏偏我卻沒有！他當我是什麼、當我是什麼呀！？」

雷公子突然變得十分激動，把面前的門生當成信一一樣，抓著他的衣領大吼狂嚎。

「反正我跟『龍城幫』的恩怨早晚也要算，好，我就藉此機會，向他們開戰！」雷公子鬆開門生，燃點了一枝雪茄：「AV的女人死了沒有？」

「還沒死……她在日本拍了十幾齣色情電影後，由於反應不太好，所以那裡的製片商把她賣到一些低級的色情場所去了。」爪牙把兩盒錄影帶交給雷公子：「這是她曾演出的片子。」

「嗯。盡快給我找她回來，我要活口。」雷公子笑道：「我要跟AV慢慢玩呢！」雷公子視人命如草芥，殺人對他來說，如同殺掉一隻昆蟲沒兩樣。

像他這種泯滅人性而實質禽獸不如的所謂人形物體，世界上其實也有不少，他們許多都成爲了惡名昭彰的連環殺人罪犯，共通之處是對生物甚至是同類毫無同理心、漠視一切社會準則、規定和風俗，目無法紀，對法治規條定下的所有刑罰也不感害怕。常理對這種人來說，並沒任何意思，他們從來不會感到內疚，或者正確來說，是從不知什麼叫作內疚。

諸如不忍同情內疚羞愧道德等等的這些人類崇高情感，他們一概欠奉！

不同的是，病態連環殺手大多是獨行而孤僻，而雷公子則是有勢力及有組織。所以，他只會比一般獨行殺手更加恐怖、更加危險！

「『龍城幫』？我呸！信一，很快我會讓你見識，我雷公子的手段！」

此刻的信一及AV當然不知，一場超級暴風雨即將由澳門席捲香港！

第二章 Chapter Two

2.1 暗湧

登基大典曲終人散，信一跟火兒回到城寨某一舊樓天台，與他們另一位好友開懷對飲。

「AV，我敬你的！」信一舉起樽裝啤酒，豪氣地一喝到底。

脫下面具的AV把啤酒大口大口灌進喉嚨。

「聽說你剛才很重手，把那幫人打個人仰馬翻，個個身受重傷，沒一個可以站起來，要找人把他們逐個搬出大街。」信一翹起拇指說：「AV哥果然出手夠猛，厲害厲害！」

「雖然你事前叮囑我留手，但我眞的控制不了……」

「沒相干沒相干，你喜歡便可！」

「惹怒AV死不了算他們走運啦！」火兒望著AV笑說：「記得我入城的第一天，在競技場遇上你，明明跟你無仇無怨，你卻好像想把我撕開兩邊一樣！」

「你也怪不了我，當時我正跟震威決鬥，你無故走進我的戰場裡面把他救走。要知道那裡是我AV的舞台，你一來就把全場的焦點轉移到你身上，你說我該不該怒了？」

生人勿近的AV，竟也懂得說笑。雖然笑點有些老梗，但只有在眞心好友面前，AV才會流露出眞個性，甚至稚氣。

「原來你氣我搶去你的風頭，哈哈……」

「我一直都是城寨競技場的主角，不過自從你來了之後，我便成了配角。」AV聳聳肩，露出鮮有的笑容：「沒法子，誰叫你又好打又帥，我的女粉絲都給你搶走了。」

「不是吧？嘻嘻嘻……」火兒抓抓後腦，笑得極度傻氣又帶點沾沾自喜：「是眞是假啊？我在城寨眞有很多女粉絲嗎？怎麼她們都不來找我呢？嘻嘻嘻……」

「她們來找你又怎樣？你可以泡嗎？」酒過三巡，信一點起香菸：「你別忘了你身邊還有一個藍男啊！」

「劉天王背後都有個女人啦，還不是一樣容得下千千萬萬個女粉絲？」

「那個是劉天王啊！你以爲你是誰？現實版《天若有情》華Dee（注）嗎？」

「哼，劉天王又如何，他很快便要替我打工，叫我老闆了。」

「哈哈哈！你撒謊也要有個譜吧？想劉天王叫你老闆，別做夢啦！」

「你不相信？」

「火兒哥，你眞會做戲，說了這麼大的一個笑話，自己竟然沒有笑，佩服！」

「我會證明給你看的。」

「還是要耍我？好啊，如果你當了劉天王的老闆，我以後就叫你契爺（乾爹）！」

「那你準備好上契禮物啦，契仔（乾兒子）！」火兒喝光了手中的啤酒，自信一笑：

注：《天若有情》為一九九〇年上映的香港電影，內容描述一名非法賽車手華Dee（劉德華飾演）和千金小姐Jo Jo（吳倩蓮飾演）之間的愛情故事，堪稱經典。更令劉德華有別號「華Dee」之稱。

「半年前我已跟大老闆合資開了一間電影公司，打算投資開拍多部電影，而且還跟劉天王簽了五部片約！」

八〇年代，香港電影進入了百花齊放賺大錢的年代，數字顯示，一部成功的華語影片，至少獲利三倍，加上海外市場及錄影帶，利潤更高達十五倍，絕對是一門回報極高的生意。

九〇年代，香港電影成爲世界排名第三出口地，黑幫在此時開始染指電影界。

「搞電影的事，怎麼從沒聽你說過……」信一臉色開始發青。

「之前一切尚未落實，我打算事成之後才告訴你。這家公司我已算了你的份兒。」火兒徐徐說下去：「現在稍爲有點質素的港產片，動輒票房千萬，我認爲未來十年香港電影事業會繼續蓬勃發展，所以才決定參上一腳！」

「劉天王和你簽了五部片約？你不是用槍指著他的頭威迫他吧？」

「你說得沒錯，的確有人用槍威迫他，但不是我，而是『天義盟』宋人傑那幫人。我一向對那姓宋的沒好感……聽說他威迫劉天王當晚，自己病重的生母正在醫院處於彌留，他竟可以爲了賺錢，去幹壞事而不去陪她度過最後一夜。這種見利忘義的人我最是討厭！」火兒喝了口啤酒：「我出手擺平了那件事，本來也沒想過有什麼回報，想不到劉天王原來是個『義氣仔女』，他知道我有意投資電影，竟主動向我提出合作，就這樣，我便成了他的老闆。」

火兒是個孝順的人，當日生母在他面前慘死叫他痛心不已，內疚間接地害死了她，對母親往昔的點滴，念茲在茲，無時或忘。

「那麼你打算開拍什麼題材的電影？」

「一齣《英雄本色》大收三千多萬，掀起了黑幫電影熱潮，黑幫片這個題材大有發揮的空間，如果由我們這班『過來人』提供獨家內幕，令電影加添眞實性，你覺得如何？」

「眞人眞事改編的片子一向大有市場，《三狼奇案》、《八仙飯店》都大收旺場，如果是黑幫的眞實改編故事，應該能製造話題！」

「英雄所見！我打算把十二少的故事搬上銀幕，片名也想好了，就叫——《老廟十二少》！」

「《老廟十二少》，不錯啊！由劉天王來演繹十二少的故事，他眞幸福呢！」信一假想：「如果下次把我的故事改編，哪一位演員飾演我最爲適合呢……發哥，好像太成熟；Leon，又太斯文；城城，還是不夠好……」

「我有個人選。」AV亂入。

「誰啊？說來聽聽！」信一很是期待。

「就是你自己！你又帥又有型格，由你來演自己就最好不過了，說不定你還能一鳴驚人，成爲大紅大紫的巨星！」

「AV哥你眞會說笑，雖然我長得帥，但我並沒有演出的經驗，還是不行的、還是不行的，哈哈哈……」信一完全陶醉於AV的讚美當中：「不過演技這東西應該可以浸淫的……發哥也不是一開始便懂演戲啦，你們說是不是？」

「說得對，說得對！」火兒、AV異口同聲。

「好，明天就來決定看看哪裡有演藝課程修讀。」

看來，信一是認眞覺得自己有條件當一個偶像派演員啊！

「來，我敬你倆一杯，祝你們的電影公司大展鴻圖！」

「不是你們，是我們！」火兒望著AV：「你高大威猛又超好打，有你坐鎭公司一定沒人敢來生事，經理一職非你莫屬！」

城寨還有兩年左右便要清拆，AV縱不希望面對人群亦迫於要重投現實，找一份工作爲生，熟知他個性的火兒明白他難以跟陌生人相處，故此便做出了這個安排。

火兒、信一與AV，三個本來互不往來的男人，可謂不打不相識，一年前火兒因誤會而分別跟二人交手，由敵對成爲朋友，再變成出生入死的知己，絕對是三人的福氣。

酒肉朋友易得，可肝膽相照的好兄弟，卻難求得很。

有些人一生也未能遇上，也不能用錢可以收買得到。

能在滾滾紅塵裡遇上意氣相投的好兄弟，但憑緣份。

同一個晚上，有人功成事立，亦有人功敗垂成。

新界元朗，陳設古舊的狄氏宗親會內，聚集了十幾個神色凝重的男人，個個吞雲吐霧。

坐在長桌的主席位置的老者，大約六十歲，一身唐裝，手中拿著長煙斗，雙眼炯炯有神。

主席位左邊那個，五十多歲，一張方臉，濃眉大眼，一看就知是個火氣十足的角色。

他一掌拍向桌面，怒目瞪向長桌盡處的幾個人，喝道：「你們是不是吃屎長大啊？這麼多人竟也闖不入城寨？」

被緊盯著的，正是剛才闖城失敗、被火兒趕退的那幫人。

「全部都是廢物、垃圾、飯桶、寄生蟲！」他愈罵愈怒，滿臉充血通紅。

主席位男人不慍不火地說：「老三，別動氣，憤怒改不了已發生的事。」

「老二，今天明明是奪回龍頭杖的最佳日子，現在卻落空了，不怒才怪！」老三雙拳轟向桌面，吼道：「我眞的很不爽！他媽的很不爽呀！」

碰碰碰碰碰碰碰碰碰碰碰碰碰碰碰——

連續十數擊，轟得桌面也現出裂痕。

「嘎嘎嘎嘎……」老三突然動身，衝向他口中的一名飯桶前面，一手抓著他的頭顱：「眞飯桶！」

別瞧老三一把年紀，他運起勁的手臂肌肉賁張，雄渾有力，五指緊鎖著飯桶的喉頭，只要發勁，便可握破他的脖子。

「大成叔，不要呀……」飯桶失禁，撒得一褲子尿。

「老三，停手。」老二。

老三鬆手，飯桶拾回小命。

「說到底也是自己人，算了吧。」老二的語調溫和，卻有一種無形的威嚴：「你們先離開吧，我跟老三、老四有事要商討。」

於是，房間內便只留下那三位中年男人。

「做人，有時眞的不得不信命。曾有算命師說我天生是『老二命』，今生也難以當老大……」老二呼出煙圈，把重心靠在椅背，苦笑地說：「年青時，我們三個跟龍捲風一行四人闖天下，憑一雙拳頭打出名氣，由藉藉無名的碼頭苦力，變成橫行九龍城的江湖人。我們流過的血和汗絕不比他少，可道上的人就只識得龍捲風，我們三個一直被看成他身邊的跟班、跑腿！」

這三個人，原來是江湖神人龍捲風的拜把兄弟。

「去年他離世了，龍頭大位理應由老二來當，信仔算老幾？何德何能坐這個位？」暴躁的老三說得面紅耳赤，快要火山爆發！

「老三，別動氣。」

「我不是動氣，只是替老二你不值！論資排輩，你最有資格與地位統領『龍城幫』！」

老三望向對面的人：「老四，說句話吧！」

「祖哥……是我們的老大……我認爲……」老四囁嚅地說，雙眼不時瞄向老二：「不該拂逆祖哥的意願……」

啪——

一直冷靜的老二突然一掌拍向桌面怒視著老四：「祖哥前祖哥後，你眼中還有沒有我這個親大哥？」

「你是我大哥……這是改變不了的事實……但我更記得，如果不是祖哥，我們可能也活不到今日！我永遠也不會忘記，祖哥單人匹馬，殺入九龍城寨營救你和老三的事情。」

「別再說那些陳年舊事了！」老二雙眼怨恨，咬牙切齒：「我們欠龍捲風的早已還清……『龍城幫』是我們一起打回來，並不是屬於龍捲風一人！我絕不會白白把它拱手相讓！過幾天會約信仔會面，到時若他不肯退位，便別怪我無情！」

「龍城幫」成立於五〇年代，由龍捲風以及另外三名兄弟所創，四人以年紀排名，老大張少祖（龍捲風）、老二狄秋、老三孟大成、老四狄偉（狄秋胞弟）。

四人本來是感情要好的兄弟手足，後來卻因爲某些原因弄至反目決裂，分成兩大陣營，龍捲風以九龍城爲據地，另外三人則退居於新界元朗，從此楚河漢界，各據一方，互不往來。兩大陣營鮮有起衝突。

平靜了多年的「龍城幫」，因龍頭駕崩，即將再起風雲。

—阿柒冰室—

「阿鬼，我要你幫手『刮』一個人。」

「是，信一哥。那人什麼來頭？哪一路的？」

「這我目前還不清楚……其實事情是這樣的：

今天我在帳房，偷看到藍男正在玩『妳愛上他嗎？』的心理測驗，

然後又鬼鬼祟祟地迴避我的問題，那丫頭一定是跟誰好上了！」

「原來如此……信一哥不用太擔心啦，藍男也二十多歲了！」

「哼，若有人敢玩弄藍男，我會殺他全家；

如果未婚搞大她的肚呢，那男的也死定了……」

乒——

「火兒，幹嘛這麼不小心，快些拿塊布來抹吧！怎麼啦，慌失失的？」

Oh no，這件襯衫我新買的啊！火兒這渾小子，居然把奶茶倒瀉，濺了我一身！

嘿——

那邊廂，鄰桌的AV發出一聲恥笑。

「AV，你笑我？」笑我的新衫報銷？

「嗯，我笑你白癡，藍男喜歡誰也不知道。」

「你知道？那誰啊？」

「嘿。」那混蛋又一聲冷笑，然後放下叉蛋飯錢就離座，不回答我！

「喂，究竟誰啊？」

AV指著火兒：「你問他啊！」

2.2 圍攻

龍頭大典後五天。

清早，信一拖著疲乏身軀，以喪屍般的步伐步入阿柒冰室。

「Peter哥，齋啡（注），蛋治。」信一打了個呵欠，坐到卡座座位上。

「信一哥，你的眼圈很黑，像隻大熊貓呢！」Peter哥叼著菸，瞇眼望著信一：「睡得不好嗎？」

「最近『公司』開展了很多新業務，一大堆數字需要處理，昨晚一直計算帳目至今早。」信一打開報紙：「一會又有約，剩下一兩小時空檔，我怕『一睡不起』，還是來這裡看看報紙，打發一下時間算了。」

「這麼拚命，小心弄壞身體呀！」Peter哥邊說邊撕下帳單，放在信一面前。

自成爲龍頭之後，信一的工作量便大增起來，除了生意帳目外，每天都有預計不到的事項需要處理。

好像前兩天，他的直系門生喝醉了酒，跟另一幫會的高層發生口角，繼而動武。但凡這種流血衝突，雙方都會各執道理，把過錯歸咎於對方。

注：齋啡即不加糖不加奶的黑咖啡。「齋」是粵語方言，意思是不加餡料或調配料。

來到這時候，老大級人馬便會登場，爲門生出頭，相約對家「上枱講數」。貴爲龍頭，這種事情其實可由幫會的其他高層代爲處理，可信一卻仍親力親爲，只要認爲道理在我方，便一定會站出來力挺門生。

阿鬼曾勸諫信一，叫他不要再理會這些江湖紛爭。既爲一幫之主，便該養晦韜光，在最適當的時候才展露鋒芒。

阿鬼的忠言，信一當然理解，但他總是忍不住要沾手。對處理這種事，甘之如飴。或者他還年青，仍未能脫離那種醉生夢死、燈紅酒綠的犬馬生活。

這時候，滿帶朝氣的火兒步入冰室。

「Peter哥，早安，麻煩你早餐A。」火兒向Peter哥揚手。

「天天也是A餐，記得啦！」

火兒雖然已非當日的落難小子，但Peter哥對他的負氣態度，始終貫徹。

信一轉過頭望向火兒：「嗨，這麼早啊！」

「你搞什麼啊你，昨晚沒睡嗎？」火兒被信一的一雙熊貓眼嚇了一跳。

「沒啊。一大堆帳目趕著月尾結算，哪有時間睡？」信一放下報紙，惺忪著眼：「你也這麼早起？」

「今早約了製片商議下月開拍的新片事宜，趁還有時間，便來吃個早餐。」火兒在信一對面坐下來：「聽說前兩天你替達明出頭，跟『大龍堂』的傻強談判。我說你啊，工作繁重就不要再管那些江湖紛爭啦！」

「哦，一定是阿鬼說給你知的。」信一呷了口咖啡：「達明以前曾跟我度過一段刀口日子，爲我擋過刀。難道當了龍頭就可以不管昔日的兄弟？說不通吧。」

「我知你重情義，不過如果再有同樣事情，叫我或阿鬼去辦便可。」火兒：「你要記住自己現在的身分，萬一出了什麼意外，對『公司』會有很大影響啊。」

「知道了，別像個老太婆囉囉唆唆好不好？」信一吃了口蛋治，開始轉換話題：「秋叔約了我今晚在元朗見面。」

「『龍城幫』元老王狄秋？」

「嗯嗯。」

「新界那幫人一向對我們『九龍線』沒有好感，說白點他們根本不放你在眼裡，更甚是，我看他們可能正圖謀拉你下馬吧……今晚約你會面，明顯來意不善。」火兒拿起刀叉，切火腿：「如果你要赴約，我陪你去。」

「你怕他們吃了我嗎？有時間你多陪藍男好啦。」信一伸了個懶腰：「我一個人去就可以了。」

「你打算單刀赴會？豈不是送羊入虎口？」

「單刀赴會很神奇嗎？你也不知試過幾多回啦！」信一笑說：「哈哈……除非你認爲你會幹的事我幹不了。」

「說不過你啊，總之萬事小心。」火兒抹抹嘴：「我晚上會去果欄找大老闆，你完事後過來，我等你宵夜。」

「好，待我演好這一場舌戰群雄後，便跟你會合。」

當晚。

「信仔，你算是第幾輩？我們創立『龍城幫』時，你還未投胎成人呀！」

狄氏宗親會內，狄秋臉如玄壇，聲如洪鐘，語氣激動，似乎失卻昨夜的沉著。只因場中除了一班元老角色外，還來了那個叫他又氣又怒的——

龍城幫新任龍頭，藍信一。

「秋叔，別動氣，小心身子啊。」

信一喝了口奶茶：「雖然你們入行比我早，又是『龍城幫』的老臣子，但，學無前後，達者爲先，哥哥傳位給我當然有他的原因，而我亦不想多說。我只希望可以心平氣和跟各位商議一下『公司』未來的發展。」

「貴爲一幫領導，怎麼仍對我低聲下氣？是不是怕我們跟你開戰，所以想討好我？巴結我？」狄秋冷笑。

「我想你有些誤會了。第一，我不是來討好你們。第二，我根本不怕開戰，我方的實力有多厲害，你們早已領教過吧。」信一正色：「秋叔，你們跟哥哥的一切恩怨，是誤會也好，是什麼也好，都隨著他的離去一筆勾銷了吧，好不好？」

「一筆勾銷？也非沒可能，就要看看你有什麼表示了。」

談判進入直路。

「一直以來，『龍城幫』在九龍區所賺回來的，你們佔純利兩成。我上場之後打算把業務擴張，『公司』業績增大，你們的進帳自然增加。而新的場子亦需要大量保安人手，我打算預留一半職位給你們的人，你意下如何？」

出來混，大多也是求財，公司業務擴大變相增加他們的收入，沒有反對之理。

信一預留空缺這一著，目的是希望把狄秋派系的人引進九龍，只要把第一批人融入了這個區域，讓兩幫人和平共存，便能慢慢修補隙縫。

狄秋若能放下成見，賺的錢只會愈來愈多。相反如果開火，不但影響收入，而且更會增加受傷喪命的風險。

權衡兩者利害，狄秋一夥實在沒有必要跟信一爭鬥下去。

「難怪龍捲風把你看重，果然有點本事！」狄秋拍了拍掌：「你開出的條件，我都接受。」

信一胸有成竹，正要說下去之際……

「不過我有附加條件。」

一看狄秋不懷好意的笑容，信一已知不妙。

「龍頭一職，由我來擔當！」

沒錯，出來跑江湖的新一代大多把利益看得最重，可對狄秋這廝來說，權力才是他的最高渴望。

他絕不容許自己被一個三十不過的小鬼壓在頭上。

「就是說，你要錢，亦要權？」一再讓步，已踩到了信一的底線。

「錢，是你自己送上門來，身爲長輩，我受之無愧！」狄秋拍拍心口意態若狂，全不把信一放在眼裡：「至於龍頭之位，由我來坐的話，我相信並沒有人會反對，大家認爲如何？」

在座的元老級人馬，除了狄偉面有難色之外，個個都沸沸揚揚，七嘴八舌附和狄秋。

「信仔，這個位不合你坐，下台啦！」

「你入行的日子尚淺，很多事還需要跟我們學習。」

「沒錯啦，把權杖交給秋叔吧！」

你一句我一句的都是逼迫信一的話，狄秋大收主場之利。

信一早已預料今日並不會順利達成協議，卻沒想到狄秋會咄咄逼人到這地步。

信一不發一言，站了起來：「大家靜靜，請容我說一句話。」

全場屏息以待。

信一快速地掃視了眾人的臉目，除了狄偉，個個都對自己不懷好意。

「龍頭之位，我絕不會交出來，如果有誰對我不服……」信一目光如炬：「那便儘管向我宣戰，儘管與我爲敵，我——隨時奉陪！」

談判至此，再沒有讓步的必要。信一也不再容忍、不再客氣，正式向他們下戰書！

「信仔，你知不知自己身在哪裡、知不知正跟誰說話？知否只要我一聲令下，隨時便可要了你的命？」

狄秋怒吼，孟大成立即握住了早已放在桌下的刀柄，伺機而動。

「我知道你們個個也是老前輩，又有勢力又有實力！」信一慢條斯理地拿出手提電話，按下連串號碼：「大成叔，現在不是拍電影，用不著把刀藏在桌底，這一招很老式的了，反正今天我走不出這裡，你光明正大把刀放在桌上便可以。」

拙招被揭發，孟大成又羞又怒，漲紅了臉。

「今日我已算準了留下命來，各位長輩，請你們先讓我交代好身後事才向我動手。」信一打出一通電話，對電話中那頭說：「阿鬼，若今晚我沒回去，以後火兒便是『龍城幫』的龍頭老大，要他把所有事務都停下來，全力為我幹一件事情——出兵打仗！打足三百六十五日，直到把元朗的人馬連根拔起為止！」

信一字字鏗鏘，吐出出兵宣言，在場一眾人等，均被他突如其來的話語震懾，目光同時投向狄秋，等候這位元老王下達指令。

「當了龍頭的確有所不同，夠氣度、夠大將之風！龍捲風果然沒有看錯人！」狄秋吸著長煙斗：「今日就當我賣帳給龍捲風讓你離開。不過由你踏出這裡開始，我們兩幫人從此便誓不兩立，下次遇上你，我亦不會再留有任何情面。」

「隨時候教！」

拋下一句，信一拂袖離場。

信一表明立場，絕不讓出龍頭寶座，誰若不服，便可試試惹他，後果怎樣也得自負。誰要跟他作對，他也絕不會顧及同門之情。

離開舊樓，踏上座駕，點了根菸，信一臉上又泛現一派自信。不帶半點怒意，因爲一切的發展，跟他的預期接近。

由他走到狄秋的根據地一刻，他便知道縱使他如何讓步，狄秋也不會滿意，因爲由始至終他只在意權力高位。這點信一早已知曉。

信一不肯讓位，走這一趟就算準了談不攏，鬧不快。先禮後兵，信一做出最大讓步，狄秋不願接受、一再相迫，往後就算信一不作留手，也沒有人可以怪得了他。

到時候，信一戰線便不用處處顧忌，可以放盡手腳迎戰。

信一並非沒城府的人，隨著地位改變，他必須變得更加老練。懂得計算以及了解對手的心態，才能安其位謀其政。

人在江湖，身不由己。雖然老掉了牙，卻是不爭事實。人愈大、地位愈高，顧及的範圍隨之擴大。

沒有管治智慧與學問，隨時成爲敗國昏君，遺臭萬年。

2.3 父子

油麻地，果欄。

曾經刀光劍影的戰場，今夜變得非常和諧。

大老闆在一個開放式的舖位內埋首切水果。火兒則百無聊賴地打電玩。

「火兒啊，電影公司那邊進行得順利嗎？劉華簽了合約沒有？需要我親自見見他嗎？」大老闆背向火兒，手起刀落在砧板上切切切。

「不不不！華仔已簽了合約，你千萬別插手！」火兒異常緊張。

「那麼，有什麼事需要我嗎？」

「有啊，我們現在有幾個劇本在手，下月便可以同時進行拍攝，不過公司的流動資金不太充足……」

「沒問題，欠多少錢儘管開口，一會寫支票給你。」大老闆望著桌上的東西，咧嘴一笑：「完成了！」

「哦？」火兒揚起一邊眉頭，心想：「搞了半天，終於完成了嗎？」

「電影公司的事，你作主便是。」大老闆轉身，手中捧著一個超級巨大的雜果香蕉船，船身兩邊，插著兩把鐵匙。「現在什麼也別說，嚐嚐我精心炮製的超級無敵香蕉船！」

經過上次合力決戰王九之後，二人的恩仇已經化解。難得的是，超超超級自我中心的大老闆居然懂得反思，而且深切地對火兒及喵喵的所作所為感到懊悔。

現在的他，已學會聆聽別人的意見，對火兒更特別是言聽計從。

「嘩！超好吃！」大老闆拿起鐵匙，把雪糕放入口中：「火兒，別客氣，吃吧！」

大老闆完全不理別人的感受，把鐵匙含在嘴裡後，又再插入香蕉船中，好不噁心！

「整隻香蕉船都是他的口涎，我才不想吃啊！」起了雞皮疙瘩的火兒心道。

「吃啦，怎麼不吃啊？這雪糕是瑞士名牌來的！香滑兼可口！」大老闆把鐵匙遞向火兒。

他，始終保留了以自我為中心的特強本性。

「我……肚子不舒服，不吃了……」火兒一頭大汗。

「那你今天沒口福了！」大老闆把雪糕一羹一羹送入口中：「你在『龍城幫』過得開心嗎？不開心的話，可以隨時回來幫我啊！」

「不好啦！我怕自己不知什麼時候開罪了你，又被下江湖格殺令啊！」

「原來你還氣我……說眞格的，伯母的死，我的確要負責任。令你失去了母親，我每天都很內疚，好想可以彌補過失呢。」大老闆七情上面：「尋找一個跟伯母一模一樣的人？沒可能。幫你找一個奶娘？又沒親切感！想了三百多天，終於給我想到一個辦法，可以塡補你所失去的母愛！」

「這樣厲害？那便要洗耳恭聽了。」火兒抓抓耳窩。

「那就是——父愛！」大老闆突然站起身，激情地說：「一愛換一愛，是所有辦法之中最好的辦法！我雖然不是你生父，但我保證會視你如己出，當你親兒子一樣愛護你、關懷你、疼惜你的！」

火兒害怕得全身發顫，比見鬼更驚心動魄！

「上陣不離父子兵！就決定回來幫我手，我們倆一起好好打理『暴力團』！哈哈哈……想起來就興奮！」大老闆愈說愈興奮。

「你的好意……我心領了。媽媽教我做任何事也不可始亂終棄，加上信一正值用人之際，我一走了之豈不是很沒道義？」

「這樣喔——你也對！我就是欣賞你有孝道又講義氣。」大老闆熊抱著火兒：「乖兒子，如果你有天改變主意，一定要告訴我！」

洪洪——

外面傳來一陣引擎聲，火兒聽得出來是信一的座駕。

「信一來了。」火兒回身一望，見信一步出車廂，迎向二人。

「大老闆，很久不見！」信一向大老闆揚手。

「哼。」大老闆冷冷回應。

大情大性的大老闆可以沒來由地欣賞一個人（十二少），也可以毫無道理地討厭另一個人（信一）。

大老闆與信一，嚴格來說並沒什麼大過節，當日圍城之戰，大老闆衝著火兒而來，信一爲幫好友，才與「暴力團」爲敵。一切已事過境遷，連火兒也被大老闆寬恕了，可大老闆對信一卻滿懷敵意，老是看他不順眼。

「大老闆，你的香蕉船很巨大啊。」信一坐在火兒身旁，望著大老闆的珍寶香蕉船。

「別打我的香蕉船主意，我是不會分給你吃的。」大老闆大口大口把雪糕塞入口中。這個性格乖戾又超級會打的黑道巨擘，有時候淘氣得像個小孩子。

「你那齣自導自演的舌戰群雄，上演得順利嗎？」火兒不打算居中調停，轉個話題向信一問道。

「非常順利。」信一取出一支菸：「我雄辯滔滔，振振有詞，他們腦筋不夠我靈光，又怎說得過我？」

「他們沒惱羞成怒，向你動手嗎？」

「當然有，不過當時我很鎮定，打電話給阿鬼，當著他們面前說，如果我過不了今晚，便把龍頭位交給你，然後叫你出兵打仗，日日打，直到打垮他們爲止。」

「他們當時一定給你嚇窒了，哈哈……」

「低級伎倆！」大老闆不屑：「如果有眞正的實力，根本不用嚇唬對方。換了是我，我便當場轟爆他們！打完不服從，再打！還不服從，繼續打，打到他們怕才停手！這才算是眞漢子！虛張聲勢算什麼英雄？」

「你到底有什麼事開罪了他？」火兒跟信一耳語。

「我怎知道？」信一也放輕聲線。

「嗯……我懷疑這個死光頭患上被害妄想症，一旦病發便會無緣無故對目標啓動針對模式，我也曾是受害者。」火兒想起當初的噩運還心有餘悸。

「你倆鬼鬼祟祟竊竊私語，算什麼男人？」大老闆大吼：「有什麼話要說，就堂堂正正大聲說！」

大老闆氣得一臉通紅，好像想把信一吞下肚的模樣。

爲免進一步觸怒這位癲狂的人，信一與火兒互換了個眼神，是非話便到此爲止。

「說說正事。我跟新界的人談判破裂，內戰一觸即發。雖然哥哥臨終前曾囑咐我修補這道大裂痕，但這不是一朝一夕能做到的事。看來在『龍城幫』大和解之前，兩方難免兵戎相見。」信一望著火兒：「你有何看法？」

「說到底他們都是『龍城幫』的人，就算眞的要開戰，也要避免奪命，一旦有人身亡，雙方的關係便會急速惡化，要和解就更難了。」

「跟我的想法差不多。」信一呼出煙：「那就勞煩你通知下層手足，讓他們跟狄秋的人馬開戰時，盡可能只傷不殺。」

信一在狄秋面前雖表現得很硬朗，但他始終答應過哥哥要令「龍城幫」統一壯大，所以總不能對新界線的人做得太過分。

而且，在二十多年前，信一還是個乳臭未乾的小頑童時，已經認識狄秋這位「長輩」，除了哥哥之外，信一最尊敬的人就是他。

後來哥哥與狄秋決裂後，雙方已很少見面。信一長大後，偶爾也會去元朗拜訪狄秋，可對方卻視信一爲哥哥派系的人，表現冷淡。

再之後，信一開始正式在江湖上打滾，也漸漸跟狄秋那邊的人不相往來。

如果可以，信一眞想跟他們和平共處；但世事，又豈可盡如人意。

「落場無父子，對敵人仁慈，即是對自己殘忍。一點管治智慧也沒有，早晚毀了龍捲風的心血！」大老闆挖著鼻孔，斜睨信一說：「火兒，跟隨這種人沒前途的，留在『龍城幫』早晚淪爲乞丐，還是回來『暴力團』這個待遇好、福利高、又有晉升機會的溫馨大家庭吧。」

「大老闆，借問一聲，我到底有什麼冒犯了你？」信一終於沉不住氣。

「哼！你的惡行罄竹難書，先說一年前，你拿傢伙傷了我好幾十個兄弟，這筆帳，怎計算？」

「當日是你帶了過千人殺入城寨，我自衛還擊也有錯？難道要我呆著給你的人活活砍死嗎？」

「好，這一次算你說得通。」大老闆手舞足蹈：「但那次你開車撞向我，差點把喵喵和我撞死，證據確鑿，不可再抵賴了吧？」

「喂！當日駕車的人是十二少，不是我呀！」

「十二仔跟我感情要好，怎會無故撞我？一定是你乘他思潮混亂唆使他，令他糊裡糊塗撞過來！」大老闆愈說愈激動：「只差一點，你就令他抱憾終身，他是你的黃紙兄弟啊，你怎可以如此冷血的？」

「糟了，大老闆已進入了超級自我中心模式！」火兒心想。

「火兒啊！你何必對這種人說道義呢？」大老闆對火兒語重心長地說：「他朝君體也相同，當日他能出賣十二仔，他朝一樣可以當你是一條衛生巾（注）——用完即棄呀！」

「你……可不可以改用另一個比喻？我不想當一條衛生巾啊。」

「我覺得用衛生巾來形容你，十分貼切，嘿嘿……」

「光頭佬，你別再得寸進尺！若非看在火兒的份上，我早已向你動手！」信一忍無可忍站起身，已作了跟大老闆開戰的打算。

「來呀！我大老闆打遍天下無敵手，一分鐘便可把你打至跪地求饒！」

大老闆亦同時站起，捲起袖口。如果火兒不在現場，兩大龍頭眞會上演一場激烈大戰。

「你們冷靜點，先別動氣……」火兒立於中間，雙手分別按在二人的胸口上。

「火兒，你幫我還是幫他？」大老闆。

「還用說嗎？他是我的黃紙兄弟，又是『龍城幫』的人，當然幫我！」信一輕佻地說。

「火兒，我要你立即回答我——幫我還是幫他？」大老闆快要被氣得爆炸了。

「我當然……」火兒望向大老闆、手卻指向信一：「當然幫你啦！」

大老闆與信一一笑，同時道：「聽到了沒？」

注：即衛生棉，香港人俗稱M巾。

這樣下來，早晚也按不住二人，爲免他們再起口角，火兒趁氣氛稍爲緩和，隨即拉走信一。

「大老闆，我先走了，遲一點再來找你。」火兒步向泊在馬路旁的座駕，走入車廂。

「小心駕駛啊！」大老闆揮手：「下次再弄香蕉船給你吃。」

大老闆凶狠起來，絕對生人勿近，招惹了他，肯定比厲鬼纏身更加恐怖，保證寢食難安，極度恐慌下過日子。

相反，如果他把你當成朋友，便會處處爲你著想，用盡方法待你好。當然，他的「好」，並不是尋常人等能夠承受的。

「噓，眞驚險，你和大老闆差一點便要開打了。」啓動引擎，遠離果欄，火兒才舒一口氣。

「剛才若不是你按著我，我已出手了！」信一怒氣未消。

「莫忘了自己的身分，別動不動便出手，要沉住氣啊。」

「我也想沉住氣，不過他擺明要惹火我，換了你，也容忍不了吧？」信一望著窗外急速掠過的景物，又道：「眞不知什麼地方開罪了他。」

「其實我猜到一二。」火兒淺笑：「你沒開罪他，是大老闆對你心生妒嫉啊。」

「妒嫉我長得帥？」

「哈哈……如果是這原因，他應該超級憎恨我呢。」火兒得意地說：「大老闆妒嫉你有我這個好幫手啊！」

「眞的假的呀?」信一不屑，瞄了火兒一眼。

「大老闆剛才甘詞厚幣游說我回歸『暴力團』，但我跟他說『龍城幫』很需要我，如果我在這時候離開，你會相當麻煩。」火兒自我感覺十分良好。「沒法子啦，誰叫你夠運氣，認識了我。」

「嘩，多謝你啊!我需要叫你一聲恩公嗎?」

「施恩莫望報，免了。」

「說正事啦。」信一稍頓:「最近我聽到一些傳言，外面好像有不少江湖老前輩認爲我太年青，不夠本事管治幫會，早晚會把哥哥的江山斷送。」

「那些老油條總以爲新不如舊，只會緬懷昔日風光，認爲自己那一代才是最出色最犀利。」火兒微笑:「哥哥知你有能力才會把基業交到你手上，所以根本不用理會別人的話。」

「你的話，我完全明白，不過你該知道我最受不了激將……既然我們是擁有實力的人，何不讓道上朋友見識一下呢?」

「在我面前，別轉彎抹角啦，你是不是想擴展『龍城幫』的版圖?」

「哈哈……什麼也給你看穿。」信一:「沒錯，現在『龍城幫』的地盤只集中在九龍和新界，我想把幫會的勢力範圍延伸至港島區!」

「龍城幫」的地盤一直都植根於九龍區一帶，直至狄秋分家，才將部分勢力遷移新界。龍捲風與狄秋決裂時，已過中年，逐鹿江湖的雄心大不如前，除非有人惹上門，否則他們甚少向其他幫會發動戰事。

多年來，兩大巨頭各自留守著自己的陣營，既沒萎縮，亦沒擴展。養尊處優了好一段日子。

新官上任的信一，年方廿八，正值壯年。當年龍捲風未到這年紀已創立「龍城幫」。信一打從心底敬佩龍捲風，可年青的一輩，總有跟高手較勁、超越前賢的心態。

「火兒，這一仗我想用新血去打，有沒有推薦人選？」

「有！我在幾個月前收了一個門生，他有點能力，而且忠心幫會，我認爲他可以勝任。」

「他叫什麼名字？」

「Happy 仔。」

「好，帶我見見他。」

2.4 黑道貴公子

店子開在九龍城的「Blue Blood」酒吧，隸屬「龍城幫」旗下，也是這區最熱鬧、最受歡迎的消遣場所。

在「Blue Blood」玩樂的，大多是熟客，因此少有鬧事場面，就算有爭執，都是些酒後口角、瑣碎小事，鮮有動武。

除了不敢在「龍城幫」的地方生事，另一原因倒很特別：就是不論男女，都對「Blue Blood」裡的一位「保安人員」很有好感。

見著他，大家的不快和日間的工作煩惱似乎盡皆一掃而空，這人似是一顆活生生的解愁靈丹。

「每次猜拳都輸給你，你就像能看穿我似的！犀利！」

一名年約四十、肚子像有六個月身孕的肥佬說：「來！Happy仔，跟你再猜一局！」

「連輸七局還要再來？大豬哥你先坐下來休息片刻，待會跟你再猜。」

說話的人大約二十一、二歲，眸子大而有神，鼻梁齊勻高整，手腳非常修長，渾身散發出一種與眾不同的氣息。讓人覺得他十分討好。

Happy仔，是「Blue Blood」的保安，也是火兒的頭號門生。

「說好的待會回來，別食言。」醉醺醺的大豬哥說。

「何時騙過你啊。」Happy仔笑了笑，揮手就走。

Happy仔人如其名，不但臉上常帶笑容，而且有種難得的親和力。別過大豬哥，這個親善大使本想繞到洗手間開個小差交交水費，途中卻被一名少女截住：「Happy仔，坐下來，陪陪我啦，人家芳心寂寞，很苦悶呢！」

「苦悶才找我？事先聲明，我可不是一頭性商品，並不能爲妳提供特殊服務。」Happy仔豎起食指，一臉輕佻。

「你很壞啊，欺負人家！」口說欺負，卻大方地把Happy仔熊抱：「人家掛念你，專程由老遠過來找你，我要你一整晚都陪著我。」

「不行啦，我還要工作，你想我被老闆開除嗎？」Happy仔把她甩開：「現在有要事辦，待會找妳。」

甩掉少女，走不過幾步，又有另一人捉住Happy仔，要他陪酒。看客人的反應，已知他的人緣相當不錯。

「Happy仔！」

Happy仔身後響起一個聲音，回身一看，來的是火兒與信一。

「火兒哥……」Happy仔的視線從火兒移向信一。

Happy仔在龍頭宴上遠遠見過信一，當時已覺得他很有著風采；今日近距離接觸，更覺他流露出一股大人物的氣壓。

「Happy仔，他是『公司』的龍頭。」火兒：「在龍頭宴當晚，你應該見過他吧。」

「信一哥！」Happy仔站在信一面前。

「果然一表人才。」信一拍拍Happy仔的肩膀：「來，陪我們喝酒。」

未加入「龍城幫」之前，Happy仔是「天義盟」的小混混，其老大鱷魚是一名好勇鬥狠、喪盡天良的惡棍。

每次惹了禍，對頭或警方找上門來，他都會二話不說，把無辜的門生推出去爲自己頂罪。Happy仔亦曾是受害者。

後來Happy仔脫離了「天義盟」，機緣巧合下成爲火兒的門生。

三人點了幾支啤酒，選了一個稍寬敞的位置坐下。

「Happy仔，聽火兒說，你之前是『天義盟』的人，爲什麼要過來我們這邊？」信一開了支啤酒。

「我的前老大鱷魚，他出賣了我幾個兄弟，我看他不爽，主動提出退幫。他跟我說，入黑社會、跟老大，是一生一世的，不可以說走就走。除非我能繳付十八萬退幫費，否則不會讓我走。」

「說什麼跟老大一生一世，還不是爲了錢。」信一喝了口啤酒：「十八萬退幫費？他以爲自己是《教父》的艾爾帕西諾（Al Pacino）嗎？後來怎樣？」

「我沒錢，鱷魚便迫我寫欠單，我不肯就範，他不但派人打我，還上門騷擾我的家人。」想起鱷魚的惡行，Happy仔愈說愈激憤：「那晚我回到家，發現門外已被人用油漆寫滿了大字，六十多歲的老爸給打到頭破血流，連妹妹也遭非禮……怒極之下，我便衝去鱷魚的地盤，找他理論。」

「你一個人？」信一直視Happy仔。

「嗯。」

「哈哈……Happy仔倒有我們的風範！」信一笑說：「繼續繼續。」

「來到鱷魚面前，我只問了一句：『你有沒有向我的家人動手？』他很囂張地回答：『有又怎樣，你奈得我何嗎？下星期沒錢還，小心你那個含苞待放的妹妹給開苞啊，呵呵呵！』看見他那討厭兼淫殘的嘴臉，我再也忍不了，一腳踹向他的面門。」

「打得好！」信一拍拍手：「如果我在現場，一定也忍不住摑他幾巴掌！然後又如何發展呢？」

「我向他動了手，鱷魚便怒吼：『給我打斷他的手腳！』接下來，十幾個手持武器的人向我一擁而來，我見對方人多勢眾，自知難以力敵，所以轉身就逃。」

「單憑一股怒火行事，通常也碰釘收場！」信一瞄了火兒一眼：「不過就算是這位自命不凡的江湖大哥，也曾如此魯莽；年青嘛，是應該有一點輕狂的，哈哈。請繼續說。」

「我逃到大街，衝出馬路，突然有一輛跑車向我撞過來，幸好那輛車及時停下，僅把我撞倒……」

說到這裡，Happy仔的腦海便清澈地浮現出當日的畫面。

——**那一次必然的相遇**。

跑車男徐徐步出車廂，走到Happy仔身旁：「小子，沒事吧？」

「我……沒事……」

Happy仔站起身的同時，鱷魚的爪牙已追到來。Happy仔想繼續走，才發現腳踝扭傷了，跑不動。

「Happy仔，你死定了！」手持西瓜刀的大漢向Happy仔怒吼。

「又西瓜刀、又牛肉刀，拍電影嗎？」

尋常人看見十幾個持刀大漢衝過來，都會盡快閃開，可跑車男卻好像見慣了這種場面，氣定神閒，還有餘暇點了根菸。

他當然不是尋常的角色。

「你們是哪一路的？」跑車男悠閒地問道。

「『天義盟』大威哥！」西瓜刀大漢：「給我滾一邊去！否則連你也一併砍殺！」

「大威哥？對不起，我沒聽過呢。」跑車男提起香菸：「你要砍我，那我是不是該裝出一副很害怕模樣？」

「如此囂張？」西瓜刀大漢向跑車男劈出一刀：「我要你……」

話語未畢，西瓜刀大漢便給一股巨大的力量轟飛上半空。

這股力量，來自跑車男的——拳頭！

「誰想找我火兒的麻煩，儘管過來。」火兒霸氣外露：「我保證，你們日後的生活將會永無寧日！」

那一天，正是火兒與Happy仔首次相遇。

救了Happy仔，火兒主動邀請他加盟「龍城幫」，成爲他旗下的門生，之後還對外說：「Happy仔以後由我火兒罩，『天義盟』想收退幫費，儘管來九龍城找我！」

鱷魚雖然愛財，但他更愛惜生命，所以就算再狂再惡，也不敢惹上火兒此號人物。

「那麼說，火兒就是你的恩公。」信一瞇眼望著Happy仔：「你打算如何報答他？」

不知是信一的雙眼太迷人還是這個問題太過突如其來，Happy仔一時間也答不上話，只露出一副憨憨的樣子。

「跟你說笑而已。」信一把一隻蝦條放入口：「說正題，『公司』想擴展勢力，我想由你領兵，攻入銅鑼灣。」

「我？」Happy仔愕然。

「嗯，火兒說你行，你便行。」信一嚼著蝦條。

「但……我的經驗尚淺……」

「那我現在便給你實戰的機會囉。」信一：「知否我爲何選擇銅鑼灣？」

「銅鑼灣是黑幫的『油水地』，信一哥選擇此地爲你第一個進軍的目標，是合乎情理的事，但我認爲，你選擇銅鑼灣是另有原因的……」Happy仔頓了頓：「那裡該有你討厭的幫會和人物吧。」

「哈哈哈……精明！」信一翹起拇指：「說下去。」

「銅鑼灣的地盤早已被其他幫會瓜分，我們貿然闖進去，很有可能成爲他們的公敵，但如果信一哥主力針對一幫來打，而那幫人又跟其他社團沒邦交的話，那麼，這場仗便可以打下去了。」

「火兒，你這個門生的確不錯。」信一目光銳利：「你說得沒錯，我打算將『天義盟』轟出銅鑼灣！」

「天義盟」的龍頭宋人傑其貌不揚、膽識不高、人緣不好、實力不強、品性不佳、心胸不廣、魅力不足，卻攀上了幫會的最高權力位置，靠出賣身邊兄弟、暗箭傷人、獻媚等伎倆晉升，早已臭名遠播。

宋人傑在江湖上沒一個知心好友，亦從來不會以眞心待人，在他的眼中，朋友是無謂的東西，只有花花碌碌的銀紙才是最實在的。

他以爲靠近自己的人個個都有所圖謀，所以宋人傑不會輕易讓人接近他，除非對方有利用價值。

有人說，只要有好處，宋人傑甚至連自己的老爸也可以出賣。

兩年前，大老闆對火兒下了江湖格殺令，以旗下地盤作利誘，刀手們可憑火兒的斷肢換領獎金，令他成爲黑道的追殺對象。

視錢如命的宋人傑當然不會放過這賺錢商機，當年他尋到火兒的下落，便與十數名門生闖上火兒的藏身地，一見獵物便叫人把他的手腳斬下來。

當時宋人傑人多勢眾，火兒又有傷在身，虎落平陽，無計可施下，火兒用性命賭一局，往窗外一跳，從五樓直墮地面。幸好地上有不少雜物卸去了下跌衝力，保住一命。

宋人傑得志便猖狂趾高氣昂囂張跋扈。但凡地位比他低的人，在他眼中都是沒出色的傢伙，可以任意欺凌、侮辱。

他又怎會想到，當年那個窮途末路的人，兩年後會成為「龍城幫」的核心人物。

「我早已對宋人傑沒有好感，這次就用他來開刀！」信一：「我查過『公司』借貸帳目，『天義盟』那邊有不少人向我們借貸，有十幾人至今還未還清債務。其中一個，是你以前的老大鱷魚先生。」

「你想揪出欠債的人，迫他們還錢，沒錢還的，就借題發揮跟『天義盟』開打。」

「Yes！」

「但我怕我不夠實力……」

「放心，我會做你後盾，有什麼事老大會罩你！」火兒拍拍Happy仔肩膀：「難得龍頭賞識你，你就放膽試試。」

「對付敵人，一個字——狠！要用絕對武力震懾他們，令他們聽到我們的名號便聞風喪膽，敬而遠之！」

「明白。」

「來，我們三個乾杯。」火兒舉起酒杯：「預祝我們旗開得勝，馬到功成！」

「很押韻啊，我也要說句有水準的……」信一想了想：「想到了！我們必定大獲全勝，水到渠成！不錯吧？」

「還可以吧。」火兒聳聳肩。

「你也說句祝捷語啦，要押韻的。」信一瞄向Happy仔。

「萬事勝意……可以嗎？」Happy仔有點尷尬。

「就這樣？」

「就這樣。」

「太沒創造力了。但勝在直接，哈哈。」信一舉起酒杯：「乾杯！」

幾個大男孩，爲充滿希望的未來，豪氣碰杯。

有志氣、有夢想的男人，總不甘平凡，到了某個年紀、某個階段都想更上一層樓。

信一繼位龍頭後，躊躇滿志，雄心勃勃，矢志要擴大「龍城幫」的版圖，期望把地盤滲透至香港每一個區域。

「總有一日，『龍城幫』一定會成爲全港最強大的——第一幫派！」

信一如是想。

2.5 龍頭會龍頭

信一委派Happy仔爲這次「收數」行動的先鋒，奉命收回「天義盟」的壞帳。這是Happy仔加入「龍城幫」後，首次獨挑大樑爲幫會執行任務，可他即將要面對的，是昔日的老大，心情難免緊張。

Happy仔與兩名同門踏進鱷魚的勢力範圍，灣仔街市。

當日Happy仔就是隻身來到此地，找鱷魚討公道，最後被打得落荒而逃。

重臨舊地，同樣是來算帳，但Happy仔的身分已經不同。

深夜的街市，舖頭全關，只見有幾個身穿背心的大漢聚賭。其中一個的皮膚灰綠、凹凸不平，細心一看，才瞧出他原來全身刺上了鱷魚皮的圖騰，非常噁心兼沒品味的紋身啊！

一看這身造型，幾乎便可斷定，他就是Happy仔昔日的老大鱷魚。

鱷魚正賭得入神，渾不知Happy仔已來到他的身後。

「他媽的！又被三炒（注）！」鱷魚把手中十多隻撲克牌摔在桌上。

「鱷魚……」站在鱷魚背後的Happy仔說。

鱷魚側頭往後望：「怪不得被三炒啦，原來來了個瘟神！」向Happy仔腳邊吐出一口痰，又道：「怎麼啦，『龍城』那邊混不起，想吃回頭草嗎？」

「你省省吧，就算行乞，我也絕不會再與你這種人爲伍。」Happy仔語帶不屑：「你欠『龍城』的錢，一直也未還清，我今日是來向你追債！」

「你算老幾呀？夠膽向我追債？」鱷魚站起來，對Happy仔大吼：「莫說是你，就算火兒來到我面前，我一樣不會還錢！」

「那即是要爲難我？」

「爲難你又怎樣？你奈何得了我嗎？」鱷魚怒目圓瞪：「吃裡扒外的臭小鬼！夠膽走入我的地盤，今日我就要你有入無出！」

鱷魚早已想痛毆Happy仔，雙拳成擊拳動作，瞳仁幾乎噴出火焰，準備向昔日的門生轟下重擊。

眼見鱷魚面紅耳赤，一副殺人的模樣。

「Happy仔，你今日死定了！」

鱷魚的拳猛然而下，甚有氣勢，他一出手便用上了十成力量，想來個先聲奪人，第一擊便要重創Happy仔。

鱷魚是「天義盟」數一數二的打架高手，生性狂妄的他，十五歲已因傷人而被判入少年監獄。

注：大老二，或稱鋤大弟、階級鬥爭、步步高昇（英語：Big two），是一個在大中華地區（尤其是廣東、馬來西亞、新加坡、香港、澳門及台灣）使用撲克牌玩的賭博性質之遊戲，每人十三張牌，最先出完手上的牌便勝出遊戲。當一局完結時，可以以剩下的牌計分（越少越好）。香港和中國都採用八張起雙炒，十張起三炒，十三張四炒的算法。

成年後多次進出監獄，期間更策劃過多場集體鬥毆，是個有暴力傾向的狠角。

二十一歲，在一仇家身上刺了十七個血洞，初次殺人。

二十四歲，成為幫會中人見人怕的滋事者，於某個晚上與警方起衝突，大吼：「十二點後，這裡由我話事（注）！」

二十八歲，在警局門前槍殺警方的污點證人。

三十一歲，自詡是幫會中最好打的人。不滿實力不足的老大壓在自己頭上，向他單挑，最後把對方轟至面目全非，慘死當場。同年擢升為幫會的頭目。

三十三歲，卻被一名追債的少年蹬踢了一十幾腳，重創頭部，狼狽地倒在地下。

甫一出招的Happy仔技驚四座，先以手臂架開了鱷魚的一拳，然後便順勢踢向他的太陽穴。中招的鱷魚只感一陣暈眩，還未清醒，同一部位連環被踢，不消十秒已失去了戰鬥能力。

就連Happy仔自己也不敢相信擺在眼前的事實。

「昨晚火兒哥的教路果然管用！」Happy仔心道。

「給我上！我要取他的命！取他的命呀！」倒在地上的鱷魚怒吼。

一聲令下，身在現場的十幾人便手持武器，朝Happy仔衝殺過去。

面對一眾刀手，Happy仔一臉氣定神閒，吹響口哨，早已埋伏在附近的同門便如潮湧上。

「兄弟們，給我打！」Happy仔揚手。

伏兵最少有五十人以上，每個都身型魁梧、孔武有力，全都是火兒挑選的善戰份子。形勢比人強，「天義盟」被「龍城幫」的強將嚇得氣勢盡失，居然面面相覷呆了下來，不知該退下還是迎戰。可輪不到他們細想，「龍城幫」大軍已經殺到。短兵相接，「天義盟」實力本已不及「龍城幫」，加上未戰先怯，轉眼便被轟個落花流水。

離開前，Happy仔向鱷魚說：「明日黃昏我還未收到你的錢，我會再找你算帳！」

被打了一身的鱷魚當然不服氣，亦不打算還錢，第二天便在街市擺下重兵，等待Happy仔。

然而，Happy仔眞正的打擊目標根本不是鱷魚，對方沒有在期間內還錢，Happy仔正好以此爲藉口，當晚他便舉兵出征，直搗「天義盟」的心臟地帶——銅鑼灣。

Happy仔的行動雷厲風行，轉眼便掃蕩了「天義盟」幾間夜店。然後往後幾天，一到夜晚Happy仔便帶齊人馬，在「天義盟」的地盤尋釁滋事，一見對方的人出現，便立即動武。連日來展開了十數場街頭打鬥事件，「天義盟」兵力薄弱，每次都被「龍城幫」壓倒性擊倒。令本已積弱的幫會，聲望更創新低。

注：常用的粵語詞彙，意為「決定」。「話事人」即是「可以決定的人」。電影中幫派爭鬥，社團利益割據，人多嘴雜，談判的時候就需要找一個代表，讓這個代表就出來說話、談判，這個人也被稱為話事人，但不同於「揸FIT人」。

有人更以「無線」和「亞洲」兩間電視台來比喻「龍城幫」與「天義盟」，一個如日方中，另一個夕陽遲暮，除非有外來勢力打救，否則「天義盟」只會處於挨打的下風。

幾日之間，Happy仔便成爲江湖的話題人物。「龍城幫」人才輩出，除了火兒、信一此等殿堂級人馬，旗下門生亦非等閒，只要多加琢磨，假以時日，Happy仔定能獨當一面，叱吒黑道！

兩星期後，「天義盟」多間夜場因被大肆破壞，無法正常運作，損失估計達七位數字。

這一晚，宋人傑跟鱷魚以及另一高層，在旗下的夜總會共商對策。

「『龍城幫』那班人像頭瘋狗向我們亂吠亂咬，你們卻連半點招架能力也沒有！B輝、鱷魚，你倆告訴我，爲何會輸得如此難看？」宋人傑怒道。

「沒法子啦，幫會裡稍有實力的，能走的都走了。」坐在宋人傑對面、身型帶點肥胖的B輝說。

「B輝，你是『公司』的高層，怎能讓你的手下說走就走？」

「老大，你也不能把責任全推在我們身上……自從你當了龍頭之後，便不斷節省『公司』開支。沒錯，節流是重要，但連醫療費、安家費、車馬費也減半，還會有人願意爲我們打拚嗎？」B輝喝了口啤酒，又道：「如果你闊綽一點，相信能提高內部的士氣啊。」

「哼！你自己管教無方就把問題推到我身上！你當我的手下，是要替我解決問題，不是把問題拋回給我！」宋人傑怒罵B輝後，把視線轉向鱷魚：「鱷魚，整件事都因你而起，你要想辦法擺平它，否則『公司』所有損失由你負責！」

「什麼!?」

鱷魚雖然知道宋人傑是個守財奴，卻想不到縮骨得如此極致，一時間也不知如何反應。

「愈說愈怒！你倆好好反省一下！」宋人傑步向房門：「大發仔，陪我去廁所！」

「知道！」叫大發仔的跟班，尾隨宋人傑離開房間。

留在房內的鱷魚和B輝交換了個眼神，不屑地說：「又借尿遁！」

「大發仔，我幫『公司』節省開支，你說有沒有錯？」正在小解的宋人傑仍怒氣未消。

「當然沒錯啦，當老大就要有當老大的思維，你顧全大局才緊守糧倉，鱷魚和B輝太不體諒你了。」大發仔說。

「還是你最明白我。我刪減開支，只是不想大家動不動便跟人打架，他們受傷，我也很心痛的，難道關心門生的人身安全也有錯？」宋人傑射盡尿液，哆嗦了一下。「想來想去，罪魁禍首都是『龍城幫』的人，無緣無故走來惹事生非，怎樣啦？以為我們『天義盟』好惹嗎？我在刀口中混的時候，信一還是個死街童，現在水鬼升城隍，夠膽在太歲頭上動土！哼，過兩天我親自找他算帳，到時我要他向我叩頭認錯！」

「老大英明神武，信一見著你肯定惡不起來！」

「這個當然，到時我要大巴掌、大巴掌摑過去，好好教訓他！」宋人傑用大發仔的衣服抹手。

正當宋人傑陶醉於自己的幻想空間之際，在他身前的廁格，走了一人出來。一見到他，本來一臉得意的宋人傑，立時臉色大變。

「怎會如此巧合……」

他，赫然是信一！

宋人傑萬萬沒料到會在此時此地遇上信一，只望了對方一眼，宋人傑的目光便失焦亂竄，不敢正視他。

「他怎會在我的場子出現？現在該如何是好呢？」宋人傑急得如熱鍋上的螞蟻。

搞砸「天義盟」的地盤，再肆無忌憚在宋人傑的地方消遣，信一以行動來告訴他的對手，「龍城幫」絕不會把你們放在眼裡！

場面雖然尷尬，但宋人傑的面皮至少幾丈厚，上一秒還一臉窘態，下一秒已堆出自以爲友善、卻非常噁心的笑臉。

「嘻嘻嘻，信一，怎麼來我的場子玩也不通知我一聲？」宋人傑露出八字眉，太監般的笑容：「來來來，我們出去喝幾杯，慢慢詳談。哈哈哈哈……」

「你剛才不是說要摑我嗎？」信一鐵青著臉：「爲何還不動手？」

信一神情嚴肅，目光凌厲，不帶半點笑容。宋人傑跟他目光再度交接，即冒出了冷汗，心忖：「這次有麻煩了！」

「我叫你摑呀！」

信一大吼的同時，站在宋人傑身旁的大發仔立即竄出廁所，只餘下二人。

大發仔閃了，宋人傑反而放輕鬆了點。

「信一，我爲剛才的話，向你道歉。對不起。」

「有些話說了出口，不是一句對不起就可以了事。」信一拍拍自己的臉：「你貴爲一幫之主，說了摑，就要摑！我保證不會還手，摑吧！」

宋人傑不是傻的，他當然知這一巴掌若摑下去，「龍城幫」便會傾巢而出，對「天義盟」發動滅族性大攻擊！

以「天義盟」的兵力，根本無法與善戰的「龍城幫」抗衡。況且，宋人傑生命中最重要的只有金錢，一旦打仗，便要支付巨大的額外開支，一想到要花錢，他便覺得好像被人砍了幾刀，好痛啊！

「我們兩幫之前有什麼誤會都好，當粉筆字抹去吧。總之你不再惹『天義盟』，你破壞我的地盤這筆帳，我不追究就是。」

「這麼便宜？不過……」信一一指戳向宋人傑的心口：「我就是要跟『天義盟』對著幹，那又如何？」

廁所大門忽地打開，得到大發仔通知，鱷魚、B輝領著十幾名門生前來護駕。

鱷魚和B輝是「天義盟」的中堅成員，三十多歲，算得上是老江湖，跟不少道上大哥打交道，有點見識。

眼見信一只是個二十七、八的傢伙，個子雖高，卻不魁梧，一身筆直的西服，配合略帶秀氣的外表，像極一個高級的行政人員。

但那一身糖衣，始終裹不住那份與生俱來的江湖霸氣。

「老大，不用怕，他再敢動你一下，我保證他走不出這裡！」B輝鼓起勇氣。

「怎保證？」信一橫了B輝一眼：「別光說不做，來，拿點實力出來讓我見識見識！」

出來混，說錯一句話，隨時也可能招致殺生之禍。B輝仗著自己有主場之利，才衝口而出說了不該說的話。這下信一便找到藉口，可把事情鬧大了。

「給B輝氣死我了。」宋人傑心道。

宋人傑明知信一來找麻煩，本想息事寧人，偏偏B輝的衝動卻令信一撒野下去。如此情勢，教他又怒又急。

信一再以指頭戳向宋人傑胸口：「我現在就再動他一次，看你們這班雜魚可以怎樣？」

每個人也有死穴，B輝最在意被人看輕，一句「雜魚」令他怒火上升，管不了眼前的人是什麼身分，擊出圓潤的拳頭。

碰！

「你這團肥肉倒有點膽識！」信一冷笑。

就在B輝快要轟到信一身上的一刻，那副肉團便往後彈，背門撞向大鏡子，再跌在地上。

整個過程快得驚人，沒一人能清楚看見B輝如何中招。

「空有膽識沒用的，出來混，除了智慧，還得講求實力。」信一拍拍手上的灰塵：「單有一身贅肉，就只有被屠宰的份兒。」

再愚蠢的人也聽得出，信一把B輝視之爲一頭沒腦袋的豬！

「兄弟們！給我上！幹掉他！」

B輝怒得瘋了，竟想幹掉信一！面前是鼎鼎大名的「龍城幫」最高領導人，B輝的門生個個面面相覷，不知如何是好。

「你們是不是聾了？我叫你們幹掉他呀！」B輝怒喝：「上呀！」

B輝跟信一的級數雖然相差很遠，但說到底他都是「天義盟」的高層，一眾門生不敢抗命，唯有硬著頭皮，準備迎上。

「全部站著，別動！」劍拔弩張，宋人傑終於做出阻止：「大發仔，給我拿支XO來。」

「老大，是他先起事端，就算打死他也怪不了我們！」裝起了戰鬥架式，隨時動手的B輝說。

「B輝，按下你的怒氣，此事由我來處理好了。」

大發仔回來，把一支XO交到宋人傑手上。

「信一，先前我說得罪你的話，現在跟你賠罪。」宋人傑打開XO的瓶蓋，一口喝下：「對不起！我只想以和爲貴，可以了吧？」

堂堂龍頭，竟在眾目睽睽下，於自己的地頭內向信一低聲下氣賠不是，以後他還有顏面面對門生嗎？

在宋人傑的世界，金錢才是王道，顏面與威信，他一向放得很輕、看得很開。

宋人傑已賠了罪，如果信一還死纏不放，就顯得太沒量度，傳了出去，會影響聲譽。

「對付『天義盟』，日後還有機會，犯不著跟他瞎纏。」信一心道。

信一揚長而去。離開的時候，經過B輝身邊，拋下了一個不屑的眼神，輕聲說：「不服氣嗎？有種就來九龍城找我，我等你。」

B輝握緊雙拳，真想往信一身上打下去，卻知道，單打獨鬥只會換來慘敗的下場，故唯有壓住怒火。心想：「等著瞧吧，總有一日，我會親自領軍殺入九龍城！」

待信一消失在宋人傑視線範圍，一直掛在他臉上的笑容才告消失。

你可以說宋人傑賴皮、不知羞、不要臉，但當一個人，可以把別人的辱罵與視之無物，完全不顧身分與聲望，就算面對當面痛斥，仍可擺出一副橡皮式的笑臉，要擊倒他，比打敗一個強上你多倍的對手還要難啊！

這種沒尊嚴、沒廉恥、沒底線的無恥之徒，往往卻會令很多有實力的人陰溝裡翻船，死了也來不及問究竟。

2.6 第一次交鋒

離開銅鑼灣後，信一買了大閘蟹與啤酒回到九龍城寨，本想找火兒與AV飽餐一頓，不過火兒正外出工作，只有AV作伴。

「說起來，我倆好像沒試過二人共食。」坐在賭館帳房內的信一，正打開蟹蓋，準備享用：「別客氣，快吃啦。」

「大閘蟹不太合我胃口，我飲酒。」AV開了支啤酒。

「隨便。」

轉眼便吃了五隻大閘蟹的信一，非常滿足，展露燦爛笑容。AV望著這個孩子氣的江湖大哥，不禁也笑了。

從前的AV總是綳緊著臉，滿身散發著生人勿近的殺氣，自從認識了信一與火兒之後，他終於重拾遺失了的人類情感。

信一瞧見AV對自己偷笑，吞了吞口水：「AV……看你嘴角含春，笑淫淫、色瞇瞇的……不是對我有意思吧？雖然我開舞男店，但我是100%熱血男兒來的，你……不要對我有非分之想啊。」

「神經病，我在城寨有很多女粉絲的，別壞了我的英名！」

「那你為什麼笑得如此淫？」

「淫你的屁眼！」AV喝了口啤酒，笑說：「我只是看見你現在的白癡模樣，很難把當日的你聯想起來。」

「你才白癡！」信一：「論女粉絲，我肯定比你這大塊頭多一百倍！」

「哈哈哈……」AV笑說：「不服氣的老樣子，還是沒變。當日你打不過我，就是擠出這個表情。」

「喂！你別亂說啊，我哪有輸給你？」

「你真的以為，當日打下去可以擊倒我嗎？」

AV放下酒樽，思緒開始跌入回憶之中——

幾年前，AV初入城寨，一個朋友也沒有的他，帶著滿身酒氣踏進信一的賭館。失落失意的人，將身上僅有的數千元都拿來賭，不消半小時便把錢輸光。

AV就像那些病態賭徒，死不願走，竟把自己的拳頭押在賭枱上。

「兄弟，這是什麼意思呀？」當時身兼荷官的阿鬼說。

「我以前打拳，打贏一場的獎金少說也有十萬元，現在收你半價，我買五萬元大！」

AV體型巨大，身上散發著一股令人窒息的霸氣，就算這裡是阿鬼的地盤，也不敢呼喝AV。

「細明，拿五百元給這位先生。」阿鬼對身旁的門生說。

「什麼五百元呀？你的耳朵是不是有毛病？」AV一拳砸在賭枱上，吼道：「我要五萬元！」

ＡＶ擺明來惹事，其他賭客生怕殃及池魚，如鳥獸散，不敢靠近ＡＶ。

「敢來『龍城幫』的地方鬧事，你一定皮癢欠揍了！」阿鬼喝道：「細明，給我清場——落閘！」

這裡始終是「龍城幫」的地方，如果任由ＡＶ撒野，傳了開去，幫會的威信何存？所以明知眼前的巨物是個難纏的傢伙，阿鬼也硬著頭皮迎上。

可對方是格鬥界的巨人，縱使當年ＡＶ的實力未升格至神人境界，要對付阿鬼此等貨色，實在太過容易了。

阿鬼正想動手，卻被對方早了一步，面門中了ＡＶ重重的一拳。

受此猛擊，阿鬼如中炮彈，凌空後飛數十呎，撞在牆上，昏死過去。

其他保安的下場也跟阿鬼差不多，連出手的機會也沒有，便已遭打至半死。

自從遇上雷公子，發生了那慘劇之後，ＡＶ性情便變得凶惡暴躁，而且極之痛恨黑社會，此行根本是來找「龍城幫」的人發泄。

ＡＶ天生神力，又精通西洋拳，這群小魚豈會是他的對手？

ＡＶ轟倒了一人，又尋找另一個目標。愈打便愈怒，愈怒便愈要打！把第四名保安擊昏之後，ＡＶ的殺性有增無減，就在他的拳頭將要轟在另一人身上之際……

「停手！」一個聲音喝止住ＡＶ。

ＡＶ循聲而望，看見一個瘦削的身影從二樓拾級而下。

來者外表的體型比一眾保安還要單薄，樣子也不算強悍，卻滲透出一份硬朗的英氣、懾人氣魄。

信一外表雖然溫文，但AV卻可感到，他並非一般雜魚貨色。

「狗娘養的！為什麼來我的地方搞事？」面對碩大無朋的AV，信一一臉從容，沒半點怯意，果然有大將本色。

「你是他們的老大？」AV問非所答。

「是又怎樣？」

AV再沒回答信一的話，掄起那極具爆炸力的拳頭，往信一的面門轟下去！

拳風撲面，信一已可感到此拳的來勢無比凶猛，被轟中的話，鼻骨必定爆裂。

幸好信一反應敏捷，側身避開了這一拳，順勢在AV的腰間還以一擊。

「大塊頭，吃拳吧！」

AV的身體就似鋼板般堅硬，信一的一拳不但未能對AV造成任何傷害，而且反被震開。

「這大塊頭的肌肉……好像鐵塊一樣！」信一心道。

之後，便輪到AV反擊了！

「你的拳，連給我抓癢也不能呀！」

AV腰隨身轉，向信一頭顱轟出一記猛烈的鞭拳（注）。

拳勢勁度無儔，信一又跟AV相距甚近，無法閃避，只好舉起雙臂，硬擋來招。

嘭——

ＡＶ自信可把信一轟至幾十呎遠，沒想到信一的下盤功夫相當沉穩，只退了數步便站穩雙腳，毫無損傷。

「你的拳，也不見得特別有力！」

信一神態自若，一副全不把ＡＶ放在眼裡的模樣，簡直在他身上火上加油。

ＡＶ雙目噴出了憤怒的火焰，再度祭起拳頭，朝信一的身上打下去！

「有種便跟我——搏拳！」

「來便來吧！」

明知ＡＶ的力量遠勝自己，信一還要接戰，你可以說他逞強、說他不自量力，但身為「龍城幫」的第二把交椅，他就有負責保住「公司」的威名，絕不會因為對方的力量高於自己而退縮。

砰——

雙拳對碰，二人同被對方震退了半步。ＡＶ不禁暗忖：「這個小白臉竟可以跟我打個旗鼓相當？」

「吼——」

注：又稱轉身鞭拳，是上肢拳法，借助於轉體的慣性，動作幅度大，運動路線長，力度較大，用於退守反擊時，動作隱蔽、突然，屬於高擊中率、高效實用的拳法動作，具有動作大、力量足、快速、威猛等特點。

一聲猛吼，AV的第二拳便挾著破風之勢直轟目標。

信一亦毫不猶豫，揮拳而上。

砰——

然後，又一記爆炸性的碰擊。

AV只聽到微弱的骨裂聲，卻見信一昂然而立，敗象未呈。

「他媽的……」連續兩擊還不能把信一轟倒，AV的怒火愈燒愈盛。

巨人再度抓緊拳頭，勒勒作響，似要把自己的拳頭也給握碎，指間的空氣也給擠出來。

信一心知這一拳非同小可，硬拚下去，自己的拳頭又可承受得起嗎？

「狗娘養的！拚便拚吧！」要信一認輸，比迫他吃屎更難。他這種硬骨頭，只要尚有一口氣，也會打到底的啊！

AV的一拳猛然而下，氣勢與殺力都比之前兩拳巨大得多，決心以這霸道重擊廢了信一。

一刀在手，信一就是神，可是比力量的話，他並非AV的級數。

對拚了兩拳，信一的拳頭其實已經「受傷」，只見他掄拳的一臂已微微抖震，打下去，他的拳當真會報廢。

雙拳快要觸碰的一刻，AV的胸口不知被什麼事物擊中，把那副超過二百磅的無敵戰軀轟退了廿多呎。

當他定住身體，才看見一個身穿長衫、兩鬢斑白的人站在信一跟前。

「哥哥……」信一一見到哥哥，立時肅然起敬。

「沒事吧？」哥哥平和地說。

「沒事……」

「朋友，何以到此搗亂？」哥哥望著AV，淡然道。

哥哥不慍不火，沒霸氣、沒動怒，卻散發出一股無法言喻的獨特氣息，叫人望而生畏。

面對哥哥，AV霸氣全消。就如一頭桀驁不馴的野豹，遇上了森林之王般，不用交鋒，便已俯首稱臣。

「城寨有城寨的秩序，你想戰鬥，可以去競技場。我不希望你在做生意的地方鬧事，再有下次，我不會再對你留手，還會逐你出城。」

之後，AV便開始參與城寨地下拳賽，亦再沒有在技競場以外的地方生事。

「想不到那天是我跟你唯一一次交手。沒仇報，好慘呢！」信一豎起扭曲的右手尾指：「你當日的第二拳，把我的尾指指骨打碎了。看看，像不像蝦米？哈哈哈……」

「對不起……」

「你白癡啊你！說什麼對不起！」信一豪邁一笑：「我跟你與火兒的友誼，都是由對立開始，當眞是不打不相識，哈哈……你說，命運是不是好玄妙？」

「對！真的很玄妙！」AV一笑。

自從發生了那件慘劇之後，AV的臉上已失去了笑容。

是火兒與信一令他重拾人間的希望。

——不過，AV很快又會從人間跌入地獄！

別過信一，AV回到他的天台屋窩居。

等著他的，是門外放著的一封厚厚的郵件。

把郵件拿上手時，AV已憑直覺和本能感到，信裡面盛載的，是即將改變他目前人生的——

一個他尋找了很久的答案；

亦是，

一把再度打開邪惡大門，把他推向萬劫不復之地的鑰匙！

但AV能選擇不打開郵件嗎？不能！

映入AV眼簾的，是一張香港前往澳門的單程船票，以及……

幾幀照片。

幾幀叫AV震撼無比的照片。

看著手中照片，AV的淚水有如堤缺冒湧，一直流個不停。

只因，照片中的人，正是ＡＶ遍尋不獲，每天都盼望可以跟她重遇的女人——小優！

郵件當然是由雷公子派人送來。

桀黠的雷公子數年前幾乎把ＡＶ的人生摧毀，想不到多年以後，雷公子對ＡＶ還「念念不忘」，對他再下毒計，誓要再一次把他打入人生谷底。

知道小優下落，ＡＶ不作多想，也沒有考慮任何後果，拿起船票就動身離去。

這次踏出城寨，ＡＶ很可能永遠也不能回來，因爲他將要面對的，是一個無惡不作、泯滅人性的嗜血狂魔。

—信一睡房—

居然會夢見小時候的事。

那些年代久遠的破事兒。

嘿，居然還為此失眠。

我點起菸。

找出老舊的相簿。

那些年的回憶，彷彿相去不遠。

「我跟你說過很多遍，叫你別跟人打架！你總是當我的話是耳邊風！」

我記得，兒時頑劣的我，曾惹得哥哥多麼生氣；氣得拿起籐條不停抽打我。

站在他身邊的狄秋叔，替我說好話：「小子好硬頸啊，你打到籐條都快斷掉而他仍不哼一聲！老大，算了啦！」哥哥這才放我一馬。

他還往我的臉捏了一下，但被我一手撥開。

可是不到一星期，我又犯戒了。

「你又跟人打架？」狄秋叔：「你死定了，等你祖叔叔回來，肯定又要挨打！」

那時我還小，怕得快哭。

「男人大丈夫流血不流淚，秋叔叔撐你！」

他後來買了個面具給我掩飾面上傷痕。

今日秋叔叔撐我，他日我長大了，一定會撐回秋叔叔！

——今時今日，我還忘不了自己曾說過這句話。

第三章 Chapter Three

3.1 大開眼界

千里之外，澳門。

隻身獨闖地獄的AV，甫踏出碼頭，便有兩名穿西服的大漢在候著他的自投羅網。

「你就是AV了吧?跟我們上車。」

踏入車廂，其中一名西服大漢便取出一枝麻醉針，注射在AV頸項。

「還想與你的女人見面，便乖乖跟我們合作。」

既已來到別人的陣地，AV也沒想過做出無謂的反抗。只要追尋到小優的下落，他可以付上任何代價。

藥力生效，AV沉沉昏睡。

AV醒來的時候，感覺相當迷離。他從昏死到恢復意識，並沒有緩緩張起眼皮的過渡時刻，像是倏地一醒，眼前的影像就出現眼前。

他很快認知到，他的上下眼皮被套上一個支撐架，令他的雙目只能睜著，不能合起。是抄襲自《發條橘子》(注)吧，AV心想。

除了眼合不上，手腕足踝亦被套上金屬鐵環，鎖在一椅子上，動彈不得。

這是個燈光昏暗的房間。房間的光射雖然不足，但AV還是依稀看見兩邊牆身滿是乾涸了的血液。

凹凸不平的粗糙地板上，同樣遺留下了斑斑血漬。

整個房間充斥著濃烈的血腥味道，不難想像，這裡該是一間殺人屠房。

一陣強光驀地照射在AV眼前，刺得他雙眼一陣疼痛。

過了幾秒，等到AV的瞳孔適應後，才看見那陣光線，原來是電視螢光幕的強光。

面前的一堵牆，是幅巨大投射螢幕，AV猶如置身在迷你戲院之中。

沙沙沙沙——

畫面一片「雪花」，閃動微粒和嘈雜的「沙沙」聲，加上房間的環境，構成一個詭異的格局，尋常人置身此地，必定會生出不安、焦慮、恐懼等負面情緒。但AV並非一般角色，他可是身經百戰，歷盡人間劫難的人物。

從他決定前往澳門那一刻開始，其實早有死的覺悟。他已豁了出去，只要尋得小優的下落，就算要了他的命也在所不惜，無怨無悔。

又過了一會，螢幕裡終於出現影像。只見一名身穿黑色雨衣的男人，手執小刀，望著另一名給鎖在椅子上的男人。

持刀男伸出小刀，俐落地把對方的耳朵割下來。

受害者兩唇被針線縫合，想慘叫，卻又觸動了嘴巴傷口，痛上加痛，叫不出聲。

注：A Clockwork Orange，是美國導演史丹利・庫柏力克所執導的電影，根據一九六二年安東尼・伯吉斯的同名小說所改編，故事介紹一個男孩從一個性暴力者在政府的調教和實驗後變得對性厭惡的過程。該片內容暴力加性愛，是暴力美學的經典之作，為後世譽為七〇年代最具影響力的電影之一。

持刀男意猶未盡，又把那人的鼻頭割掉。

撕心劇痛，令那人如坐針氈，激烈地扭動身體，奈何四肢被鎖，只能繼續承受對方的殘酷虐待，大小二便早已失禁。

經歷過挑腳筋、挖眼、斬手指等酷刑，受害者幾近肢離破碎，慘死當場。

影片中的「屠房」，跟自己身處的環境十分相似，AV大概猜到，對方要讓他感受恐懼。

可是除了不忍目睹之外，AV卻不爲自身感到怯懼。

過去無數個晚上，他想像最愛的下落，幻想那些悲慘的下場，對他而言，已是最恐怖的折磨。肉身的痛，大概不會比精神痛楚更痛。

螢幕切換了畫面，相同的環境，不同的人物。

同樣是一對一的戲碼，這次的主角，變了兩個女人。

一個拿著透明器皿的肥胖女人，走到目標跟前，把器皿裡的液體灑在少女的臉上。

本來還算標緻的五官，遭液體一濺，皮肉仿如受熱的洋燭，慢慢塌下。

少女在尖叫。

肥胖女人在獰笑。索性把整罐液體「醍醐灌頂」。可憐的少女頭皮冒出縷縷白煙，烏黑的長髮瞬間脫落一地。

好端端的一名漂亮少女，不消幾分鐘便變了恐怖鬼樣，令人慘不忍睹，看得心寒。

之前還可以強裝鎮定，但看了這一幕，AV的不安感頓時提升。

他在想：小優會否遭受這些酷刑？她到底在哪裡啊？

ＡＶ心慌了。

焦慮的神色全流露在瞳仁之上。

「不會的，小優不會有事……」

ＡＶ愈想愈急，雙手開始掙扎，欲掙脫枷鎖。

「嗄嗄嗄嗄……」

呼吸加速。

「噗噗噗噗噗噗噗……」

心跳加快。

忐忑、揪心、焦炙、惴慄……種種負面情緒一下子湧入ＡＶ腦際。叫天不怕地不怕的人，急得如熱鍋上螞蟻，五內如焚。

ＡＶ好怕，怕下一個在螢幕裡出現的受害者，會是他的最愛。

不過害怕又有何用？有些事情，總得面對，總要接受。

這時候，ＡＶ的瞳孔放大，充滿了驚怖與震撼。

一陣酸麻直衝鼻頭，刺激了淚腺。

再過幾秒，掙扎的熱淚從眼球湧出，撲簌簌地爬滿一臉。

世上還有何事情會令這名鐵漢落淚啜泣？

螢幕裡，出現了一名女子。那是ＡＶ日夜盼望能跟她重聚的女人！

小優的目光對著鏡頭，跟AV的視點接上。

就像眞的面對面，四目交投似的。

她的容貌跟AV記憶中的沒多大轉變，只是添了點風霜、倦意。

「小優——！」

一時間，AV忘了眼前的是錄像，還期望得到小優的回應。直至畫面出現了另一個男人，才令他猛然驚醒。

男人是名小個子，一身脂肪，滿臉鬍渣，長相猥瑣。

他把小優壓在床上，用那油膩的雙唇跟小優濕吻起來。

雙手當然也不閒著，探進小優的衣服內，搓她的奶子。

然後把小優的衣褲逐一除掉。

一男一女一絲不掛，相擁著對方，在床上翻滾纏綿。

眼見那小個子伸出溼濡而噁心的舌頭，如狗公（注）般在小優身上舔了一遍又一遍，每吋肌膚都留下了濕漉漉的唾液，AV很想一拳把小個子的頭顱轟爆，可他卻只能當個「現場觀眾」，想阻止也阻止不了啊！

經歷了一輪前奏，來到戲肉了。小個子正準備以那短而肥的肉棒前驅直進，AV簡直如火燒心，又怒又恨又心痛！

他不想、不忍看下去，奈何雙目卻不能合上，只能眼白白看著自己最深愛的女人，被另一個男人佔有。

「噢——」

隨著一聲呻吟，一切已經無可挽回。

要發生的，其實早已發生。

目睹這一幕的AV，渾身顫抖，如墮冰窖。最令他難堪的是，小優在交歡的過程一直都是望著鏡頭，且露出享受無比的表情。

毫不憐香惜玉的瘋狂炮轟，換來極富感情的叫聲。

「噢——噢——噢——」

豪放的呻吟在狹小的空間環迴響起，很有節奏。

一個好端端的女子，被迫成爲色情電影的女主角，到底要跟多少個男人激戰，才能演得如此「爐火純青」、全情投入？

大戰了十幾分鐘，小個子高潮來了，濃稠的奶白液體射在小優容顏上。

誰能明白AV當下的感受？

這齣色情影片，已把AV的尊嚴與希望完全摧毀！

他愧疚當日把小優帶到船上。

注：網上用語，指一些喪失尊嚴、不擇手段地去討好女性的男人。他們一向奉行著「不論好醜，但求就手」的宗旨去獵女，對女主人搖尾乞憐和任由驅使，對女人和性愛的渴求亦令人驚訝，行為和表現有如發情的雄性犬隻，是故該等生物被稱為「狗公」。近似用語有觀音兵，在台灣則稱為「馱獸」。

悔恨自己沒摸清楚雷公子的底蘊便跟他搭上。

弄至如斯田地，全是我的錯！

要受苦，就讓我一人來承受吧！爲何要折磨我的女人？

「關了它！快給我關了它呀！」

AV只能狂嚎。

小個子之後，換上幾個不同的演員，輪流跟小優演對手戲。

有瘦削的、健碩的、癡肥的……有黃皮膚的、白皮膚的，也有黑皮膚的。

有一對一，也有以一敵眾的「群戲」。總之在色情電影中出現過的「動作場面」，小優都演過了。

大戰兩小時，小優精選作品集終告播放完畢。

經過一百二十分鐘的無間斷折騰，AV淚已乾。

悲痛欲絕肝腸寸斷椎心泣血萬箭穿心等形容詞，也無法表達到他刻下的難過心情。

傷心歸傷心，但AV仍不可以絕望，因爲他還不知道小優的下落。

只要她仍然在世，一切都可以重來！

AV顰眉咬唇，竭力忍痛，正努力抑制著絕望的情緒時，螢幕上方的播音器，發出一個廣播男音。

「AV先生，你果眞人如其名，很愛看AV呢。剛才的兩小時，你眼也不眨，看得津津有味，你那話兒該亢奮得硬起來了吧？哈哈哈……」男人有個沙啞嗓子，語調輕浮，只聽其聲，已覺討厭。「不過你別太過興奮喔，正所謂好戲在後頭，還有更精彩的等待著你收看。到底剛才賣力非常的女主角身在何方呢？不用心急，立即爲你揭曉。」

語畢，投射螢幕便徐徐往上捲起。幕後面，原來是堵巨大的透明玻璃牆。

螢幕升至一半時，AV看見玻璃牆的另一邊，是個房間，中央有個給鎖在椅子上的女人。

隨著螢幕繼續上升，女人的面目亦即將顯露AV眼前……

那個女人，一臉滄桑，歷盡風霜，精疲神困，形同喪屍般失去靈魂。

只瞧了一眼，AV全身便如遭電殛，目瞪口呆。

AV簡直不敢相信自己的眼睛……

是她！真的是她！

無論她變成怎樣，AV都可以認出……

她就是我一生中最愛的女人！

——小優。

3.2 今生約定，他生再擁抱

AV雖然一眼認出小優，可小優卻像服食了迷幻藥，目光浮游渙散，意態迷離恍惚，猶如靈魂出竅，沒半點神采。

二人目光接上的一刻，AV愣住了。小優竟沒即時把自己認出來，視點只停留在AV身上一秒便閉起眼睛。

「小優！」

AV的吼聲，透過椅柄上的麥克風，傳到另一房間。當小優聽到AV呼喚自己的名字，頓時回過神來。

自從被販賣到日本後，過去的自己早已死了。換了另一個身分的她，已很久沒聽過這名字，差點忘掉了自己曾經喚作小優，曾經只是個天真又被深愛著的平凡少女。

小優努力把神志聚焦，留神細看，電光石火間，腦海閃出了無數畫面，全是溫馨纏綿的影像……

那是小優與AV熱戀時，最甜蜜的時光。

——小優把AV認出來了！

「Jason……？」小優哽咽地喚著AV的洋名。

Jason這個名字，對AV來說，是多麼的熟悉，又多麼的陌生……當年發生那件慘劇後，AV破了相，人生跌入谷底，忘卻了以往的人生，也忘卻了本身的名字。孤獨地活在黑暗之中。

成爲了AV後，再沒有向任何人透露過本名。

他一直也在等待，等待小優再次在他面前喚起這個名字。

Jason，等到了！

彷彿等待了千年萬年，二人終於相遇。AV突然覺得，這些年所受的苦，已不算什麼。

在無數個雖生猶死的痛苦日子，支撐小優活下去的，是渴望有一天，自己的男人能找到自己，把自己帶走，帶回從前；可是，這一刻的小優，卻覺得，一切已經回不去了。

「我……已經不是以前那個小優……」小優羞愧得不敢再抬頭，在最愛的男人面前，她只覺完全無地自容。

「無論妳有過什麼經歷，我也不會介意。妳永遠都是我最愛的小優！」AV急著安慰：「我答應妳，不會再讓妳受苦，我會保護妳！」

「但……我很介意……」小優把頭垂得更低更低，不敢直視AV：「你……知否我拍了多少齣色情影片？又知否……我跟多少個男人睡過？」

AV的腦海不可自控地想起剛才那兩小時內，看盡小優與不同男人的交合，但他還是堅定地回應：「我不知道，也不想知道。我只知道，妳是我的小優。除了妳，我今生今世，再不會愛其他人。」

AV用情專一，對於愛戀，有一份善良的固執。早於十幾年前，AV還是Jason的時候，曾經跟很多女人在一起，大多都是霧水情緣，直至遇見小優，AV才眞正嚐到愛情的味道。

小優沒有艷壓群芳的長相，論樣貌，AV過去任何一個女朋友都勝過她。偏偏AV卻對她情有獨鍾，被她的氣質所吸引。相處了一會便接通了頻道，產生了強烈的愛意，瘋狂地戀上她。

眞正的愛情，不重於外表，而是互相的心靈能否接通。

人生匆匆，未必人人都能遇上令你一見傾心、情投意合的戀人。轟烈的愛情，是義無反顧、是會令絕世聰明的人變成傻子。沒有任何情由，不受控地愛上對方，終生不移。

情人跟兄弟一樣，都是有今生無來世。不可強求。

夠幸運，便能遇上。

——AV篤信自己早遇上了！

他們是命中注定，是天造地設。這段緣份又怎會爲了那些經歷而終結？

小優抬起頭，望向眼前這個男人。她雖然不知道這些年來AV怎樣度過，但她卻相信，AV一定對她念念不忘，沒有放棄過尋找自己的下落。

歷盡艱辛，終於再次遇上，又怎可以輕言放棄。

只要我們還活著，一切都可以重來！

「Jason……多謝你找到我。」小優悽然一笑。

AV也寬心笑了。

二人相視而笑，但笑容只在嘴角凝住了不足幾秒，因爲那個討厭的廣播聲音又再響起。

「眞的好溫馨，好感人啊！好一對絕了種的癡男怨女，能見證這一幕，簡直是我的榮幸喔！」

「雷公子，我知道是你！」AV忍住怒火：「只要你放過我們，我承諾絕不會向你報復，我和你的恩怨，就此一筆勾銷。」

「AV啊AV，我想你一定是看了太多AV片，弄致腦袋有點不靈光了。你要知道，現在你和你的女人都在我手上，只要我一句話便可取下你倆的性命，你根本就沒有向我討價還價的籌碼。」

「到底你怎樣才肯放過我們？」

「其實我爲人很善良，只要聽到中聽的話，心腸便硬不起來呢。」

「雷公子，你大人有大量，放過我們吧……」

「不錯不錯，繼續啦。」

「是我不對，是我不好……請你不要恨我，不要惱我，大發慈悲……饒了我們……」

一代戰神，爲了愛人的安危，不得不放下尊嚴，向雷公子卑躬屈膝，說盡噁心的奉承話。除此以外，如肉在俎的AV已想不出任何法子。

「夠了！別再說下去！我快要哭耶！好一個男子漢、大丈夫，爲了愛人，竟可以把自尊拋諸腦後，AV哥，你超偉大的！實在太令人感動，太賺人熱淚了！」雷公子聲音哽咽：「我雷公子最欣賞有情有義的人！AV哥，我敬你是位英雄好漢，也不願再難爲你了，我答應解放你們。」

雷公子眞會被AV的話所感動嗎？就連AV也不相信，自己幾句違心話有如此威力。雷公子隨便的應允，叫AV更感不安。

嘎嘎——

小優房間的鐵門，被慢慢推開，發出一陣尖銳的門軚磨擦聲響。

一個身穿醫生服的男人，踏進房間，走到小優面前，把手術箱放在一張小枱上。AV的不安感急劇飆升。

「你別亂來！你敢動她，我殺了你！一定會殺了你！」AV如坐針氈，心急如焚。

醫生服男人對AV的話充耳不聞，自顧自從手術箱取出一枝麻醉針，站在小優後面，把針嘴刺入她的頸項。

小優已經知道，接下來發生在自己身上的事情，將會是何等的恐怖。

她竭力睜大眼睛，把AV的臉，留在自己的視線內。

也把自己最後的心意，傳遞給久別重逢的男人。

能在有生之年重遇你，其實已算幸運。

對不起，我要先行一步了。不能陪你走餘下的路，你要好好的活，堅強的活。

或許今世我們有緣無份……如果可以選擇，下一世、再下一世，我也願意做你的女人。

忘了我就沒有痛，

將往事留在風中。（注）

——永別了。

一點一點，任憑小優再努力，她的眼簾還是徐徐合上，最後終於緊閉。

從此，那雙明眸，只能在AV的記憶之中出現。

AV永遠也不會忘記，小優望著他的最後那個眼神……

再多的話已來不及說，那個複雜的眼神卻說明了一切。一絲恐懼和不忿；更多的是不捨之情，奈何共聚的時間太短；最後卻是帶上笑意，感恩最後一刻你在我跟前。謝謝你。我愛你。

AV都明白。AV都讀得明。

如此心意相通的兩人，怎麼能分離呢？

只要一人死了，另一個人也斷不能獨活下去的！

醫生服男人把昏迷的她抱起，平放在一張手術枱上。

爲她寬衣解帶後，提起手術刀……

「不要……我求求你……」

注：《當愛已成往事》歌詞。

最不想發生的卻沒因爲哀求而停止。

ＡＶ親眼目睹那把冰冷刀鋒刺進小優的軀體，把她的皮肉割開。

熱滾滾的血水在傷口溢出，沿著身軀流到手術枱。

醫生服男人跟屠夫無異，以熟練的手法把手術刀探進小優軀體內，不消一刻，便把一個紅彤彤的東西捧在手上。

「不要！我求你不要這麼殘忍！不要呀！」

任ＡＶ如何聲嘶力竭，也無法阻止這件殘酷的事情發生。

接下來的，是極盡殘忍的畫面，看著自己的女人被人挖出一個又一個內臟器官，ＡＶ卻挽救不了，只能瞪眼目送她的生命流逝。

剛才還是活生生的血肉之軀，轉瞬已成了一個沒有靈魂的軀殼。

被掏空得一乾二淨，彷彿她只是頭任宰畜生的軀殼。

死．無．全．屍！

「吼吼吼吼吼——」

ＡＶ失控似地狂嚎，肉體上的折磨，他再痛也可承受，但此刻所面對的痛，卻是遠遠超出了他所能承受的範疇。ＡＶ再沒有哭，據說當一個人的傷痛情緒到達了極限時，便流不出半滴眼淚。

叫破喉嚨後，空間回歸沉靜。

所有激動歸零，ＡＶ彷彿已隨小優死去。他整個人崩坍了，精神崩潰了，雙目如死魚般失去了神采，獃獃的呆著。

過去這些年，AV雖曾想過自己的女人已經不在人世，可是一天未看見她的屍首，二人就還有在人間重逢的機會，縱然機會渺茫，卻是推動他生存下去的動力。

就在不久前，當他與小優重遇時，差點以爲自己置身夢境。那一刻，他不但對人間重燃了希望，對雷公子的恨意竟也消滅了。爲求他把小優給回自己，他說了許多噁心奉迎話。爲求再次把小優擁在懷裡，AV捨棄了尊嚴。

但目睹這一幕，AV萬念俱灰，陷入絕望。小優慘死的情境，將會成爲他的夢魘，生生世世纏繞著他！

他的人生，再一次跌進谷底。

沒有最深，只有更深的谷底。

從此伸手不見天日，再沒有任何色彩……

再沒有任何希望……

只餘下——仇與恨！

完成手術，醫生捧著他的「戰利品」步出房間，換了另一人進來。

他走近小優屍身，望了望，泛起了一個邪惡的笑容。

「嘿，挖得乾乾淨淨，技術眞是一絕！」

AV永遠都不會忘記這張歹毒的臉容。

「AV，很久不見，生活好嗎？」

雷公子大剌剌地站在ＡＶ的面前，奈何鐵漢正受制於賤人手上，動也動不了，又如何報此等大仇？

3.3 邢鋒

雷公子現身，可身心受盡嚴重打擊的AV，已再提不起力量去跟他糾纏。

「殺了我吧……」

緩緩吐出的四個字，沒有怒火，甚至，沒有情緒。他自知在這情勢下已復仇無望，只求痛快一死，結束那命運多舛的一生。

AV的「反常」，令雷公子大失所望，獵物不掙扎，玩味就差遠了！況且他還想繼續玩下去，不希望就此了結。

「你想就這樣死去？哎呀，你這薄情郎，連你女人的屍身也不領回便想尋死，眞不該呢！」雷公子在腰間抽出一把軍刀：「既然你不想取回她的屍身，那便任由我處置囉。」

惡毒的雷公子，爲了刺激AV，竟把軍刀插進小優的頸項，儼如二次大戰中侵華的日軍，毫無人性地把她的頭硬生生割下來。

「停手！他媽的賤種，我叫你停手呀！」

本已失去了生存鬥志的AV，目睹雷公子的惡行，頓即怒火重燃，恨不得把他碎屍萬段。

AV的反應，中正雷公子的下懷。

——你愈憤怒，我便愈亢奮！

「哈哈哈……」雷公子雙手捧著小優的頭顱，獰笑。

「放下她！」AV怒髮衝冠。

「看見你生氣的樣子，我便放心了。我還以爲你不會再在意她，哈哈哈哈……」雷公子把小優的眼皮撐開，沒了靈魂的靈魂之窗，空洞得如同人偶。「AV哥，我死得好慘慘喔，你一定要幫我報仇啊！」

雷公子爲了惹怒AV，不但把玩著小優的人頭，而且還尖著喉頭，裝女聲模仿她在說話。

AV看得臉紅耳赤，怒火已燒至極點，兩眼快要噴出火焰！

「嘿嘿……這才像樣！」

雷公子一手抓住小優的頭髮，另一手從衣內取出一個遙控器，按下鍵鈕，鎖著AV手腳的鐵環便即解開。

雷公子舉起小優的頭顱：「大英雄，能否奪回你愛人的死人頭，便要看你的能力了！」

四個手持大刀的漢子推門而入，把AV團團圍住。不用言喻，已知他們是奉命來招呼AV。

「AV，這四人跟你是好兄弟來的，因爲他們昨天曾跟你女人相好過啊，哈哈哈哈……」

雷公子的笑聲觸動了AV的神經，沉睡的巨人，即將爆發！

大漢甲一馬當先，提起大刀，向AV迎頭劈下。

刀鋒破空而至，眼見此刀快要命中AV的頭顱之際，大漢甲的身軀突然如箭離弦，往後飛退，直至撞向牆上才止住退勢。

當大漢甲跌落地面時，已經半死，面門凹陷，牙齒掉滿一地。

還不知道發生了什麼事，便暈死過去。

解封的AV，活像一頭嗜殺兇獸，張開利爪，準備擇人而噬！

兩個大漢左右夾擊，妄想可以殺敗目標。但見AV兩臂開弓，以快捷的動作抓住二人的頭顱。

「死！你們全部都要死！」

AV兩臂發勁，把兩名大漢的面門轟撞一起！

碰碰碰碰碰碰碰碰碰碰碰碰碰碰碰碰碰碰——

接連撞擊了好幾十下，把二人的頭顱轟個血肉模糊，面骨全碎，臉容彷如攪碎了的番茄，不似人形。

「哈哈哈哈，精彩精彩！血肉橫飛才夠看頭嘛！繼續打，不要停下！」吸著雪茄的雷公子蹺起二郎腿，看得非常入神。

「吼——即將輪到你！」

AV抓住最後一名大漢，把他擲向玻璃牆上，同時祭起雙拳，在他身上瘋狂炮轟！

轟轟轟轟轟轟轟轟轟轟轟轟轟轟轟轟轟轟轟轟轟——

囤積的怒火，此刻就要來個歇斯底里的瘋狂大爆發！

碩大的身軀在AV拳頭下，變成了豆腐般脆弱，肋骨與內臟被轟至爆裂，和著鮮血飛濺在玻璃牆上。

雷公子並沒被抓狂了的AV嚇怕，他抱著小優的首級，輕鬆地欣賞著AV的表演。

「厲害厲害，妳的大英雄簡直比Rambo還要勇猛，我對他深感佩服呢！」雷公子撫摸著小優的長髮。

轟轟轟轟轟轟轟轟轟轟轟轟轟轟轟轟轟轟轟轟轟——

AV的拳頭把那身軀轟出了個大洞，拳力猛烈無匹，連防彈玻璃牆也抵受不了這股撞擊力，現出裂痕。

「防彈玻璃也被你轟裂，你實在太令我驚喜了！」

裂痕慢慢擴大，不一會便會爆破，可雷公子仍是一副氣定神閒的模樣，全不把AV放在眼裡。是他對自己的實力有信心，抑或留有什麼祕密武器？

乒——

席地響起一陣玻璃爆裂聲。

阻隔著AV與雷公子的玻璃牆應聲爆碎。不共戴天的仇人近在咫尺，AV當下就要用復仇的火焰把雷公子燒成焦炭！

AV正要跨過窗框，迎向雷公子之際，突然有股猛烈的拳勁直撲AV面門。

拳勢力道剛猛無倫，AV掄拳迎上，兩拳對轟，竟把不敗戰神震至往後退。

「!?」

定神一看，只見一個三十出頭、輪廓硬朗、眼神明亮銳利、身穿一套筆直黑西服的身影，正擺下架式，站在雷公子的身前。

如非親眼所見，AV絕不會想到，把自己一擊轟退的，會是個外表斯文、帶點俊秀的男子。

此人看上去大約只有一百五十磅，卻能打出如此力度的拳勢，顯然是個習武高手。

「AV先生，你不是那麼天真，以爲就這樣便可接近我吧？」雷公子趾高氣揚，噴出一口煙：「難道你不知道，所有終極Boss身邊，都會有一個很厲害的近身嗎？哈哈哈……」

只差一步就可手刃雷公子，哪管面前的對手有多強悍，也無法阻擋AV報仇的決心。

「邢鋒，我要看齣好戲，你落力點跟他玩玩。」

「知道了。」名叫邢鋒的男子淡然回應。

既知邢鋒並非善類，AV只想速戰速決，一言不發便掄起霸拳，直轟向邢鋒面門。

這一拳氣勢霸道強橫，拳未到，罡風已刺得邢鋒面容生痛，頭髮揚起。

「好霸道的一拳！」邢鋒心道。

巨大的霸拳，來到邢鋒身前。AV深信此拳定可命中目標，可是變數，就發生在肘腋之間。

他的拳頭好像被一股怪力所牽制，在邢鋒面門急速轉變方向，轟落在窗框上。

那股怪力，並非什麼妖術邪功，而是一門廣為人知的中國武術招式：借力打力，四兩撥千斤。

邢鋒輕描淡寫間已化解了AV的霸拳。AV要扳下這個對手，並非易事。

一擊落空，AV氣也不回，立即祭起另一拳，再轟。

可是，第二拳仍然被邢鋒卸開。

連續兩拳無功而回，AV把心一橫，左右開弓，雙拳齊發，欲以炮轟式密集拳勢令邢鋒招架不暇。

碰碰碰碰碰碰碰——

頃刻間，拳影翻飛，AV幾乎一秒打出五記綿密重拳，快得連肉眼也難以捕捉，偏偏邢鋒的反應卻異常便捷，竟把來拳盡卸。

面對邢鋒，AV的攻勢如泥牛入海，任他如何費勁出拳，也是徒然。

轟了好幾十拳仍徒勞無功，AV的力氣在急劇消耗，拳速亦漸漸慢下來。

「你不行的話，便輪到我了。」

一直從容不迫的邢鋒，雙目閃出精光，在AV身前極近之距離，幾乎在同一秒之間連發三拳。

看似平平無奇的拳招，威力甚為驚人，把AV打至離地轟飛，凌空後退了幾十呎。

碰——

直至背門撞向石牆才能止住退勢。

這實而不華的拳招，正是詠春的吋勁拳。

吋勁拳能在短距離爆發出強大的力量，由於不受拉弓的距離所限，故大大提高了出拳的頻率。

距離愈短，出招的時間亦愈少，速度相對愈快，所謂「唯快不破」，交手時能制人而不受人所制，便可攻無不克。

連中三擊的AV，其五臟六腑似被轟得赤痛難耐，額角冒出如豆大汗。

雷公子明明近在眼前，可恨的是，深不見底的邢鋒卻阻擋著AV去路。

「爲何要幫雷公子賣命？」AV凝視著邢鋒。

「不用你管。」邢鋒冷冷回應。

「替這種殺人狂工作，你就是幫凶，難道你一點人性也沒有？」AV指著邢鋒身後、還在把玩小優頭顱令她不得安寧的雷公子，怒喝。

「受人錢財，替人消災。其他事，我不管。」邢鋒擺下架式：「你要殺他，除非把我殺敗。你也回夠氣了，再來吧。」

說下去也是枉費唇舌，AV吸了口氣，掄拳再上。

AV勢如猛虎，力貫右臂，準備對邢鋒轟出無儔勁度的一拳，可還未發出，便被對方搶先進擊。

邢鋒的拳不但急而狠，而且穩而準，兔起鶻落，接連打出了十幾拳。

碰碰碰碰碰碰碰碰碰碰碰碰碰碰碰碰碰碰——

ＡＶ來不及抵擋，被轟得彎下身子，痛感完全流露在臉上。

「他動作敏銳，拳招又急又猛……我未及出招已被他做出截擊，這下來，我早晚也會給他轟倒……」ＡＶ心想。

十幾拳過後，又再多挨十幾拳。短短十數秒間ＡＶ已合共中幾十拳。

咑咑咑咑咑咑咑咑咑咑咑咑咑咑咑咑咑咑咑咑——

邢鋒簡直是《北斗之拳》（注）的拳四郎上身一樣，愈打愈快，一時間漫天拳影，ＡＶ就像被機關槍掃射，被打得體無完膚，衣衫也爆開了。

身在拳網中的ＡＶ強忍撕心痛楚，雙目一直緊盯著邢鋒出招動作，深信只有捕捉到一個機會，便可以來個反擊。

「這個叫ＡＶ的，果然不簡單，尋常人受此猛擊早已倒下，但他卻可以緊持下來，不俗。要扳下他，非得加點力度不可。」邢鋒心道。

ＡＶ雖然一直捱打，但由於體質過人，邢鋒想將他擊倒也非容易。於是邢鋒換了口氣，準備加重力度，再起拳勢之際，ＡＶ就看準了對方動作轉慢的一瞬，右手抓住他的後頸，左臂同時橫扣，牢牢鎖著邢鋒的喉頭。

邢鋒如同被巨蟒緊鎖著的小羊咩，愈是掙扎，便愈感難以呼吸，再脫不了身，不消一分鐘便會當場窒息致死！

好個邢鋒，臨危而不亂，雙腿一蹬，腰往後發，人如鯉魚往後一翻，力聚腳尖，猛力踹在ＡＶ的太陽穴上。

「嘭」的一聲，AV被猛轟震開，湧起一陣暈眩。

邢鋒當然得勢不饒人，趁AV腳步虛浮，一手抓住他的手腕，另一手祭拳，狠狠地轟在AV的腦袋上。

勁拳如怒潮咆哮，在同一位置上連綿狂轟，一口氣打出了十數記如雷重擊。AV的腦袋似被炸藥炸個四分五裂，痛得死去活來。

最終，鐵鑄的身軀也難抵狂打猛擊，隆然倒地。

「Oh, game over!見你如此癡情，我眞的好感動。別說我沒同情心，我讓你們團聚吧。」雷公子把小優的頭顱拋在AV倒地之處。

頭顱在地上滾動，剛巧停留在AV的面前。距離是這麼近，可已是陰陽永訣。

這一對情深緣淺的苦命鴛鴦，注定難成比翼鳥，今生今世，只能在夢中相見。

AV敗陣，不但大仇未報，性命更落在雷公子手上。他的人生，亦將跌進無底的黑暗深淵。

注：《北斗神拳》（日文：北斗の拳），日本格鬥漫畫，武論尊原著，原哲夫漫畫。故事講述在人類文明毀於核子戰爭的未來，存活下來的人類過著弱肉強食的生活，直到出現了一個胸口帶著北斗七星狀傷痕、古老中國神祕暗殺拳法——北斗神拳的傳人——拳四郎成為救世主。

3.4 邪惡聯盟

AV落入雷公子手上，生死難測。幾天後，一股看不見的邪惡勢力已籠罩著香港的天空。

香港元朗一間古廟內，狄秋對著身前的巨大關帝神像，上香參拜。

「嗨，狄老大！很高興與你會面！」

狄秋回身一望，出現在他眼前的，是一張虛假的笑面。來的，竟然是雷公子。

雷公子身旁還有一名身型魁梧、兩臂全是刀疤、頗有殺氣的非洲籍巨漢。

「你就是雷公子？過來上炷香吧。」狄秋把一炷香遞上。

「我是虔誠基督徒來的，教會規定不能參拜其他神祉，你自便啦。」雷公子撥了撥身前的煙，然後指向非洲籍巨漢：「他是我的得力保鑣，King Kong。別瞧他像隻非洲狒狒，曉講人話的，而且中文非常了得的。King Kong，叫狄老大啦。」

「狄老大。」King Kong的語調不帶半點情感。

「別廢話了，你到底有何要事約我見面？」狄秋背向雷公子，把燒香插入案前的香爐內。

「果然快人快語，那我亦開門見山了。」雷公子：「狄老大，我知道你一向跟九龍那邊的人不對盤，現在信一成了『龍城幫』的龍頭，地位比你還高，而且有一班實力超然的兄弟挺他。火兒、十二少、吉祥，幾個都是黑道新星，你要跟他們鬥，我認爲並不樂觀。」

「這是我們『龍城幫』的家事，還輪不到你這種外人說三道四。」

「不中聽的，我不說就是。不過我想讓你知道，此仗若有我助拳，你便勝算大增！告訴你一件事，『龍城幫』的超級外援AV已栽在我手上，下一個便輪到火兒，只要把信一身邊的猛將逐一剷除，到時要對付他便容易得多了。」

狄秋燃點長煙斗，閉目思索了一會：「助拳？我跟你毫無交情，爲何要幫我？」

「爲了一口氣！」雷公子恨恨：「一年前，我已經有意染指香港娛樂事業，但信一處處跟我作對，不但搞砸了我幾個場子，而且打傷我很多兄弟，擺明要跟我過不去。所謂猛虎不及地頭蟲，我在香港的勢力有限，迫於無奈下，唯有撤出。」

雷公子所說的，全是揑造出來的謊言。他跟『龍城幫』的恩怨，絕非三言兩語便可以說清。

「你在澳門賺個盤滿砵滿，何以還要在香港發展？」

「是否要在香港發展並非重點，我只是很不服氣！」雷公子顰眉蹙額：「我知你跟我一樣，都很不服氣，只要你跟我聯手，把信一打垮，我既能出一口氣，你亦可以奪回龍頭之位，你我各得其所，以後還可以搭檔賺錢，你說多好呢！」

「我要考慮一下，遲些再跟你聯絡。」狄秋步出古廟。

老一輩的江湖人都很要面子，沒即時回絕，就表示狄秋對這次聯營感到心動。

雷公子狡黠一笑，心道：「臭老頭，心裡明明恨不得跟我聯手，卻死要擺架子！」

雷公子巴結狄秋的背後，必定包藏了一個巨大陰謀。

除了狄秋外，雷公子還物色了另一名「合作伙伴」。

翌晚，雷公子與King Kong便踏進這名目標的根據地，銅鑼灣「天天麻雀館」。

麻雀館的經理室內，宋人傑面對權傾澳門黑道的雷公子，顯得有點緊張，堆起了奉承的媚笑。

「騎騎騎……雷公子當真是丰神俊朗，高大威猛。你的名頭如雷貫耳，我早已想往澳門拜會你，可是一直都找不到機會……想不到你今天大駕光臨，小的簡直比中彩票更幸運……騎騎騎……」

「省口氣啦，我來找你不是聽你說馬屁話。」雷公子板著臉。

雷公子裝起目空一切的臭臉，對宋人傑的態度跟狄秋截然不同。這並不表示他特別討厭宋人傑，只因有人吃軟、有人吃硬，懂得對症下藥，才能套住對手的心。

「那請問雷公子找我有什麼要事呢？」宋人傑涎著臉。

「這陣子『天義盟』被『龍城幫』窮追猛打，你有沒有想過反擊？」

「反擊的事……我正跟門生進行部署，很快便有行動的了。」

「哼！行動？打仗需要動用大量金錢，你捨得花嗎？」雷公子指著宋人傑：「不要在我面前裝模作樣，亦不要侮辱我的智慧。我多問一次，你想不想反擊？」

「這個……當然想……雷公子你是不是可以助我一把？」宋人傑囁嚅。

「若不是我也討厭信一，以你的素質，一生都沒可能跟我合作！」

「騎騎騎……我太幸運了，不知道我們有什麼合作空間呢？」

「我要租用你的『天義盟』。」雷公子向身旁的 King Kong 點頭示意，King Kong 便把手中的箱子放在桌上。雷公子續道：「年租一千萬，另外打仗所支出的費用，包括：安家費、醫藥費、車馬費，全部由我承擔。箱裡面的錢是訂金，打開看看啦。」

「這宗交易不但賺錢，還可以跟『龍城幫』開戰，替幫會出一口鳥氣，百利而無一害！哈哈……」宋人傑心裡快速盤算。

打開箱子，裡面全是金光閃閃的千元鈔票，宋人傑看得眉飛色舞，差點流出唾液。

「既然雷公子這麼爽快，我也不婆婆媽媽了，交易達成！」宋人傑急急收起箱子，生怕雷公子會改變主意。「你想何時出兵？」

「不用著急，讓信一多活一陣子吧。」雷公子從外套內取出一枝雪茄：「這一仗我不會現身，只會在幕後當指揮官。你站在前線，按照我的說話行事，當我的人肉錄音機。」

「錄音機也好，收音機也好，只要你肯付錢，要我當你的司機也不成問題，哈哈……」

宋人傑拿出打火機，爲他的新主人點菸。

「如果你是狗的話，肯定是頭討人歡心的純種犬。懂得看主人臉色，聽教聽話，我喜歡！哈哈哈……」

二人一拍即合，不消十分鐘，雙方便達成協議。

雷公子首先巴結狄秋，再當上「天義盟」的太上皇，在幕後控制大局，垂簾聽政。

滿腦惡念的狂魔，很快便會入侵香港黑道，搦戰「龍城幫」，跟信一逐鹿江湖，拚個你死我活。

3.5 黑爸爸

自從涉足電影行業後，火兒除了處理幫會事務外，還忙於商業應酬，不過就算業務有多繁重，他每天總會抽出時間，與藍男吃一頓飯，享受一下二人世界。

時間可以令很多東西改變，也可以令一個不諳廚藝的女人，變成一個烹飪好手。

九龍城寨某單位內，火兒正享受藍男為他烹調的「兩餸一湯」。其中一道，是火兒最中意的菜式——滷水雞翼！

還記得大約一年前，藍男首次煮給火兒吃的滷水雞翼不但沒滷水味，而且鹹鹹酸酸的，味道怪得很。

如今她已經烹調得色香味俱全，雖然跟火兒母親所煮的味道不同，但同樣美味，做出藍男專有的自家風格。

「好吃、好吃！好吃到停不了口，哈哈哈。」火兒一隻接一隻的吃個不停，嘴角沾滿了滷水汁，活像個大孩子。

「慢慢吃啦，你看你的樣子，像極小學時那個『死肥仔』的饞嘴模樣！」藍男以衛生紙替他抹去嘴角的滷水汁。

在這段日子裡，在藍男身上出現改變的，除了廚藝之外，還有身型。

從前苗條少女，今日已成了豐滿少婦。

令一個身型均等又愛美的少女在短短日子發福暴漲，有兩大可能性，第一：中了飢餓咒，第二：有了身孕。

藍男是後者。

二人同居生活相當美滿，火兒又血氣方剛，一到夜晚便特別「活躍」。一個月左右便成功令藍男懷孕。

再等三個月，火兒便要當起黑社會爸爸了。

「公司事務進展順利嗎？」藍男為火兒舀湯。

「不錯啊，有幾部電影籌備開拍，齣齣都陣容強勁。華仔、發哥、Leslie，還有星仔都跟我們簽了片約，明年便會陸續上映。」火兒從藍男手上接過湯碗。

「那你加油啦！我在你背後支持你！」

「對了，這幾天有沒有見過AV？」

「沒啊，什麼事啊？」

「沒特別事，只是前兩天想找他聚聚，卻發現他家門上了鎖。問過阿柒，也沒見過他。」

「不用擔心，AV這麼厲害，哪會有事？你最了解他的性格，也該知道他一向喜歡獨來獨往。或許你找他的時候，剛巧出了門。」

「嗯，也有可能。」火兒穿上外衣：「妳如果遇到AV，記得告訴他，我想跟他一聚。」

「知道了。」藍男爲火兒整理外衣：「工作小心。」

「我今晚出去洽談業務，沒有刀光劍影的，完全零風險。妳腹大便便，早點休息啦。」火兒蹲下來，摸著藍男隆起的大肚：「乖孩子別頑皮踢媽媽喔，否則我叫小白教訓你！」

「汪汪！」

坐在地上的小白像聽得懂火兒說話，神氣地吠了兩聲。

「眞傻瓜，快去賺錢買奶粉啦！」藍男笑道。

火兒親了藍男一下便踏出大門。

這邊廂，滿載溫馨；那邊廂，卻氣氛沉重。

同處九龍城寨的信一，於賭館帳房內，正跟門生阿鬼凝神看著電視螢幕。

平素嬉皮笑臉的信一，此刻面如玄壇，大口吸著香菸。

電視屏幕，有一個熟悉的身影被鐵扣鎖在牆上，任人拳打腳踢。

那個人，是AV。

一輪毒打之後，雷公子出場，手執飛鏢，以AV的肉身作人肉鏢靶。

一連發了十幾鏢，AV的心口、大腿及手臂插滿飛鏢，但仍然不哼一聲。

「看他的樣子一點都不覺得痛楚……看來要刺激一點才行！」雷公子命手下拿來一枝

燒紅了的鐵棒，望向頹喪不振的AV：「既然你的女人死了，你的小弟弟也沒用了呢，不如讓我幫你廢了它吧！」

雷公子笑了笑，把赤燙鐵棒壓向AV下體。好不殘忍變態。

「啊……」灼痛難擋，AV終忍受不了，低哼了一聲。

AV有反應，雷公子撒手：「我還以爲你是鐵打的，原來也難抵『男人最痛』！哈哈……」

雷公子留下活口，無非是要以AV的性命作餌，等待大魚上鈎。

看著好友慘遭折磨，信一著急非常，很想立即動身營救。

可雷公子只把錄影帶寄給信一，卻沒有留下聯絡方法及字條。

「信一哥，AV怎會落在雷公子手上的？」阿鬼驚問。

「你該知道雷公子跟AV有什麼過節，如果我沒猜錯，姓雷的應該用AV的女人引他入局。」信一皺眉。

「他把錄影帶寄給你……」

「用意明顯，無非想引我去救人！」信一托著頭：「姓雷的心腸壞透，只寄出錄影帶而不留下任何訊息，就是想我急、想我亂。」

「那我們現在該怎樣做？」

「什麼也不用做，他既然知道我地址，一定也有方法查到我電話號碼。」信一捻熄了菸：「他很快便會致電給我！」

不出信一所料，半小時後，他的手機響起。

「喂。」

「信一，第一次跟你通電話，首先自我介紹，我叫雷公子。喜歡我送給你的見面禮嗎？」雷公子語帶輕浮。

「別跟我來門面話，放了我朋友，我再跟你慢慢談。」

「好大的威嚴喔。我膽子小，別唬嚇我，我一慌張，眞不知會做出什麼不理智的事呢。」雷公子冷笑：「況且你要分清莊閒，現在是你求我放人，這是求人的態度嗎？」

「……」

「說句話啦。」

「是我一時衝動說錯話，請你大人有大量，別記在心上。」AV的性命在對方手上，信一萬個不願，亦不得不忍氣吞聲。「AV有什麼地方開罪了你也好，我願意代他作出賠償，希望你別再難爲他，放了他好嗎？」

「哈哈哈哈……這種態度才對嘛！其實我爲人很隨和，你令我開心，我親自把AV送回香港也不成問題！」雷公子：「想我放人？沒問題，叫我一聲契爺，我肯定心情暢快，什麼事也可容易談判了。」

雷公子的話極盡挑釁，處處爲難，故意要把信一惹怒。

堂堂「龍城幫」龍頭，還容忍得了嗎？

信一眞想叫雷公子他媽的去吃屎，但一時衝動，卻會換來無窮惡果。

人在高位，每句說話都影響重大，已不能像以往般想罵便罵，一吐為快，所出之言都得顧及後果。

好友身在虎穴，權衡輕重，信一不得不放下身段……

「契爺，請你放了我的朋友。」佛家說，忍人所不能忍，行人所不能行。為了朋友，信一今日竟得學烏龜，得縮頭時且縮頭。

跟隨信一多年的阿鬼，何曾見過老大如此低聲下氣。他雖然不算精明，但也能感覺到，雷公子在電話中的挑釁只是開始，接下來將有更多意想不到的事會發生。

「哈哈哈……龍頭又如何？在我雷公子面前，還不是像頭哈巴狗般對我恭敬從命！哈哈哈……」雷公子得意：「你這個乾兒子很討我歡心，看在你的份上，我就放了他吧。今晚十二點前，親自來澳門見我。到達碼頭之後會有專人來接你。還有，你一個人來好了，否則的話，我保證你永遠也不會再見到AV。」

掛線後，信一便立即從櫃抽屜裡取出佩刀，準備動身出發。

「阿鬼，我今晚要過澳門一趟。」

「我陪你去。」

「不用了，姓雷的只許我一人去，否則AV便會有性命危險。」

「但你落單澳門，不是也很危險嗎？」

「沒辦法，AV在他手上，我不可以棄他不顧。」信一把佩刀插入刀套，扣在後背。

「說到底我也是『龍城幫』的龍頭，他不敢對我亂來的。」

「要不要跟火兒商量一下？」

「他今晚約了電影製片洽談事宜，不要煩他了。」信一穿起大衣：「我猜雷公子只想要彩頭。放心，你老大十二、三歲便從刀口裡過活，從來只有我砍人，沒有人能動我分毫。『龍城第一刀』不是虛有其名的！」

「那……萬事小心。」

信一踏出大門：「等我回來飲早茶啦！」

信一口裡放輕鬆，心中卻知道，即將要面對的，是個冷血乖戾的狂魔。

此行縱然危機重重，但信一沒有想過退縮，因爲，他是個好漢。

所謂好漢，就是不避艱險、敢做敢當，爲了朋友，可以赴湯蹈火、慷慨就義，做平常人所不能做而又令人敬佩的大事。

只是，信一並沒料到，這次征途，會令他陷入絕境中的絕境！

——隨時客死異鄉。馬甲裹屍還！

—火兒與藍男的愛巢—

「你傻了嗎？幹嘛買這麼多呀？」藍男在大呼小叫。

我人生的第一個外甥還有三個月出世了。

那將是我這現世上第二個有血緣的親人。

「那麼多！還要勞煩AV幫忙拿上來！」

今天我跟AV兩個男人去逛商場的嬰兒部，買了很多很多——

難得AV居然樂在其中。

「唔……不勞煩……我……喜歡小孩。」

AV居然臉紅了，這個六呎三吋高的巨人靦腆起來，好羞人啊，違和感好大。

「我知道啦，我算了你當他契爸啊，AV。真好，那麼多人疼他。」藍男笑。

AV也跟著笑了。

我有種預感——

我的外甥或許會是AV的終極救贖。

「喂，怎麼連球衣也買了啊？」藍男繼續大驚小怪。

「等他未來跟我們組成『龍城隊』踢球泡妞嘛！」

「他的舅父跟他爸爸一般白癡呢！」

我外甥的爸爸，的確是個跟我一樣的白癡，卻也是我最好的兄弟。

因為是他，才可以免於一死啦——

哼，居然有渾蛋夠膽未婚搞大我妹的肚子，狗娘養的！

3.6 初會雷公子

信一來到澳門境內，便被雷公子的手下帶到南灣區的雷氏商業大樓。

這幢大廈坐落澳門的經濟中心，樓高二十八層，在九〇年代初期，算是澳門較高的商業大廈。

在江湖打混多年，久歷戰場的信一，早已對危機生出一份的敏銳觸覺。甫一步進大樓的大堂，他便覺得四周環境很靜很靜，靜得幾乎可以聽到自己的心跳聲。

這種不尋常的寂靜，通常在大戰爆發前夕才會出現。

信一在兩名西服男陪同下，步入電梯內。其中一名西服男取出鑰匙，打開按鈕上方的小門，按下裡面的鈕掣，電梯開始上升。

那個鈕掣的樓層是雷公子所專屬，普通人不可接近，只有得到他的允許，才有直達「天宮」的資格。

信一見慣風浪，縱然面對千軍萬馬也了無懼意。不知何故，此刻竟然不由自主緊張起來。

隨著電梯逐層上升，信一的心跳便不斷加快。

當日大老闆圍城，情勢比刻下更加險峻，但也不曾這樣忐忑。

身在對方的地頭，身旁又沒有其他兄弟相從，那份孤軍作戰的寂寞感，叫人惶惶不安。

但信一叫自己不能未戰先怯。怯，你就輸了。

到達頂層，電梯門打開，門外是一個約三百平方呎的大廳，前方有一堵落地玻璃大門。

「藍先生，雷生（注）在外面等你。」

西服男沒與信一同行，待他踏出電梯門，便關門離去。

這幢大樓就似有一種無形的氣壓，令信一渾身很不自在。

來到玻璃門前，信一伸手按著門把，慢慢把門推開。

快要跟雷公子見面，信一腦內冒起了連串問號：我跟雷公子應該沒有過節，何以他好像對我咄咄相逼？他又是否擺下了天羅地網，來個請君入甕？

信一甫推開玻璃門，便有一股寒風撲面，揚起了他的頭髮和外衣。

眼前是個豪華露天平台，盡頭建了一個巨大的按摩浴池，旁邊停泊了一架私人直昇機。

露台中央有張長形餐桌，雷公子坐在一方，搖晃酒杯，享受著杯內紅酒揮發出來的醇厚芳香。

——兩大巨頭，終於歷史性碰頭！

沒有重兵駐守，也沒有劍拔弩張的緊張氣氛，一切來得相當平靜。

「終於等到你了，坐下來吧！」雷公子呷了口紅酒。

信一首次與雷公子會面，但見他神情倨傲，舉首投足帶著一股不可一世的張狂感覺。雖然戴著墨鏡，但卻掩蓋不了從骨子裡滲透出來的邪氣。

「道上的人都說，『龍城幫』的信一有勇有謀又有義氣，果然名不虛傳。」雷公子放下酒杯：「我叫你一個人來，你就眞的獨闖龍潭，厲害！」

信一坐在雷公子對面，直視著他說：「我朋友在哪裡？」

「不用著急，我保證你一定可以看見他。還有，這裡不是香港，來到我的地方，對我說話要客氣一點。」雷公子把餐巾套在頸前：「我準備了晚餐，吃完再說。」

手下把兩份晚餐送到信一和雷公子面前。

「這是A5級雪花極品肉排來的，我親自找專人炮製，不用客氣，試試吧！」雷公子切了一片放入口中：「外脆內軟，簡直無敵！」

信一心繫AV的安危，哪有心情與雷公子共進晚餐？

「趁熱吃吧……」雷公子咀嚼著肉：「你不吃，便是不給我面子，那你也別妄想可以見到AV了。」

AV在對方手上，信一迫於忍氣吞聲，盡量壓住怒火沉住氣。

不情不願下，信一最後也把肉扒吃光。

注：這是廣東及香港地區一種對人的尊稱，相當於先生的意思。

「晚餐也吃過了，我希望雷生你會遵守承諾。」

「正餐吃完，現在到飯後『甜品』。」雷公子抹了嘴，逕自拿起桌上的遙控器，開著豎立在餐桌旁的巨型電視機。

巨大螢幕裡，出現了一幕暴力畫面。

只見幾名手持錘子的大漢，對一名成年男人狂砸猛轟。

成年男人的手腳被麻繩綑綁，無法反抗，只能硬生生承受著強烈痛感。

每一擊都注滿敲碎骨骼的力度，身受過百下猛砸，男人痛得面容扭曲，發出殺豬般的慘嚎。

稍有人性的，都不會無動於衷，信一握緊雙拳，怒火已在體內不斷燃燒，快要到達爆發的臨界點。

「這種真實的暴力血腥場面，是電影絕不可以相比的，就連影帝也不能演繹到他的痛楚反應。」

雷公子看得很是亢奮。

信一卻制住憤怒的情緒。

不斷地求饒、不斷地痛吼，只換來更瘋狂的毒打。足足打了近十分鐘，慘叫聲戛然遏止，男人大小二便失禁一地，當場慘死。

雷公子關上電視，望向信一：「全無反應的，怎麼啦，不喜歡看嗎？」

「你讓我看這套片，是不是想告訴我，只要你喜歡，隨時可以奪取任何人的性命？」

信一已開始沉不住氣：「如果你以爲就這樣可以嚇怕我，我勸你省省氣，收回你的把戲。」

「哈哈哈哈……夠鎮定！」雷公子翹起拇指：「我早知你見慣大風浪，不會如此容易被嚇倒，不過這套片子的重點並非那男人有多可憐，而是鐵鎚敲在他身上的力度。」

信一眉頭大皺，意識到事情大有不妙。

「記記出盡十成功力打下去，不單止令肉質更加鬆軟，而且連脂肪也變成『雪花』，難怪可媲美A5級雪花和牛呢！哈哈哈哈……」

「!!」信一只感胃裡一陣抽搐，把剛才吃下肚的「東西」全吐出來。

「你眞浪費，這些極品肉排不是人人可以吃得到的！」

「他媽的狗娘養！」信一怒目圓瞪，脫下外衣，從背門抽出大刀：「我一再容忍，你這賤種卻不斷挑戰我底線！今日我便豁出去，跟你拚到底！」

信一亮出兵刃，刀光閃爍，刺得雷公子雙目一痛。

這把刀，跟隨信一多年，陪他征戰無數。自從當日與火兒、十二少、吉祥火拚「暴力團」後，再沒出鞘。

蟄伏多時，一直養晦韜光的神兵，終於再顯光芒，勢要飲盡邪奸的鮮血！

3.7 龍城第一刀

信一亮出神兵的同時，一班黑壓壓的人，分別從三部電梯裡湧出來，剎那間已把信一團團圍住。

他們個個身型健壯，手執開山刀，最少也有三十人。

面對眼前險境，信一鎮定如恆，沒有懼色，也沒有退意。

「你今天死定了！不想死的話，放下你的爛刀，跪在地上，爬到我面前，吻吻我的鞋頭，我便放你一條生路。」雷公子翹起腿。

信一是「龍城幫」的龍頭，下的每一個決定，行的每一步路，都代表了整個幫會。他絕不容許自己辱了「龍城幫」的威名，所以無論形勢有多凶險、勝算有多少，他也不會選擇降服。

「龍城幫」是哥哥的心血，他耗盡半生才能打下來的鐵桶江山，又怎可以毀在自己手上？

「相比起當年哥哥的困境，我刻下所面對的，又算得上什麼？」

「龍城幫」建幫初期，在龍捲風帶領下，由一個小小的幫會，到最後發展成一個擁有三萬幫眾的大社團，當中經歷過多場戰役，亦曾面對過比自己強上多倍的敵人，最終龍捲風也可以把所有強大勢力推翻。

龍捲風之所以能縱橫馳騁於江湖，除了懂得打造聲勢外，更重要是他對自己的實力有強烈自信，抱著**「遇挫不挫，遇強愈強，遇惡制惡」**的戰鬥精神！

身爲「龍城幫」的第二代掌舵人，信一務必要將這份精神延續下去。

「寧鬥而死，不屈而活！」信一握緊神兵，雙眼吐出殺意火焰：「哥哥，若你在天有靈，一定要保祐我殺光這班不知死活的東西！」

「能否見到AV，就要看你的能力了，嘿嘿……」雷公子慢慢步向直昇機方向，回頭望向被重重包圍的信一：「Good luck！動手吧！」

一聲令下，雷公子的爪牙便向信一一擁而上！

「把他斬成肉碎！」

「就憑你們？」信一冷眼橫瞅，手往外抽，劈出又急又勁的刀勢。

第一刀，毀掉前面三人的兵器。

第二刀，往橫一抹，刀鋒在三人頸上畫下一道口子。

他們還未來得及反應，便覺喉頭一陣涼意，連動手的機會也沒有便死了。

直昇機上升，雷公子居高臨下，欣賞著這場好戲。

「信一有個綽號叫『龍城第一刀』，刀法以快、狠、準見稱。」雷公子對坐在身旁的邢鋒說：「邢鋒，你要聚精會神，看看他是否一如傳聞般厲害。」

「『龍城第一刀』……」望著信一的邢鋒心道。

身在圍困中的信一，冷靜非常，刀勢再起，斜劈橫斬，刀芒在人群中竄動，以最精準的刀法，命中對手要害。

一刀殺一個，瞬息間又取下幾條性命。

驚見信一的厲害，場中再無一人敢捋虎鬚。

人多勢眾又如何？在信一的眼中，他們已等同紙板公仔。

信一的氣勢震懾全場，下一輪攻勢，便要把眼前的人盡情屠宰！

「在這處境下，落點仍然那麼準繩，表示他遇變不驚，頭腦相當冷靜。」邢鋒一雙鷹目一直盯緊著信一。「我方人數雖多，但卻輸了氣勢，軍心潰散，敗象已呈。」

「信一是龍捲風的指定繼承人，當然有一定的實力，你有否信心勝過他？」雷公子嘴角一翹，望向邢鋒。

「只要我認真起來，要扳下他，應該不難。」邢鋒木然。

天台上血流成河，信一以一人一刀幾近把敵軍擊個潰不成軍，身上雖亦有掛彩，但也無減他的勇悍。

信一鮮有不留餘地，殺紅了眼，因爲雷公子是個十惡不赦的狂人，對付這種人，只有比他更瘋更狂！

信一要讓他知道，「龍城幫」並不好惹，開罪了我，惡果自招！

一刻鐘後，信一已剷除了所有上前來送死的敵人。

嘍囉再多，也只是嘍囉，他們的血，唯一的用途就是餵刀。

只有戰神，才有資格當戰神的對手！

邢鋒從直昇機艙跳下來，以冷酷的眼神，望著他的獵物。

一看邢鋒，信一便已感覺到，他絕非尋常的角色。

「我們開始吧。」邢鋒依然淡定。

「手無寸鐵便想跟我打？」信一提刀：「你已半條腿踏入地府了！」

「是嗎？那便請你拿出實力來。」邢鋒擺下架式。

邢鋒只眨了一眼，信一便已來到自己身前，迎頭劈出一記快刀。

刀勢其猛無倫，迅捷無比，可邢鋒也非善類，急身橫閃，輕易避開了信一的刀。

「他的反應很快！」一招未能殺敵，信一又再施展攻勢。

信一急奔向前，將全身的力量貫到右臂，猛力揮斬，便拉出一道耀眼的刀光。

刀光急快疾閃，莫說躲避，就連肉眼也難以捕捉。

眼見邢鋒的喉頭將被劃下一道血痕之際，刀光竟然落了空。

邢鋒身法快如狸貓，身影一動，不但避開了致命刀勢，更已走到信一的身旁，掄拳轟向他的面門。

「碰」的一聲，信一面頰挨拳。同時間，他亦向邢鋒的胸口刺下去。

「取你狗命！」信一此刀變起俄頃，邢鋒著實沒料到，在他中拳的同一分秒便已起刀勢，險些被貫穿身體。

若非邢鋒身手敏銳，及時把刀身夾在雙掌中間，已經一命嗚呼。

「看你如何脫身！」信一長驅直進，把邢鋒迫得節節後退。

現下處境，邢鋒一鬆開手，便會被信一一刀穿心，在受制於人的情況下，只有不住後退。

一直退、一直退，直至退無可退！

信一把對手迫向落地玻璃牆，邢鋒左腳往後撐住牆身，雙手仍力抵信一的刀。

信一猛力傾前，將全身力度貫注刀上，把邢鋒壓得喘不過氣，冒起如豆大的冷汗。

高手過招，致勝的關鍵就是要制人而不受人所制。此刻邢鋒被對手佔盡上風，拉鋸下去，形勢仍然偏向信一，他得盡快脫身，否則大有可能成爲刀下亡魂。

刀尖漸漸壓向邢鋒的面門，就在此時，邢鋒決定釜底抽薪，左掌鬆手，力聚右掌，在千分之一秒間把刀身旁一推，厲烈的一刀掠過他臉頰，刺向後面的玻璃牆上。

衝力無儔的刀勢把玻璃牆刺出一道裂痕。

邢鋒雖避過了信一的刀，卻躲不及他霸烈的猛腿。

原來除了刀法了得，信一的腿力也相當犀利。腿出如電，在迅雷不及掩耳間踹向邢鋒胸口。

力度萬鈞，邢鋒猶如被一輛重型貨車迎面撞個正著，痛徹心肺。身後的玻璃牆也抵受不了這股衝擊，應聲粉碎！

信一得勢不饒人，雙手緊握刀柄，勁聚一點，準備劈出最猛最烈最具殺力的一刀。

「你我一戰，到此爲止！」

信一大吼一聲，疾劈邢鋒。勢道猛如十級暴風的一刀，注滿了無儔力量，足可分天裂地，鬼神辟易！

猛風迎面撲至，邢鋒仍然保持冷靜，不驚、不怯、不退，從後腰取出一物，竟將勢如破竹的一刀擋截下來！

強如信一亦被反震後退。當他頓住退勢，才清楚瞧見邢鋒手中的武器，原來是一柄雙截棍。

「最後也要迫我用上這位『戰友』……龍城第一刀，果然名不虛傳。」邢鋒祭起手中雙截棍：「到我發動攻勢了，當心！」

邢鋒動作快得驚人，兩秒之間已換了幾個動作，雙截棍隨之舞動，頃刻棍影重重，急取信一。

霸道的棍勢如飇風襲噬，連綿圓轉，信一只感一股猛烈氣流撲面而來，不容細想，提刀與之抗衡。

噹噹噹噹噹噹噹噹噹噹噹噹噹噹噹噹噹噹噹——

刀、棍交擊之聲不絕於耳的響著。起初信一還可以抵得住邢鋒的棍影，可酣戰久了，信一抵擋得漸感吃力。畢竟雙截棍的招路變化較大，而且快似靈蛇，著實令人難以招架。

信一刀速漸慢，邢鋒看準一個機會，往他面門轟下重重一擊。守勢瓦解，棍影如天羅地網疾噬而下，信一頓成「網中人」，一連吃了好幾十棍，轟得他頭痛欲裂！

棍影不絕，邢鋒勢要一鼓作氣把信一轟倒才肯罷手。

可生性硬性子的信一又豈會坐以待斃？只要尚有一口氣，他也會拚了命的做出反擊。

「這樣下去，早晚也會被他亂棍轟死，一定要破開他的棍網才行！」信一心忖。

信一欲劈開棍網，但刀身卻被雙截棍的鐵鍊纏著。邢鋒猛一吐勁，便把他的佩刀脫手飛開。

形勢本已不太樂觀，現在連佩刀也脫手，信一如同折了一臂，戰情岌岌可危啊！

面對密集而剛猛的強攻，信一只能以雙手護住頭部，且退且擋，望能支撐下去，等待突圍的機會。可當他退到電梯門前時，其中一棍湊巧轟中牆上的鍵鈕，電梯門打開，信一被迫退入裡面，情勢更加險峻。

身在狹窄的空間內，信一無處走避，不斷挨棍。

轟轟轟轟轟轟轟轟轟轟轟轟轟轟轟轟轟轟轟轟轟轟轟轟轟轟轟轟——

也不知身中多少棍，信一終於連提臂擋架的力量也沒有，半死似的，頹然坐在電梯內。

電梯正下降至十八樓，邢鋒按鍵，電梯門在這樓層打開。

雷公子的直昇機亦停留在這一層，視點穿透大廈的玻璃幕牆，瞧見信一倒在走廊盡處的電梯之內。

「哈哈哈哈……小混混始終是小混混，任你在江湖上再厲害，也敵不過邢鋒。」雷公子張狂地笑著。

「你不行的了。」邢鋒俯視著信一：「打下去，你只會被我活生生打死，乖乖跟我走吧。」

「怕死的話，我便不會隻身闖進澳門。」信一緩緩抬頭，目光如炬。

「身處劣勢，他的眼神仍然如火熾熱……這個信一確實是個硬錚錚的漢子。」邢鋒暗裡欣賞。

「我已沒回頭路可走……」信一一手撐著地面，心道：「就算拚了命也不能認輸！」

信一稍做回氣，便一躍而起，勢如猛虎衝向邢鋒。

在邢鋒的眼中，信一已是強弩之末，心忖：「就算剛才十成狀態也非我之敵，遑論現在。」

邢鋒提棍，往信一的頭顱一擊而下。然後「嘭」的一聲，錯愕的表情……竟然出現在邢鋒的臉上。

邢鋒的一棍被信一一臂擋下，更令他意想不到的是，對方竟還有力量還擊，錯愕間，面門硬吃了信一重肘，連手中的雙截棍也被奪下。

受了傷的老虎，始終是一頭老虎，別以爲他重創了便可放下警戒心，只要他獸心一起，反撲的力量，絕對超乎想像。

可信一並沒跟邢鋒糾纏，推開了他便向前急奔。只因他的目標，另有其人。

信一一直往前衝，差不多去到走廊的盡頭，便聚勁於臂，把手中的棍子擲向玻璃幕牆，把幕牆砸出裂痕。

下一秒，信一雙臂交疊，猛地撞向幕牆，衝力之大，竟把整堵幕牆撞至爆開。

「他……幹什麼啊？」一直在直昇機上觀戰的雷公子亦被嚇得目瞪口呆，一時間也想不出信一此舉的目的。

雷公子當然猜不透信一的想法，因爲他的做法，已超出了一個正常人所能想像的範疇。

雷公子是事件的始作俑者，要解決事情，救回AV，唯一的方法，就是把他擒在手上！

所以信一做出一個最直接的方法——

打碎大廈的玻璃幕牆，往雷公子的直昇機，飛躍出去！

身處人生高峰的信一，本來可以留守「龍城幫」大本營，安享他的黑道大業，可是，爲了朋友，此刻竟押上萬金之軀，不顧後果地賭這一局。

信一記得哥哥曾向他說過：「一個頂天立地的男人、受人景仰的領袖，就要**有肩膀、敢擔當！**」既然自己選擇了**踏上**營救朋友的征途，哪管面前的**路**有多險惡，也要將它們一一克服。

「啪」的一聲，信一的手抓住了機艙門框。

「你……簡直是瘋子！」居然讓雷公子這瘋子也覺得瘋狂！可見信一此舉駭人莫名。

世上有些人，本就不甘平凡，活著就要做出一些超越現實的轟烈事。他們敢做敢爲而又與大多數人背道而馳，爲了達到某個目的，可以連性命也豁了出去。

只有在成龍電影世界才會出現的畫面，此刻竟在眼前上演，若非親眼所見，雷公子絕不會相信，信一是如此藝高人膽大！

雷公子怔住，但機師卻相當機警，知道一旦讓信一爬入機艙便不堪設想，故立即搖動控制桿，令機身傾斜，想把信一甩出機外。

「我要留他一命！快往上升！」

雷公子大吼，機師聽命，把直昇機升至大廈天台上空。

「不得不承認，你的勇猛的確超出我所預期。還欠一步，你便可以成功了，可惜、可惜……」雷公子俯望著抓住門框的信一：「這裡距離天台約有數十多米，掉下去，應該不會摔死的……」

雷公子猛力踹向信一的手指。信一一痛，緊抓住門框的手，鬆開了。

身體被拋甩在半空，直墜天台。

嘭——

巨響過後，空間回復死寂。信一頹然倒在屍海上，這一次，他再沒有力氣支撐起來了。

一個爲愛人，一個爲朋友，兩個有情有義的男人，同樣落在雷公子的手上，他們還有可能活著離開澳門嗎？

3.8 恐懼鬥室

信一醒轉過來時，跟AV一樣，發現自己身處一個昏暗的密室內，手腳被綑綁在一張鐵椅上，四周瀰漫著一種陰森可怖氣氛。不問而知，這裡是雷公子用作折磨對手的地方。

「終於醒來了呢，睡得好嗎？」坐在信一對面的雷公子，露出一張欠揍的嘴臉。除了幾名混混，站在雷公子身旁的還有邢鋒。

「要剮要殺，隨便！不過我要告訴你，今日你殺了我，等同與整個『龍城幫』爲敵，我的兄弟一定不會放過你！」身陷絕境的信一，一雙虎目仍然炯炯有神。

「不放過我嗎？我眞的好驚驚啊！」雷公子裝作驚慌，維持了兩秒又變回囂張的神態：「你以爲『龍城幫』好了不起嗎？連龍頭也落在我手，你的門生又有何能耐跟我鬥？」

雷公子揚揚手，站在信一身後的人便亮出一把小刀，把刀尖插入信一指甲裡面……用力一挑，一片染滿鮮血的指甲便掉在地上。

十指痛歸心，信一卻不哼一聲，咬著下唇，竭力強忍劇痛。

「厲害厲害，果然是條硬漢！」雷公子翹起一邊嘴角：「我就看你能撐多久，把他的指甲逐片挑出來，直至他叫出來爲止！」

雷公子太小看信一了，肉體上的痛，他多大都能承受，但要他在敵人面前示弱，卻是萬萬不能！

十片指甲落地，信一痛得全身冒汗，雙手發震，可由始至終，他都沒有叫出聲。

信一的忍耐力遠超雷公子的預計。

「無可否認，我的確有點欣賞你，不過看不到你屈服的樣子，我又不服氣、不甘心……」雷公子吸了口雪茄：「看來我要使出『祕密武器』了。」

雷公子拍了拍手，三名門生抬著一個大布袋，從大門走進來。

打開布袋，藏在裡面的，是一個活生生的人——AV。

他手腳均被鐵鍊扣鎖，動彈不得，當然也失去反抗的能力。

「AV！」

一見AV，信一難掩激動情緒，高呼好友名字。但AV卻充耳不聞，雙目失去了昔日的神采，與信一認識的「殺人凶器」判若兩人。

「AV……」信一茫然若失。

自認識AV以來，信一從沒見過他這副死屍般的模樣，是什麼刺激令一個鐵漢變成這個樣子？

除了朋友，AV生命中最重視的，就只有他最愛的女人。

聰明的信一，大概已猜到，AV的女人已經凶多吉少。

「我們到底跟你有什麼過節？」信一瞅了雷公子一眼。

「當你親眼見證著我如何打垮『龍城幫』之後，我自會讓你知道答案。」雷公子冷笑，然後向身後的爪牙揚揚手，從他手上拎起一物，在信一面前晃動著：「你猜猜這是什麼？」

雷公子手中的東西，是一個鐵面具。面具中央有一道約莫一呎長的圓筒狀管道，直徑大概拳頭般大。

「猜你媽的，要殺便殺，別搞那麼多無謂事！」

「你們帶給我那麼多的娛樂，我又怎捨得下手呢。哈哈……」雷公子拿起手中的面具：「這個東西趣致吧？別小看它，它可是我們中國古時的刑具來的。劊子手首先會替受刑者套上面具，然後把餓透了的溝渠老鼠放進管道入口，接著，那些飢腸轆轆的老鼠便會竄入面具內，在他的面上亂爬亂抓，當知道沒有危險，牠們就會肆無忌憚，開始吃他的肉，鼻子、眼球、嘴唇，統統成爲老鼠的食糧。好運的話，死不了，但毀容是難免的啦。」

聽到這裡，一直視死如歸的信一也不禁雞皮疙瘩。

「有時候，我當眞佩服古時中國人的想像力，這麼殘忍的酷刑也能想像出來。不過隔了幾百年，也該有點進步才行，所以我注入了些新元素……我會把管道的外層塗上火油，把它點燃，老鼠們抵受不住熱力，一定會找出口逃生，你知道哪兒是唯一的逃生門嗎？」

雷公子貼近信一：「是口腔啊！」

信一的眼神，已流露出怯意。

「牠們闖入口腔後，便會鑽進喉嚨，最後用利爪挖穿皮肉，在身軀的不同部位破體而出！」雷公子吐出噁心的舌頭：「試想想，十幾隻老鼠在同一時間抓破肉體逃生，畫面何其震撼，想像一下已感興奮！」

信一冷汗涔涔。

「哈哈哈哈……我以為『龍城幫』的龍頭有多厲害？還不是被我的刑具嚇至失魂落魄！哈哈哈哈……」雷公子張狂大笑，望向AV：「給我吊起他！」

幾名爪牙將麻繩套在AV的腰間，把繩子的末端繫在天花板的扣子上。

雷公子走到AV面前，笑了笑：「這個禮物，送給你，請笑納。」

面具套在AV的頭上，信一看得心也寒了。

「待會我便會把老鼠放入管道，只要你能解決眼前障礙，就可以救回AV。」

說罷，一個手執長短刀、身穿日本武士服的刀客步入房內，在AV身前停下，目不轉睛盯著信一。

「給你介紹，他叫天野一郎，是來自日本的二刀流劍豪。」

雷公子拍手示意，門生便替信一鬆綁，並把他的刀擲在地上。

與此同時，另一名門生拿著裝滿老鼠的布袋，準備套入管道。

「春宵一刻值千金。」雷公子一副心急的樣子：「來來來，信一，快跟你的對手來個激烈的接觸吧！」布袋套進入口。

信一的手，握緊刀柄。

十指痛歸心，被剝了十隻指甲，本來還痛得發顫的手，一與「戰友」重聚，便立即停止震顫。

人，也像充滿了電般，精光暴射。

渾身吐出濃烈殺氣！

「蘿蔔頭！」信一揮刀直劈天野一郎：「現在我便給你見識一下，香港古惑仔的刀法有多厲害！」

錚——

兩刀交鋒，火光四起，一場影響「龍城幫」命運的中日決戰，正式展開！

翌晨，火兒收到一份郵包。

一份由雷公子派人送來的郵包。

「這盒東西今早放在賭館門口。」阿鬼望著桌上的包裹說：「上面寫著你的名字，所以我沒有打開。」

火兒與阿鬼在賭館帳房內，凝視著桌上包裹。

直覺告訴火兒，包裹裡面的東西，絕非尋常之物。

包裹裡頭，有一個戶外用的小冰箱，以及一個信封。

藏信封內的東西，原來是幾張拍立得照片，火兒拿來一看，不禁心頭一震。

照片的內容，全是信一與ＡＶ受刑的畫面。

包括信一被挑掉了指甲、血肉模糊的十指指頭大特寫。

「信一哥和AV……怎會這樣的……」阿鬼痛心驚叫。

火兒一言不發，保持冷靜。

他的手，緩緩把小冰箱的蓋子打開……

寒氣沿著蓋子的隙縫滲出。

蓋子全開，攝入二人眼簾的，是一幕極其震撼的景象……

藏在小冰箱內的，赫然是一隻斷掌！

斷掌被一個透明保鮮袋包裹，放在一堆冰塊上面。

指甲全被挑起，跟信一受虐後的手，十分吻合。

阿鬼嚇得六神無主。

火兒卻仍然保持鎮定。

「火兒哥……現在怎麼辦？是不是要集齊人馬，立即動身過澳門救人？」阿鬼眼神呆滯，方寸已失。

「冷靜點，別亂了心神。」

火兒在小冰箱的旁邊，取出一張印著澳門大三巴（注）景物的明信片。反轉一看，背面寫了三句話：

注：大三巴牌坊，其正式名稱為聖保祿大教堂遺址，一般稱為大三巴或牌坊，是澳門天主之母教堂（聖保祿教堂）正面前壁的遺址，澳門標誌性建築物之一，「澳門八景」之一，二〇〇五年成為聯合國世界文化遺產。

「欲救二人，單人匹馬，澳門相見。雷公子」

「單人匹馬……火兒哥，萬萬不可啊！」阿鬼望著斷掌：「信一哥就是因爲獨闖澳門，才如此下場……」

「我不相信這隻手是信一的。」

「不是信一哥嗎……」阿鬼一臉難以置信。

「如果斷掌眞是信一的話，何以這批照片中，信一的手掌還連著手腕？以雷公子的變態本色，又怎會不把斷掌過程拍下？」火兒站起來，按著阿鬼的肩膀：「雷公子只想我心慌意亂，引我立即動身過澳門。」

「就算斷掌不是屬於信一哥，但他和AV的確在對方手上，處境很不樂觀。」阿鬼稍爲鎭定下來。

「你說得沒錯，這場仗凶險萬分，只要走錯一步，隨時萬劫不復。」火兒強自壓下心頭的慌亂，目光仍然銳利：「這次又要亮出友情牌，找兩位好友幫手了。」

3.9 決戰前夕

「龍城幫」第一人陷入險境，事態嚴重，當下火兒便聯袂阿鬼、Happy 仔找上十二少與吉祥共謀對策。

五個江湖男人，於一個陽光普照的上午，在廟街的公園或坐或站，看來悠閒，但會議的內容，卻是轟天動地的大事。

「事情就是這樣，十二少，你有何看法？」火兒站在大樹下。

「擺明是個局！」十二少坐在公園的長凳上：「雷公子只想引你到澳門，然後把你除掉。」

首先是AV，然後信一，再之後到火兒。雷公子顯然要把『龍城幫』的高層，逐一對付。

十二少與火兒的想法一致，可他還有想不通的地方。

「阿鬼，『龍城幫』和雷公子那邊有沒有過節？」火兒問道。

「沒有！我跟隨信一哥多年，從來沒聽過『龍城幫』跟澳門的黑道起過衝突。」阿鬼困惑：「雷公子會否想入侵香港黑道，所以選了『龍城幫』爲攻擊目標？只要打垮我們，他便會在道上聲名大噪。」

入侵香港黑道有很多方法，沒必要四面樹敵，而且「龍城」是香港數一數二的大幫會，惹上我們，對他們也沒好處。火兒如是想。

火兒斷定，雷公子跟「龍城幫」一定有著什麼深仇大恨……

大得叫雷公子不惜一切，也要把「龍城幫」轟個四分五裂。

「火兒，你和信一都是『公司』的靈魂人物，將你倆生擒之後，下一步便可揮軍攻城！」十二少把腳下的小石頭，輕力踢向火兒之處。

「不管雷公子背後有什麼陰謀，他敢惹上『龍城幫』，最終的後果必然是引火自焚！」火兒用腳邊定住石頭。

「你想怎麼做？」

「信一和AV都落在雷公子手上，就算明知是龍潭虎穴，我也沒有選擇，一定要走這一趟。」

救人是必然的事，不過明知眼前是個陷阱，火兒哪可以單憑一個勇字便走到澳門？火兒率性而爲，卻帶點衝動。以往有一種「幹了再算」的蠻勁，但現在他已是「龍城幫」的第二號人物，每一個決策都影響深遠，這一次更加不可有半點差池，否則將換來難以想像的巨大後患。

「我大概已想到對策，只要一切進行順利，雷公子今晚便會乖乖放人！」火兒把石頭踢飛：「時間不多了，我只有幾個小時做部署，入夜之前，我便要動身救人！」

「火兒哥已有對策？」吉祥心想。

「火兒的腦筋一向靈光，處事也很冷靜，這次只能靠他了。」雖沒說出口，但阿鬼由衷敬佩火兒的處變不驚。

「我過了澳門之後，香港一定會有事發生。」火兒望向阿鬼：「你要做好開戰的準備！」

「知道。」

「九龍城寨已經危機四伏，我會安排藍男暫住廟街。Happy仔，你替我好好保護她。」

「沒問題。」

站在十二少身旁的吉祥首度開腔：「火兒哥，你可放心，我保證阿嫂在我們的地方百分百安全！」

「『龍城幫』的事，就是我們『架勢堂』的事。火兒，這場仗有我十二少陪你一起打！」

人生中，能遇上十二少這位肝膽相照的好友，火兒已無憾了。

要雷公子放人，似乎是個不可能的任務，不過火兒曾不下數次創造奇蹟，這次又能否扭轉乾坤？

會議結束後，「龍城幫」人馬已進入全城戒備狀態，準備迎接這場超級巨戰！

Happy仔、吉祥正在拳館內鍛鍊拳腳。

下盤功夫了得的Happy仔，對沙包連踢了十幾腳，記記猛力，震耳的「嘭嘭」聲響徹拳館。

Happy仔出道只有三年，一年前投進「龍城幫」門下，最近才受火兒和信一委以擴張版圖的前鋒重任。現下，火兒把更重要的任務託付自己身上，Happy仔的心情難免相當緊張。

即將爆發的戰役，絕對是他出道以來，最大型的一場。

「Happy仔！」剛練完拳，大汗淋漓的吉祥把一瓶蒸餾水拋給Happy仔：「先歇歇吧！」

「謝謝！」Happy仔接住蒸餾水，打開蓋子，喝了一口。

「你情緒太緊繃了，放鬆一點，不要太擔心。」吉祥撥了撥瀏海。

「今晚火兒哥就動身過澳門，這裡群龍無首，我實戰經驗尚淺，怎可能放輕鬆？」

「城寨那邊重兵駐守，嚴陣以待。阿鬼跟隨信一多年，久歷沙場，有他領軍，足以應付來敵。再加上裡面還有個隱世高手坐鎮，敵軍要攻入城也非易事！」

「你是說柒哥？」

「正是！」

「關於柒哥的事，火兒哥也曾經告訴我，但我一直也未見過他出手……柒哥真如傳聞中那麼神嗎？」

「早跟你說是隱世高手，當然不會隨便出手啦。不妨實說，我也只是見過他幾次，每次都在冰室內看報紙或切叉燒，哈哈……」吉祥：「不過火兒哥之所以能脫胎換骨，也是全靠柒哥的，所以我對他的實力有百分百信心！」

「嗯嗯。」

吉祥戴上拳套，跨過擂台邊繩：「聽說你的腿功很厲害，不如上擂台切磋一下吧！」

Happy仔亦戴上拳套：「好，就跟你玩玩。」

兩個江湖新貴，暫時還不知道，他們即將面對的對手，強大得連AV、信一也非他之敵。

就算是王九此等怪物再生，亦未必能將他扳下。

吉祥與Happy仔正要切磋的同時，十二少在家中握著他的佩刀，似在跟一位「戰友」商議戰策。

十二少跟火兒、信一雖不是隸屬同一幫會，可三人決戰大老闆之後，曾經斬雞頭、燒黃紙，「歃血爲盟」結爲異姓兄弟，福禍齊當。

如今兄弟遇上劫難，十二少當然義無反顧，配合火兒，營救信一。

一向對自己實力有絕對信心的十二少，此刻卻有點忐忑不安，因爲這次的敵人，是個無惡不作、有權有勢的嗜殺狂魔！這種冷血系的對手，草菅人命，喪盡天良，比大老闆更惡更瘋更不講理，最令人煩惱的是，對方要火兒單獨赴約，這無疑是送羊入虎口。

不過，火兒早已想出了對策，只要一切都按照他的劇本發展，不但可以令雷公子放人，還可以全身而退。

可一旦出了什麼亂子，後果便絕對不堪設想。

黃昏時分，火兒與藍男身在十二少安排好的單位內，凝望著對方。

男的臉上帶笑，表現輕鬆。

女的強裝沒事，可眉宇間的憂戚，卻出賣了她。

「別發愁啦！」火兒摸摸藍男的頭：「你要對我有信心嘛！」

「我也不想擔心……但信一和ＡＶ已栽在他手上……」藍男水汪汪的眼望著火兒：「你一定要平安回來啊！」

藍男從來都是個倔強自立的女人，很少在人前展露軟弱的一面，就算上次大老闆圍城，她也沒有哭哭啼啼的跟火兒來個「言情小說式」激情道別。

但這次，火兒所面對的，是一場前所未有的浩劫，情勢比大老闆圍城更加險峻。任藍男如何硬朗，也難免憂心。

但，既然火兒已決定披甲上陣，藍男又怎可以加重他的擔子？

於是，她深呼吸了一下，把眼淚吞進肚內，在他胸前輕輕揮出一拳。

「小心啊！」

「放心啦，待會我約了賀心儀見面，只要她肯答應幫我，此行絕對安全，雷公子也不敢動我分毫。」

火兒口中的賀心儀會是何許人？如果火兒沒說謊的話，這個人，應擁有力抗雷公子的能力。

「『小火子』，你要乖乖不要踢媽媽啊，否則爸爸回來便會好好教訓你！」火兒蹲下來，將耳朵貼向藍男的大肚子上。

「什麼小伙子啊？」

「他是火兒之子，不是『小火子』，難道是小春子嗎？哈哈哈。」火兒笑得很天眞，完全不像一個江湖大哥。

在藍男面前，他永遠都是個大孩子。

「大笨蛋！」

「差不多了。」火兒又摸摸藍男的頭：「今晚好好睡一覺，明天日出前，我便已回來。」

藍男露出那個火兒最愛的笑容。

道別後，火兒便轉身離去。

火兒做夢也沒想過，這一場巨浪竟如此凶猛無情……

當他踏出這堵大門後，將無法看見「小火子」出生的一天！

第四章

Chapter Four

4.1 怒火街頭

「賀小姐，多謝妳肯見我。」身處香港山頂某大宅內，火兒在趕赴澳門前，急於拜會的，是面前的一個嬌美女子。聽他口氣，自然是有求而來。

女子是聰明人，不待火兒再開口，即輕輕接話：「大家都是電影業一份子，別客氣，叫我心儀便可。有什麼事我可以幫忙的嗎？」賀心儀看上去約莫二十出頭，雖然年輕，卻有種穩重的成熟感。說話得體，流露大家閨秀風姿；快人快語，又滲透了江湖義氣兒女的味道。

擁有得天獨厚的氣質，只因她的背景毫不簡單！她是澳門賭王——賀新的寶貝女兒。

「實話實說，我的確有事相求！我想請妳出面，安排我跟令尊賀新見個面。」火兒拿出一份劇本：「只要妳肯幫我……『龍城娛樂』下個月開拍的這套江湖片，女主角的角色，妳看看有沒有興趣？」

「華仔當男主角那齣？」

「對。」

「好，」賀心儀爽快答允：「那就一言爲定。」

兩年前，賀心儀開始涉足娛樂圈，參與過幾齣電影，都是一些沒什麼發揮的二線角色。能夠與影壇天王華仔合作，是千金不換的機會，賀心儀渴求已久，怎會不心動？

對賀心儀而言，火兒的請求雖唐突，但難度不算高。父親權傾澳門黑白二道，想接近他的人很多，自然並非來者不拒；但爲火兒安排一次「面聖」的機會，她身爲得寵愛女，還算是件舉手之勞的事。至於火兒究竟想從父親身上達成什麼目的，或能否成事，她根本毫不在意。

火兒的目的呢？

火兒只知道，整個澳門，唯一能有十足能力壓得住雷公子的，就只有賀新！只要他一句話，雷公子縱然萬般不願，也不得不就範放人。

兩小時後，火兒獨個兒踏入雷公子的領土。

澳門碼頭一帶，早已埋下伏兵，四方八面都隱藏了替雷公子辦事的「刀手」，一見火兒出來，他們便會動手，對他砍個血肉橫飛。

埋伏在人群當中的刀手，靜悄悄地走向目標。

他們逐步向前，距離火兒大約只有四、五米，已經進入了攻擊範圍網內，互換了個眼色，雙目盡皆露出殺意。

這幾頭野獸已張牙舞爪，正要撲向獵物之際，竟又同時呆了下來，面面相覷，殺意蕩然無存。

因爲火兒在眨眼間，已閃身上了一輛車。

「澳門娛樂集團」旗下賭場的專車。

「澳娛」主席賀新，乃澳門最有勢力的風雲人物，當時澳門賭權仍未開放，賭權由賀氏集團壟斷，黑道的大哥們想在賭博業分一杯羹，都得臣服於賀新之下。

權傾黑白二道的賀新，影響力甚至比葡督還要大，幾近是澳門街的皇帝。

八〇年代中期，賭場廣設賭廳，外判給「廳主」經營，「廳主」旗下都有不少「疊碼仔」拉攏來自五湖四海的大賭客。據知只要投得一間賭廳，「廳主」每年最少有數千萬的穩定收入。

雷公子也是「澳娛」的賭廳「廳主」，擁有三間賭廳。換句話說，賀新是他老闆，只要他一個不滿，在合約期滿後，便可收回賭廳的經營權，嚴重影響雷公子的收入與江湖地位。

機警的火兒知道雷公子忌諱賀新，甫一踏入澳門便上了賭場專車，當專車到達賭場門前，立即下車走進裡頭。

手下來電報告情況，把雷公子氣得七竅生煙。

「你們這班飯桶！在他上車前就應該出手！」雷公子向電話怒吼：「白癡！廢柴！在賭場附近加強人手埋伏，一見火兒出來，立即狂砍！記住，我不要他死，只要他殘廢！完成不了任務，統統不用回來，自行準備仵工替你們收屍吧！」

掛了電話，雷公子怒氣未消。

在雷公子的眼中，人命根本一文不值，只要他喜歡，隨時都可以殺。對他而言，火兒只是個空有蠻勁的香港古惑仔，論力量，遜於AV；論智慧，亦不及信一；理應不費吹灰之力便可把他幹掉。

可偏偏讓火兒逃脫，著實是大出雷公子意料之外。

雷公子的控制欲相當強烈，他不喜歡反抗的聲音，也討厭掌握不到的東西，雖然事情還未至失控，但這尾漏網之魚已叫他暴跳如雷。

「信一和AV也被我輕易制伏，火兒算是什麼東西？」雷公子心想：「只要他一走出賭場，便會栽在我手！」

的確，火兒已踏進雷公子的勢力範圍，除非他打算一直藏匿在賭場內，否則始終也難逃雷公子的五指山。

他走入賭場之後，便一直坐在角子機前，像個尋常賭客般隨性玩樂。

拉角子機能救人嗎？

當然不能，火兒只是在等待……

等待謁見一個呼風喚雨的巨人。

時間分秒過去，火兒已在賭場等了超過兩小時，依然未獲賀新接見。

他開始等得急了。

以他所知，賀心儀是賀新最疼愛的女兒，答應過她的事，從未試過反悔。

爲什麼來了這麼久，也沒半點動靜？

是否出了什麼亂子？

賀新日理萬機，會不會突然有事離開了賭場辦公室？

如果今天見不著他，不但AV與信一的性命難保，連火兒自己也恐怕要魂斷澳門。

火兒愈想愈慌，心急得額角滲滿了汗。

就在火兒心慌意亂的時候，一名西服男走到他身旁。

「火兒，賀先生請你到他的辦公室。」

火兒終於獲得賀新接見，尚欠一步，AV和信一便可得救了！

同一時間，身在大宅內的雷公子，正等待著手下的來電，期望聽到火兒被亂刀砍至重傷的消息。

可等了又等，電話一直沒響，他極度焦躁，把電話拿在手中，左右踱步，抽完一枝又一枝雪茄，仍未等到手下的來電。

「已經兩小時！足足兩小時！爲什麼仍然沒有消息？」雷公子怒得咬牙切齒，像個瘋漢自言自語：「火兒，你行！你眞行！竟敢跟我對抗，我發誓，一定要留住你的狗命，我要你親眼看著我吃掉你的手手腳腳！」

雷公子不但自我中心，而且非常記恨，心胸狹窄，所有開罪過他的人，哪管是微不足道的小事，都會嚴懲處理。

有一次，他在水果店選購生果，老闆對他說了一句：「不用選了，這裡的水果全部都很新鮮的，放心購買吧！」

雷公子認為老闆不滿他的手觸摸他的水果，當晚就派人把他的雙手砍下來。

又有一次，他跟另一幫人作毒品交易，在交易結束後，對方的頭兒向他報以一笑，然後說：「雷公子，在深夜也戴墨鏡，你好像在拍電影呢！哈哈哈哈……」

頭兒哪會想到，一句輕鬆戲言竟換來殺身之禍。一年後，頭兒伏屍巷子，死前慘遭折磨，連舌頭也被割下。

從這兩件事便可以看出，雷公子視人命如草芥，更疑似患上被害妄想症，總之開罪了他的人（不論是有心、無意或全不知情），一律沒有好下場。

鈴鈴——鈴鈴——

電話終於響起，雷公子急不及待地接聽：「喂！」

「雷公子，我是鄭sir！」可電話的裡頭並非他的手下。

「老鄭，有什麼屁話，放啦！」雷公子怒氣沖沖。

「想通知你一聲，上頭希望這個月澳門天下太平，我知你捉了兩個香港黑道，可以的話便放了他們，否則引發連場戰火，我怕我的上司會不高興呢。」

「老鄭，你當我白癡啊！你擺明收了人錢！想我放人？不可能！」雷公子對話筒大吼：「你知不知自己每個月收了我多少錢？你再敢叫我放人，我以後一毛錢也不會給你！聽到沒有？」

「有事好說，雷公子不用那麼火大……」

雷公子不等到鄭sir把話說完，便掛了線。

原來火兒為保險計，另派了人把金錢送到鄭sir的辦公室，想藉警力迫使雷公子放人。可惜一如所料，徒勞無功。

負責送錢的人，是十二少。

十二少比火兒晚一小時到達澳門，先找上鄭sir，然後與澳門街另一黑道巨頭富豪哥會面。

「事情的始末這個那個……」一向說話少的十二少約略把事情經過敘述，然後竟開口要求：「富豪哥，你在澳門的勢力與雷公子分庭抗禮，這次來，是想麻煩你出出手，幫我們兄弟這個忙。」

「你們惹上了個瘋狗，我幫你，等同跟雷公子作對，我為何要冒這風險？」長得有點像萬梓良的富豪哥，擺出一副愛莫能助的姿態。

「我知道你一直也想在香港建立勢力，如果富豪哥能救回我的朋友，我答應把尖沙嘴『大歡樂夜總會』的保安權讓給你。」

尖沙嘴是香港黑道最賺錢的中心地帶，只要得到夜總會的保安權，富豪哥不但可以名正言順進軍香港，更可獲豐厚的收入。

十二少開出的條件，確實令人心動。

「好，這個忙，我幫！」富豪哥拿起手提電話：「我打電話給雷公子，叫他放人。」

「有勞富豪哥。」十二少心生些微希望。富豪哥答允幫手，起碼掙到一個機會，旨望他可以壓得住雷公子的氣焰。

可當富豪哥打通電話，說出請求之後，卻換來雷公子夾雜著髒話的連環炮轟，叫富豪哥不要插手別人的事，否則連他一併幹掉！

富豪哥在澳門道上地位甚高，如何能忍受如此喝罵？當下便跟雷公子展開隔空對罵。十二少本想以惡制惡，但雷公子實在太瘋太狂，就如一頭吃了春藥的脫韁野馬，誰也勒不住他。

黑白二道都不能令雷公子就範，此刻就只餘下火兒最關鍵的一著。

救援行動令澳門的天空戰雲密佈。

山雨欲來的氣氛，同樣籠罩香港。

憑窗而坐的藍男，望著街外的雨景，焦慮不安的心情，反映臉上。

藍男對火兒的實力從來都很有信心，不過這一次，她的心緒實在難以安定，不安感揮之不去，總覺得有一件天大事情將降臨自己身上……那是跟至親訣別的預感！

「阿嫂，別擔心，火兒哥不會有事的。」Happy仔爲藍男斟了杯熱茶：「火兒哥跟我說過，人生有起有落，順境固然開心，但面對逆境亦不可以氣餒，因爲如果一個人沒了雄心與希望，人生便完了。所以他無時無刻都提醒我，就算有多失意失望，也千萬不要絕望！」

「沒錯，火兒哥身經百戰依然迄立至今，就是因爲他有信念、夠意志，經得起大風大浪，連我阿大都對他又欽敬又佩服！」吉祥在藍男面前饒有深意地說：「阿嫂，我對火兒哥有百分百信心！」

吉祥與Happy仔的話雖然有點土，但很中聽，令愁眉不展的藍男也擠出了笑容。

「嗯，火兒他們一定可以平安回來的！」藍男心想。

啪啪啪啪——

門外有人猛力拍門：「老大！我是士撻啊！快開門啦！」

吉祥開門：「什麼事？」

「老大……大件事了，『天義盟』的人個個手執西瓜刀，正殺入廟街啊！」氣急敗壞的士撻說。

「『天義盟』？統統都是廢物，沒一個有實力！」吉祥從櫃內取出兩把開山刀，一把遞給士撻：「士撻，立即叫附近的兄弟過來，我要殺他們一個片甲不留！」

「吉祥，『天義盟』一向怕事，突然一反常態，主動出擊，好像有點不尋常。不如，我跟你一起去。」在旁聽見事態發展的Happy仔急道。

「不用了，你留下保護阿嫂。」吉祥踏出門口：「如果連『天義盟』這些貨色都對付不了，以後『架勢堂』在江湖還有地位嗎？」

吉祥跟隨十二少南征北討，早已練就出強勁身手，對自己的實力信心十足。

在他眼中，「天義盟」全都是不堪一擊的廢柴，只要認眞出手，一定可轟走對方。

但，「天義盟」得雷公子之助，加入了邢鋒、King Kong兩大強將，以及來自澳門的精英，兵力已遠勝從前。

沙沙沙沙——

雨勢愈下愈大，令這場大戰更添氣氛。

爲數超過一百的「架勢堂」人馬已經齊集在街頭上，等待他們的將軍發號施令。

黑雲壓城城欲摧。「天義盟」大軍以邢鋒、King Kong馬首是瞻，大氣磅礡，帶著沉重步履，浩浩蕩蕩從街尾蜂擁而上！

「帶了過百人來，眞的想跟我們拚命了！」站在「架勢堂」陣形最前線的吉祥振臂高呼：「兄弟們，殺過去！讓這班烏合之眾見識我們的實力！」

「好！」

「架勢堂」戰意如虹，一哄而起，個個情緒高漲，準備將對方轟個落花流水！

「把『架勢堂』的人馬，殺個痛快！」身高六呎七吋、碩大無朋的King Kong衝前咆哮，聲如雷震，眞箇先聲奪人。

兩軍同以破竹之勢往敵陣衝殺過去，揭開了大戰的序幕。

4.2 叛徒

吉祥向King Kong劈出一刀：「『天義盟』何時變了動物園？找頭猩猩出來領軍，滑稽！搞笑！哈哈哈……」

King Kong被吉祥的話惹毛了，勁聚於刀，橫斬過去。

兩刀交碰，吉祥即被猛烈的撞力離地後飛。

King Kong不但力量像巨猩般霸道，動作竟也眞如猿猴般敏捷。可眞入型入相！吉祥雙腳還未及站穩，卻見King Kong已到他身前，高舉一臂，迎頭劈下。

噹——

吉祥擋下這雷霆萬鈞的一刀，已覺虎口發麻。

噹——噹——噹——噹——噹——

在King Kong的眼中，吉祥只是一頭小小馬騮（注），身手還算可以，可是論力量，根本難以跟自己相提並論。

擋了King Kong幾刀，吉祥手臂也被震得顫抖，甚是吃力。

「跟他硬碰硬只有死路一條，一定要看準機會，出奇制勝！」吉祥想。

吉祥一邊招架King Kong的猛力，一邊留意著他的動作，只要看出破綻，便可做出反擊，扭轉形勢。

「這一刀便要了你的命！」King Kong往吉祥的頸項橫砍。

刀，將要把吉祥的頭顱砍下。

刀光一過，卻只削走一撮頭髮。

吉祥在刀鋒劈過來的一刻蹲下來，反手刀朝King Kong的腹部一拉，劃出一道鮮紅的血痕。

若非及時後退了半步，King Kong已被𢶍開肚皮，內臟瀉地。

氣勢一失，King Kong的攻勢也在瞬間潰散。

吉祥趁對方一怯，立即以密集的刀勢狂攻猛打。

砍砍砍砍砍砍砍砍砍砍砍砍砍砍砍砍砍砍——

擋擋擋擋擋擋擋擋擋擋擋擋擋擋擋擋擋擋——

吉祥一口氣劈出了十幾刀，刀光在King Kong身前閃爍吞吐，左一刀右一刀上一刀下一刀，把King Kong的動作封鎖，令他無法反擊，只得忙於竭力招架。

且退且擋，完全受制於吉祥。

大猩猩竟不敵小獮猴！吉祥把握一個機會，瞄準King Kong的右臂，一刀砍下去！

嚓——

吉祥的刀，砍在King Kong的肩膀上。

注：馬騮是廣東話「猴子」的意思。

可他沒想過，全力施爲的一砍，竟也不能把King Kong的一臂斬斷。

能成爲雷公子的金牌打手，King Kong必有其個人長處。一雙猿臂，除了擁有拳王級的爆炸力外，還練就出如鋼般的骨骼與肌肉。

「!?」

吉祥錯愕的同時，King Kong已掄起左拳，急取吉祥。

轟——

超過五百磅的重拳轟在吉祥頭顱上，直如一顆小型炸彈，把吉祥的腦袋炸個四分五裂！

「吔——」

痛痛痛痛痛！

吉祥沒因劇痛而倒下，反激起他的殺敵之心，手起刀落，自King Kong的左肩至右腰，拉出一記絕世刀光！

強悍的King Kong跟隨雷公子多年，憑一雙霸拳縱橫黑道，殺敵無數，何曾遇過如此頑劣的對手？

二人同受重創，戰局拉成均等，誰搶先發動下輪攻勢，誰便能取得勝機。

鮮血，從King Kong的傷口猖獗狂飆。

吉祥的手緊握刀柄，打算再下一城。

刀已劈出。

撕裂空氣的一刀，快要命中目標。

急如風、疾如電，勢如破竹的快刀，卻在中途頓下。

震駭的表情，在吉祥的臉上浮現。

他只感背部一涼……

後心被人捅了一刀。

接下來的發展，簡直像一齣爛透的江湖電影情節。

「老大，人在江湖，身不由己。你可別怪我，我也是逼不得已的啊。」

吉祥認得，背後的聲音來自他的門生，士撻。

好一段老掉了牙的對白。

好一幕出賣同門的戲碼。

King Kong負責對付吉祥，「天義盟」的主將邢鋒則來到藍男藏身的單位，勁力一踹，破開大門。

Happy仔一看對方就知他來意不善，已裝起架式準備一戰。

邢鋒卻沒把Happy仔放在眼裡，視點定在藍男身上。

「我不想對妳動粗，跟我走吧。」邢鋒一貫不帶半點情感。

邢鋒顯然衝著藍男而來，Happy仔怎可讓他有所行動？飛身而上，向邢鋒展開攻勢，來個先發制人。

連踢三腳，都被邢鋒單拳擋下。

「有速度，卻沒力度。」接下Happy仔三腳的邢鋒，淡然地說。

只交手了一招，Happy仔便感到邢鋒的實力相當強大，雙腿如兩道樁柱，穩若鐵塔。面對這種對手，快腿已起不了作用，Happy仔心念一轉，以左腳為軸，力聚下盤，腰隨步轉，踢出一記實而不華的超猛勁腿。

這一腿既有速度亦有力度，勢如風雷踢向邢鋒。

邢鋒也不怠慢，雙手交疊護在胸前，擋下這千錘百鍊的一擊。

強如邢鋒竟也被轟至後退了一步。

「好小子，我低估了你。」

Happy仔此招無疑很強，但僅只可以令邢鋒退了一步，沒對他造成任何傷害。踢出的一腳還未落回地面，Happy仔便感到一股巨大的氣流迎面襲來。不及抵擋，也全無招架的餘地，Happy仔胸口中了邢鋒的一拳。看似平平無奇的一招，實則注滿了內勁，無堅不破。

身中此拳的Happy仔，猶如近距離被大鐵鎚轟砸一樣，痛得死去活來，噴出誇張的血花。

連龍城第一刀也未能扳下的人物，Happy仔戰敗是理所當然的事。

清除障礙，邢鋒一手捉住藍男的手腕：「跟我走，只要妳不反抗，我不會傷害妳。」

邢鋒的強大，剛才已見識過，藍男一介女流，就算耗盡元氣也不能把他掙脫。但隨他離去，又會否性命不保？

「我的男人和堂哥也是混黑道，所以就算有天我要橫死街頭，我也無怨無悔，但我肚裡的孩子是無辜的……」藍男面無懼色：「我只想知道，我跟你走，還有沒有命回來？」

「……」邢鋒的眼神，閃出了猶豫。

那張表情，已告訴藍男，隨他一去，實在生死難測啊。

當二人走出大門時，頑強的Happy仔再次站起，從後面撲向邢鋒。

「放開她！」

邢鋒轉身，順勢拉出一記鞭拳，重轟在Happy仔的頭上。

藍男把握著這難得的機會，向邢鋒的手背往下咬。

一痛之下，邢鋒無意識地甩開對方，藍男重心一失，人如墮入失重的空間，往樓梯掉下去。

藍男的腦海感到空白一片，萬籟無聲。

空氣像凍結了，世界也像凝固了。

她知道，一場擋不了的災禍已降臨在自己身上。

十萬火急的瞬間，Happy仔死命撲下，以極快身法抱住藍男，用自己的身體墊底，打算一命換兩命！

碰碰碰碰——

下墜的衝力加上藍男的體重，這一下撞擊力非同小可。Happy仔背門壓向梯級時，發出勒勒的骨折聲，估計脊骨受到嚴重的重創。

最要命是，他的後腦砸在地上，頭骨也給撞裂，血水從傷口狂流，好不慘烈。

雖然有Happy仔作墊，可這下衝力確實很猛烈，藍男慘叫了一聲，下體不斷流出濃稠鮮血，看情況，她肚內的小生命，很可能會胎死腹中！

Happy仔與藍男重傷倒下，生命是暫時保住了，但危機未解，因爲勾魂使者邢鋒，正步下階梯。

「那小子已沒能力再阻止我，要帶走她，不難。不過，以她現在的傷勢，定要入院急救，否則難以活過明天……雷公子吩咐我，不論生死，只要把她捉走便可。」邢鋒心道：「即是說，她的生死與我無關，就算我帶回去的是一具屍體，我也算完成任務。」

藍男若落在雷公子的手上，下場只會跟小優一樣，好運的話或許會得到一個痛快的了結；否則，將會遭受到雷公子的酷刑對待，先姦後殺，殺完再姦，最後把內臟挖空，死無全屍。說到尾，終究也是難逃一死。邢鋒雖不是下刀的劊子手，卻是幫凶、共犯，同樣罪孽深重。

爲了完成任務，邢鋒眞可連人性也都埋沒，對一個手無縛雞之力的孕婦下毒手嗎？

頭破血流的Happy仔撐起殘軀，擋在藍男身前：「別妄想可以帶走她。」

站在Happy仔面前的邢鋒冷冷道：「你十足狀況也非我之敵，現在傷成這個樣子，憑什麼再阻止我？難道你不怕死？」

「憑義氣兩個字！」Happy仔滿面都是血：「我答應過我老大要保護阿嫂，就算是死我也會跟你拚到底！別廢話了，要打便打！」

「帶她走吧。」

「!?」邢鋒的話，叫Happy仔大感愕然。

「趁我未改變主意，立即在我眼前離開。」

Happy仔趕緊抱起藍男，拔腿就走。

邢鋒雖然爲虎作倀，但還未至於喪心病狂。

內心底裡，還有一點人性吧。

Happy仔與藍男脫險，可在大街上的吉祥卻腹背受敵，半條腿正踏進鬼門關。

手握Rambo軍刀的士撻，刀鋒沒入吉祥後背。吉祥轉身回肘，猛轟向士撻的眼角。

力度之大，把士撻拔地轟飛，不住後退。

「中了我一刀還有力氣轟出如此猛擊……吉祥的確有點能耐。」士撻心道：「不過有King Kong與我聯手，應該可以殺敗他！」

二打一，士撻一方理應佔優，但中了吉祥一刀的King Kong，胸口被劃出一道深深的血痕，看他站在吉祥背後，一直沒有進招就知他傷勢不輕。

吉祥怒目瞪向士撻：「爲什麼要出賣我？」

「留在『架勢堂』根本沒有前途，就算我能力有多大，始終被你和十二少壓在頭上！」士撻理直氣壯：「江湖的路，不是你殺我就是我殺你，你不能怪我啊！」

「你夠實力，全世界都沒有人能壓得住你！」吉祥帶著死亡的氣息向士撻逐步走近：「爲了利益，你竟用刀捅我！你還記得我以前怎樣待你嗎？」

「吉祥……老大，有事好說，你別衝動……」吉祥受此重傷，目光依然如炬，唬得士撻心也慌了。

「你跟我說，做『代客泊車』賺不夠，叫我扶你一把，所以我明知你實力不足，也推薦你出任夜場保安。你說你父親入了醫院，需要醫藥費救命，我連人生第一隻勞力士也拿去典當。你惹了爛攤子，哪一次不是我出面幫你擺平？」吉祥殺機已動，提刀就向士撻劈下，怒道：「我究竟做錯了什麼？爲何你要這樣『報答』我？」

「我只是一時迷茫才誤入歧途，老大……念在大家同門一場，你放過我啦！」士撻大驚，嚇得刀也掉下，雙手護住頭部，像頭喪家犬乞求主人寬恕。

現在才求饒，已然遲了。吉祥的刀向士撻的頂門砍下，其勢之烈，足可把他的頭顱劈至腦漿迸裂，一刀斃命。

眼見士撻快要命喪，突然一陣強風疾撲吉祥，把他騰空轟飛出數十米外。

身子如箭離弦，凌空急飛，直至撞向店子的大閘才止住退勢。

大鐵閘給撞至凹陷變形，吉祥墜地後蜷縮著身軀，適才的無窮戰志與殺戮能量，都在一招之間被轟成粉末。

在「天義盟」的陣營中，能擁有此等能耐的，就只有邢鋒一個。

邢鋒一手攙扶King Kong，對身旁的士撻說：「走吧。」

「走？吉祥已被我們打個半死，現在不殺，更待何時？」士撻拾起軍刀，咧嘴一笑。

竟有如此見風轉舵的無恥之徒！邢鋒雖然跟士撻一夥，但對他出賣同門的惡行，卻齒冷非常，如非站在同一陣線，邢鋒眞想狠狠痛毆他一頓。

「我再說一次，走！」

兩軍之戰已到尾聲，「天義盟」一方人多勢眾，加上澳門的精英，這一仗雖然在「架勢堂」的主場，也可打個不分軒輊。吉祥與Happy仔兩位主將更受重創，今晚過後，「天義盟」必會成爲江湖熱話，一洗頹風。

這一戰的其一目的，是爲「天義盟」打響聲勢，目的既然已達，邢鋒遂令鳴金收兵。士撻縱然萬般不願，亦只好放棄獵殺吉祥。

敵軍退了，但藍男慘遭巨禍，Happy仔頭部重創，吉祥亦遍體鱗傷。

陰霾密佈的一夜，爲「架勢堂」、「龍城幫」帶來了難以磨滅的深重傷害。

4.3 絕望

火兒獲賀新接見，被帶到一間過千呎的豪華辦公室。辦公室金璧輝煌，但讓火兒覺得渾身不自在、喘不過氣來的氣壓，卻是來自大班椅上的巨人。

火兒有種錯覺，覺得自己好像回到小學時代，犯了錯事，在校長室等候最高權力者發落一樣。

「一眾兒女之中，我最疼愛的就是心儀，因爲她心善，又孝順。所以她有什麼要求，只要跟我開口，無有不允。」坐在火兒對面的賀新，拿起煙斗：「她跟我說，有一個香港仔希望可以親身跟我會面，我想也不想便答應了她，因爲我不想令她失望。」

年屆六十的賀新，神色儼然，中氣十足，輪廓分明得如神祇雕像，威不可犯，叫人既畏且敬，大有君臨天下的王者氣派。

「不過……」賀新劍眉忽豎，霸氣外露，吼道：「我一生最討厭的，就是有人利用我女兒的同情心，在她身上謀取利益！臭小子，今日我肯接見你，純粹因爲心儀，別妄想我會幫你任何事情！」

面對富可敵國、權傾一方的賀新，連桀驁不馴的火兒也變了羔羊。

然而，縱使他變了一頭羔羊，也是一頭義薄雲天的戰羊。

「賀先生，我是無計可施才出此下策……我有兩個兄弟被雷公子脅持在手，如果今晚再想不出辦法，他們便凶多吉少。」

「這是你的事，與我無關，我不想知，亦不想理。」賀新正言厲色，大口吸著煙斗。

「其中一個，他的女人被雷公子捉了，爲再見他摯愛一面，他才隻身來到澳門……」

「與我無關。」

「另一個爲救他而來，可是最後也被雷公子生擒，現在的處境相當危險……」

「與我無關。」

「闖進雷公子的勢力範圍，我自知九死一生，不過我沒有選擇，因爲我最好的兩個朋友都落在雷公子手上……賀先生，整個澳門只有你能壓得住他，我求你幫我一次……」

「還是這一句——與我無關。」

「無功不受祿，我不會白欠賀先生的人情，如果你可以出手幫我，我答應，可以還你一個心願。」

「還我一個心願？」賀新吼道：「你當你自己是什麼？在我眼中，你只是個沒出色的古惑仔！論財力論人力，澳門有誰能及我？連政府的高官也要仰我鼻息，聽從我的吩咐！」

賀新本已對火兒無甚好感，聽到他的話後氣得直眉瞪眼，滿臉通紅地怒吼大罵。

權力大過天的澳門街賭業皇帝，任何事都予取予求，在他的角度，是沒有辦不到的事情。

從來就只有他賜予人願望，何曾有人像火兒般大言不慚？

不過氣歸氣，賀新倒也佩服火兒的膽量，亦想知道他到底可以還自己一個什麼心願。

「你這個乳臭未乾的小鬼，憑什麼在我面前說這句話？」

「憑我知道，賀先生有一個一直未能達成的心願……」火兒鼓起勇氣：「如果賀先生肯幫我一次，我用我的人頭保證，在你下個月六十大壽當晚，有法子令閣下三房人，和和氣氣，聚首一堂與你賀壽！」

男人大多風流，像賀新這種人中之龍，三妻四妾只是平常的事。可賀新的三房妻室從來互不對盤，多年來鮮有碰頭，就連賀新也無法打破這個僵局。

賀新心忖：「眼前這小子真有法子完成這件不可能的任務嗎？」

賀新以一雙虎目盯著火兒。

那雙眼太凌厲太具殺氣，火兒被盯得很不自在，可又不能回避賀新的目光。

他跟他，四目交投，時間彷彿停止了運作。

賀新縱橫天下數十載，閱人無數，看其眼神便知龍與蛇。在他眼中，火兒無疑是個香港小混混，但他的眼神，流露出不屈的倔強，這種人天性硬性子，不到黃河心不死，決定了的事情，就會豁出去，幹到底！

成大事的人，除了具備實力，更重要的，就是擁有置之死地而後生的狠勁，才能幹下常人所不能幹的事情，成就梟雄偉業。

某程度上，火兒跟賀新也算是同一類人。

「我賀新欣賞有膽識的人。現在我便打給那個姓雷的小子……」賀新拿起電話，撥出號碼：「記住你答應過我什麼，如果下個月你不能兌現承諾，你小心人頭不保。」

「知道！」

賀新打通了電話，響了幾下便有人接聽。

「喂。」電話的那頭，是雷公子。

「姓雷的，我是賀新，你玩夠了，現在就給我——放人！」賀新斬釘截鐵地說。

賀新的說話極具威嚇，毋須多費唇舌跟雷公子談判放人條件，直接向他下達命令。

火兒已能想像得到，雷公子此刻應該震駭非常。縱然他如何張狂凶悍，也不敢開罪賀新，這次他實在難攖其鋒。

雷公子沒有回話，胸有成竹的賀新認爲他一時間難以下台，故亦沒咄咄相逼。

沉默了十數秒，雷公子終於開口：「賀生……」

下一句，應該是「知道」或「明白」，但瘋子自有瘋子的想法，要讓一個瘋子就範，也非一件易事。

「我想我不能答應你的要求！再見！」

爲了對付「龍城幫」，雷公子不惜開罪賀新，這個人，果眞不能用正常邏輯思維去估量。

掛線後的雷公子，把手機砸在地上，狂怒狂躁，像個神經失常的發飆瘋漢在暴吼。

「幹你娘幹你娘幹你娘幹你娘幹你娘幹你娘幹你娘幹你娘幹你娘幹你娘幹你娘!行!他媽的火兒你眞行!找賀新來壓制我?你想救人嗎?我就要他們過不了今晚!」

賀新親自出馬也無功而還,信一與AV的性命,已危在旦夕了!

「這頭瘋狗失控了,連主人也敢咬!」

望著氣炸了肺的賀新,火兒整個人沉了下來。救人的希望於瞬間幻滅。

此時,火兒的手機響起。

「喂。」

「火兒哥,我是阿鬼,你冷靜聽我說,剛才『天義盟』大軍突襲廟街,吉祥、Happy仔同樣受傷入院。據Happy仔所講,當時有個很厲害的高手想捉走阿嫂……阿嫂最終沒事,不過……肚內的孩子……保不住了。」

「……」收到了震撼消息,火兒沉默半晌。沒有呼天搶地的嚎哭,再開口時已非常平靜:「阿鬼,多派些人二十四小時看守醫院,千萬別再讓藍男受驚。替我告訴她,我很快便會帶信一和AV回來,叫她別擔心。」

「知道。」

掛線後,火兒沉默下來,表面看來如磐石般處變不驚,實質內心卻已翻起了滔天巨浪。留心細看,他的雙手已不受控微微抖震。

誰想捉走藍男?誰害死了我的兒子?

火兒腦海變得一片空白,失落失神。

血在心中流。

淚在心中淌。

「發生什麼事？」賀新從剛才火兒的電話對話中已知有大事發生。

「我的女人在香港出了事，肚內的孩子……保不了。」火兒壓下傷痛情緒。

江湖有句話：禍不及妻兒。到底誰的心腸如此歹毒，要殺害火兒的至親至愛？

其實火兒已經心中有數。

「天義盟」一向被動，何以會在這非常時期主動出兵？

搦戰「龍城幫」與「架勢堂」對「天義盟」沒一點好處，除非有人給他無限量支持及好處，才能令守財奴宋人傑心動。

而這個在幕後控制大局、垂簾聽政的人，一定是在近日興風作浪的世紀賤人——雷公子！

「賀先生，很感激你今日肯見我。如果我有命回港，一定會兌現承諾。」火兒拭去眼角濕淚，站起來。

「我雖然壓不住那頭瘋狗，不過我卻壓得住澳門司警，今晚你可以無後顧之憂，做你想做的事。」賀新豪邁地說：「下面那班刀手我會派人清理，我還可以叫富豪借兵給你。」

「多謝賀先生。」火兒轉身離去：「不過，我不想麻煩別人了。這場仗，就交給我和我的兄弟自己去打吧。」

火兒渾身是火，怒火！

這股怒火將會乘著烈風之勢，愈燒愈紅，直至把雷公子的地盤統統焚燎。

4.4 反擊

時間回到兩天前，信一與日本二刀流天野一郎之戰。

戰幔拉開，二人在同一分秒，祭刀急取對方。

與此同時，裝滿老鼠的布袋，已經套牢通往AV面門的管道入口。

待十數隻老鼠全數進入管道後，嘍囉先生便把入口關上，然後取出火槍，向管道噴出火焰。

受熱的老鼠發出「吱吱」叫聲。

牠們已走到AV面門，即將一邊大啖人肉，一邊鑽探逃生「出口」。

錚——

刀刃與刀刃的交擊，迸發出耀眼燦爛的火花。

第一刀，誰也佔不了優勢，卻讓對方知道，眼前的對手，實力跟自己不相上下。

同樣是用刀的高手。

要殺敗對方，絕不可有所保留，也絕不可以有半分鬆懈。

臨陣對敵，本該心無旁騖，專心迎戰，但AV的情況令信一焦急萬分，令他的心神難以集中。

然後，是一輪怒潮咆哮的急攻。

信一選擇以快打快，只想盡快把對方解決，拯救ＡＶ。

十級風暴般的狂攻猛打，換來十級風暴般的絕命反擊。

第一個十秒——

雙方砍出了近二十刀，互有攻守。沒有花巧的招式，卻刀刀奪命，只差分毫便可衝破對手的防守網，命中目標。

噹噹噹噹噹噹噹噹噹噹噹噹噹噹噹噹。

刀光亂舞，兩者在十秒間經歷了十數次險死還生。

第二個十秒——

信一的刀更快更狠，刀勢直如星丸跳擲，無比靈動。

砍砍砍砍砍砍砍砍。

信一認爲，進攻就是最好的防守，所以他一口氣做出連環快砍，要把對手攻得喘不過氣，應接不暇。

急攻狂攻猛攻。

嚓嚓嚓——

鋒利的刃口，在血肉之軀劃出三道血痕。

「只懂猛攻，破綻敗露。」

血，來自信一的肉身。

第三個十秒——

天野一郎佔盡先機，奪去了搶攻的主權。

信一身上多了七道血痕。

第四個十秒——

信一的刀傷增加至九道。

臉露慘色，戰力大減。

第五個十秒——

又是一道血痕。

割破喉頭的血痕。

命中要害，就算再世華陀出現也返魂乏術，人如斷裂的樹幹，隆然倒下。

天野一郎敗了。敗在過於自信之下。

在他砍出了第九刀後，以爲勝券在握，自信已控制了戰果，令緊密的防守變得鬆懈。

這時候，信一的目光又回復凌厲，劈出致命一刀。

只要抓住一個機會，殺人，一刀就可以。

信一以身作餌，剛才的下風，只是他刻意經營，誘使對方輕敵。

戰勝對手，他立即奔向AV之處，先把嘍囉轟開，再把那頭套脫掉。

重見天日的老鼠在半空中失慌亂竄。

乞吐！其中一隻，被咬至分開兩半，從AV的口內吐出來。

AV的臉上雖添了縱橫交錯的傷痕，幸好傷口不深，要復原也非沒可能。

信一一刀劈斷麻繩，AV便軟軟地倒在地上。

一直在觀戰的雷公子終於開腔：「我給他注射了麻醉藥，現在他連站起來的力量也沒有啊。嘿嘿……」

「他沒有力量，我有！」信一怒瞅雷公子：「你今日最錯的一件事，就是將這把刀還給我。」

「是嗎？那現在我是不是要露出一個很懊悔、很慌張的表情啊？」雷公子裝起慌張，一手慢慢提起腳旁的刀。

面對刀法如神的信一，雷公子不但沒半點怯意，還執刀在手，從容迎上。

「看來還是要我親自出馬呢！」

「我要殺了你！」

信一的刀橫砍雷公子。

這一刀，居然被雷公子輕易擋下！

連信一也沒料到，雷公子竟可跟自己匹敵。

「你以為我不會打？」雷公子橫刀在胸，一副很架勢的得意模樣：「其實我很好打的啊！哈哈哈哈……」

「就不信打不過你！」信一提刀再上。

下一刀，同樣被雷公子輕易擋開，信一還被他一腳踢飛好幾十米。

「我以為龍城第一刀有多厲害，原來也不外如是！」

「突然之間……全身無力……」信一用佩刀撐住身軀，半跪地上，望著身上的刀傷，心道：「傷口發麻，那二刀流的刀……有毒！」

「看你的樣子，應該已看出端倪。果然精明！」雷公子站在信一身前，冷笑：「你這麼厲害，我當然要爲自己買個保險啦。放心，你只是中了麻藥，死不了的。我還要跟你慢慢玩，又怎捨得你死呢！」

雷公子就在眼前，信一很想揮刀將他殺掉。可他意志雖強，奈何麻醉藥力令他全身發軟，意識漸漸模糊，一陣暈眩，終於昏倒。

「你的手已沒用了！」

雷公子手起刀落，把天野一郎的手齊腕斬下。

雷公子既然討厭信一，大可把他的手掌斬下，甚至乾脆殺了他，那便一了百了，除卻後患。

可雷公子卻留下信一的性命，或許他認爲，自己已經控制了大局，亦掌管了信一的生死。就如馬戲班的馴獸師，以爲可駕馭比自己強大的猛獸。並沒意識到，只要牠們取得一個反撲的機會，便可將角色對調，到時候，獵人便會淪爲獵物。

兩天後。現在。

火兒驚聞兒子夭折噩耗的同時，信一與AV正待在神祕恐怖大廈裡，等候惡魔最後的審判。

信一的右手和ＡＶ的左手，腕部同被手銬鎖上。手銬兩邊由一條粗大的鐵鍊連繫著。二人之間，有一個鑲嵌在地上的弧形鐵環，鐵鍊穿過鐵環，局限了他們的活動範圍。除非打破手銬或鐵鍊，否則只能像頭狗般伏坐這裡。

ＡＶ和信一赤裸上身，滿身傷痕，頹然坐在房間地上。看樣子，二人都相當疲倦。尤其ＡＶ，身心受到嚴重創傷的他，雙目失焦，不帶半點生命氣息，形槁心灰，雖生猶死。

驀地，兩個雜魚角色打開鐵門，走進房間。

一個拿著手提攝錄機，另一個拿著個大鐵鎚。

細眼雜魚把大鐵鎚掉在ＡＶ腳下：「大塊頭，你走運了，雷公子下令，只要你拿起鐵鎚，砸爆信一的頭顱，可免一死！」

大嘴雜魚按下錄影鍵：「開始吧！」

雷公子不但要給信一一個痛苦的死法，還要將過程拍攝下來，打算之後送給火兒欣賞。

他對火兒找上賀新一事震怒不已，深感屈辱，所以他便對火兒做出報復。

雷公子要把ＡＶ轟爆信一的一幕，永世烙印在火兒腦海！

ＡＶ的右手慢慢拿起鐵鎚。

很平靜。

「AV，不要這樣做……」

信一垂下頭，沒有驚慌，沒有顫抖。

「如果這把鐵鎚在你手上，我想，你也會跟我一樣。」

「………」

信一無言。

AV舉起鐵鎚。

「哈哈哈哈，什麼兄弟情義，來到生死關頭還不是有你無我！」提起攝錄機的大嘴雞魚說：「大塊頭，快動手吧！」

AV的右臂已灌滿力量，猛然砸下！

轟！

毫不留情的一擊，換來一陣清脆的骨裂聲。

轟！

第二擊……

轟！轟！轟！

第三擊，第四擊，第五擊！

每轟出一擊，AV也發出了震天的吼叫。

五擊過後，AV終於停手，但信一的頭顱仍完好無損。

剛才的狂情轟砸，目標並非信一的頭顱，而是——AV自己的手掌！

「他……有自虐的嗜好嗎？」

兩頭雜魚當然不能理解AV的行為，除了智慧有限，更重要的是，他們根本不曾領略道義與犧牲的眞諦。

五擊之後，AV的左手被轟個骨骼碎裂，皮肉扭曲。

「信一，做兄弟，有來有往，當日我打斷你的指骨，現在還你。」

AV的話，無非是要減輕信一的內疚。

變了形的手掌，像泄了氣的氣球，軟趴趴的，從手銬中，脫了出來。

AV把手掌砸至扭曲變形，是為了甩脫腕中的手銬。

「我可以忍受痛楚……」AV把鐵鎚遞給信一：「但我不能忍受大仇不報！」

接過鐵鎚，信一起身，邁步而前，手中扣鍊子在地上拖行，末端的手銬發出叮叮的寂寞哀鳴。

手銬末端穿過了地上的鐵環。

信一與AV終於掙脫枷鎖。

雜魚此刻才意識到AV剛才的動機。

「原來……大塊頭不是有自虐傾向……而是要將手銬甩掉……」兩頭雜魚恍然大悟。

愚蠢也是一種罪。他們要為自己的罪付上代價。

——死亡的代價。

「你們統統都要死！」信一的淚水爬滿臉上，雙目露出前所未有的殺意。掄起鐵鎚，轟向一名雜魚：「統統都要！」

怒火重擊，把細眼雜魚的頭顱，當場砸爆！

鮮血灑在信一臉上，令這個殺性暴露的人，更添詭異。

信一收起慈悲，化身為地獄惡靈，將用上最凶狠的手段，以惡制惡！

目擊拍檔橫死，大口雜魚驚得手震失禁，但反應還算可以，立即轉身按下牆上的緊急救援鍵。

碰——

當指頭按下救援鍵的時候，鐵鎚亦轟在大口雜魚的掌背。

力度之大，幾乎把他的手掌壓扁！

「哇——」

痛感傳入大腦，令大口雜魚發出自出娘胎以來，最慘的嚎叫。

「好痛好痛眞的好痛呀呀呀！」

慘叫聲並沒喚醒信一的仁慈，鐵鎚再度被高舉，狠狠地打在大口雜魚的身上。

「吼!!」

碰碰碰碰碰——

「吔哇哇哇哇哇哇哇！」

憤怒的嘶吼，瘋狂的猛砸，極痛的慘嚎，交織成一首血腥暴力的鎮魂曲。

失控似的瘋狂猛砸，把雜魚的身體轟個毀爛不堪，全身再沒有一吋完好的地方。血水沿著門縫向外狂瀉。

被鎖在牢籠的兩頭巨龍，緩緩推開鐵門，破繭而出！

信一與ＡＶ，站在門外走廊上。

呼吸，像史前暴龍般沉重！

目光，似森林野獸般凶猛！

情緒，更如一座沉睡已久的活火山，即將來個滅世大爆發！

4.5 有今生，無來世！

神祕恐怖大廈是雷公子的殺人屠場，每個房間都連接了緊急警報系統，只要發生事故，大廈的「護衛」便會前來收拾殘局。

數十名大漢從走廊盡頭的樓梯湧上，個個手持武器，堵塞了唯一的活路。

整條走廊約長百米，天花板上有幾盞晦暗的紅燈，兩邊是一間接一間的殺人密室，格局詭譎，很有驚慄電影的氣氛。

信一和AV從走廊的尾房步出，眼見一大群殺氣騰騰的人馬迎面而來，已知道將要展開一場生死搏鬥。

一個重傷未癒。

一個折了一掌。

兩個受了傷的人，加一把大鐵鎚，可以力敵一支軍隊嗎？

可以！因爲他們都是萬中無一的英雄好漢！

哪管眼前千軍萬馬，都阻擋不了二人殺出重圍的決心。

「我們現在便殺出去吧！」信一提起鐵鎚，搶在AV前頭，衝殺過去。

「好！」AV祭起一拳，跟信一並肩而行。

當你陷入絕境，仍會捨命相隨，義無反顧地與你同生共死，是爲**兄弟**！

同一天空下。澳門紅燈區。

平素熙來攘往、夜夜笙歌的不夜城，今晚卻水盡鵝飛。

十分鐘前，有兩個來自香港的黑道人物，大肆破壞了一間夜總會。

那間由雷公子經營的夜總會。

誰都知道，這兩個人已經九死一生。

偏偏他們沒有逃離現場，站在紅燈區的大街上，等待對頭。

「雷公子想在這裡幹掉我和信一，然後就與『天義盟』聯手搞垮『龍城幫』！」火兒吸了口菸：「他還想捉走藍男，若殺不了我，便以她來威脅我。雷公子眞夠毒！」

「『天義盟』帶了過百人馬殺入廟街，傷及我的兄弟手足，這次已不單是『龍城幫』的事，更加是我『架勢堂』的事！」十二少。

不遠之處，傳來一陣沉重的步履。

一群手持西瓜刀、鐵棒、單車鍊的紋身大漢，向二人迎面而來。

「就是你倆搞砸我們的場子！連雷公子也敢惹，你們到底是什麼來路？」爲首的黑衣大漢來勢洶洶，提高嗓子吼道。

「『龍城幫』火兒！」火兒的手握緊刀柄：「別跟我廢話，立即給我致電雷公子，叫他放了我的兄弟。否則，我會由這條街一直打上去，直至把雷公子的人殺光爲止！」

「一直打上去？你當你自己是李小龍嗎？這裡是澳門，輪不到你們胡來……」

未待黑衣大漢說完整段話，火兒便忍不住出手，寒光一閃，在大漢的喉頭被劃出一道血痕。

事已至此，已再沒有任何談判的餘地，唯有用鮮血與暴力立下戰書，向雷公子發動一場轟天動地的世紀大戰。

火兒出手極狠，在場的人無一不感愕然。還未回神，又有另一人被斬下一臂！

「我不是跟你們說笑！」火兒怒道：「今日我見不到我兄弟，你們也別妄想可以活下來！」

火兒一語甫畢，十二少的刀也猛地出鞘。

那把飲盡惡人鮮血的武士刀，吐出了刺眼的寒芒。

大漢們已大感不妙，本想提刀迎上，身體卻不聽使喚，動不了。

站在最前線的幾名大漢，還未來得及動身，腳踝被十二少的快刀齊口斬斷。

失去腳掌的人相繼倒下，斷腳四飛，場面又血腥又詭異，就算在江湖打混多年的惡漢，也看得傻了眼。

「幫雷公子工作，應該也幹了不少傷天害理的事情。」火兒執刀一臂橫張，準備殺個痛快！

「有借有還，你們也該料到了有一天會身首異處！」十二少殺性大起。

「再厲害也只有兩個人，任他們有三頭六臂也難敵我們，一起上呀！」

大漢們仗著己方人多勢眾，振臂一吼，便如巨浪般撲噬二人。

火兒與十二少、亦已豁出去，如不能救出他們的好兄弟，便跟雷公子一幫玉石俱焚。

以寡敵眾的戲碼，在神祕恐怖大廈同步上演。

碰碰碰碰碰──

一連五拳，把眼前五個嘍囉轟個人仰馬翻。

AV的拳力雖然比之前削減了不少，但要對付這種角色，還綽綽有餘。

夾雜著悲痛與憤怒的霸拳，最少也有五百磅的爆炸力，中拳者的鼻骨、髎骨、肋骨慘被轟碎。另有一人的眼球給打飛出來。

轟──

再來一拳，AV把對方的下顎打碎，力度大得可怕，舌頭被兩排牙齒硬生生夾斷，有夠暴力殘忍！

AV左手掌骨碎裂，劇痛不堪，一個失神，左腰便中了一刀。

突襲AV成功的人，本想吐出一句：「死在我手上是你的光榮啊！」之類的話，但連一個字也未說出口，他的頭顱便給重鎚，一擊轟爆。

信一以鎚代刀，橫揮直砸，沉甸甸的鐵鎚在他手上仿如長鞭般輕巧靈動，以最敏銳的動作命中目標的要害。

殺殺殺殺殺！二人像是來自地獄的餓鬼，只想把眼前的靈魂統統吞噬！

瘋狂屠殺近一分鐘，鮮血、內臟、肉屑噴灑兩壁，濃烈的血腥味充斥整個空間，長長的走廊猶如阿鼻地獄一樣。

二人殺得性起，沒有留情的理由，也沒有喘息的時間，要逃出生天，就只有把所有敵人殺掉。

又過了三分鐘，地上已倒下了十幾具屍體。

信一與AV不斷地打不斷地打，轟倒一人又有另一人補上，殺了一批又有另一批從盡處的樓梯湧上來，沒完沒了。

到底還要轟殺多少人才能逃出去？

人總有力盡時，任你是龍城第一刀還是地下競技場的人間凶器，也絕不可能無止境的戰鬥。

信一與AV無疑是很犀利，但這場大戰實在太消耗體力，支持他們打下去的，是那股強大的意志。

他們雖擁有超人耐力，不過受了傷依然會痛，亦會減低戰鬥力。

轟下了幾十名對手，換來十數道刀傷，二人的力氣已經不如之前，持續下去，不出半小時便會耗盡力氣，早晚會死在亂刀之下！

「AV，這是場消耗戰，不作喘息只有死路一條……」信一咬緊牙關，踏前：「我們要更改戰略，我先上，你藉機回氣，然後換你上！」

這方法可行嗎？相信信一也不能百分百保證，但是現下情形，若不改變打法，始終難逃戰死的結局，與其一死，倒不如換個戰鬥模式，或許還有一線生機吧。

所有在歷史上記載的激壯戰役，都是用熱血熱汗撰寫出來。

信一與AV又能否在鮮血流盡之前殺出重圍，寫下一段轟動後世的江湖傳奇？

紅燈區大街上，血肉橫飛。

火兒與十二少殺紅了眼，砍砍砍砍砍！

殺得日月無光，如狼入羊群，愈殺愈狠。

鮮血與斷肢，在夜空中亂舞，構築成一幅絢麗的畫像。

敵方起初還本著蟻多纏死象的心態迎戰，可二人不但實力超然，最要命的是他們根本不怕痛又不畏死，無論身上中了幾多刀，也全無感覺，似喪失了痛感似的。

信一和AV，都是火兒在人生最低潮時期認識的好友，當年大老闆圍城，二人可以不顧生死，隨他踏上戰場。如今他倆正陷入水深火熱的惡劣絕境，火兒就算賠上性命，也要找出二人的藏身地。

不知揮了第幾刀，火兒又取下了一人的性命。

對方只餘下十幾個惶恐至極的殘兵。

火兒的刀從一人體內慢慢拔出，刀刃在骨骼拖拉，割破皮肉，發出難以形容的怪異聲響，聽得人心底發寒。

4.6 城寨出來者

刀鋒離體，大量的血水猖獗地從裂口噴灑出來，濺在火兒的臉上。全身濕漉漉的火兒，一手抹去臉上的血，張開雙目，吐出了殘酷的光芒，雙目充溢殺意，掃視著那十幾名殘兵。

火兒虎目一瞪，把對方嚇唬得心膽俱裂，執刀之手不由自主發顫，莫說戰鬥，就連抵禦的能力也失去了。

在火兒的眼中，這班殘兵已跟布偶娃娃沒兩樣，要取他們性命，就如呼吸般輕易。

「你們，全部都要死！」

火兒踏步而前，殺氣於瞬間膨脹，形成一股無形氣牆，壓得殘兵們渾身很不自在，窒息似的。

要活命，便要拔腿就跑。

陣勢潰散，負隅頑抗最終只會成爲刀下亡魂，所謂好漢不吃眼前虧，爲保小命，速速轉身逃離戰場。

但不知在什麼時候，十二少已擋住他們退路，把武士刀插在地上，唬住一眾，叫他們不敢越雷池半步。

想轉身走，又見火兒緩步而前。

火兒的刀往下垂，刀尖在地上拖行，發出叮叮的磨擦之聲，猶如索命的勾魂使者。

有幾個已抵受不了死亡的威嚇，自動棄械投降，當然連帶那些「今晚注定死在澳門」、「開罪雷公子只有死在我們刀下」等豪情壯語也忘記得乾乾淨淨。

「兩位大哥……我們只是爲生活才糊裡糊塗加入黑幫，放過我們吧……」一個滿身刺青、中了多刀、快要失血過多的大塊頭哭喪著臉說。

「帶我找到雷公子，你們可以活下來。」火兒回復丁點理智。

「我們不知雷公子在哪裡啊……」刺青大塊頭臉色變得青白。

「那你們一個也不可以活命了。」火兒趨前。

「你別衝動……雷公子是我們的老闆……從來只有老闆知道員工的工作位置，員工是不會知道老闆的所在地的。」刺青大塊頭急起來。

「有道理……」火兒收起了人類的情感：「不過，也要死。」

「你可不可以說說道理……」

「不可以！」火兒提起刀。

「我們眞的不知雷公子在哪裡……但我知道他有幢大廈，專門用來折磨他的仇家……說不定你的朋友就是藏在那裡。」爲了活下來，刺青大塊頭已不顧後果，說出雷公子的祕密。

火兒與十二少閃過一下激靈，心頭猛然抖動——殺了那麼多人，雙手沾滿了那麼多鮮血，背負了如此多的新魂，終於，黑暗路上，露出曙光！

刻不容緩，火兒一把抓住刺青大塊頭，便與十二少動身前往神祕恐怖大廈。

大廈內，血戰仍然繼續。

信一的鐵鎚又敲碎了一人的頭骨，可他已形疲神困，欲振乏力，狀況已不大如前。

可幸的是，他並非孤軍作戰，已作回氣的AV上前奪過了信一的鐵鎚，便向敵人發動新一輪的攻勢。

天生神力的AV，回過了氣後，狂吼一聲，力量在急劇暴升。

AV揮動武器的衝力加上鐵鎚重量，所產生的破壞力絕對震撼，受此猛擊，胸骨及內臟當場爆破，身軀轟飛向天花板，後腦爆裂，不可名狀的白色物體從裂口溢出。

「信一不顧一切來救我，我絕不可以讓他死在這裡！」生命本該走到盡頭的人，因爲身邊的伙伴而喚起了底裡火熱，重燃起百折不回的鬥志。

連揮十擊，記記注滿了能粉碎堅石的強大威力，被轟中的人恍如命中小型導彈，炸得五臟俱裂，急往後飛。

經過一輪瘋狂急攻，AV的破壞力開始減弱，就在此時，一陣震耳欲聾的電鋸聲轟然而響，然後有一個手持電鋸的巨大身影，縱身躍起，向AV迎頭劈下。

AV及時反應，忙以鐵鎚迎擊。

電鋸與鐵鎚觸碰的刹那，激射出刺眼的火光。

鋸齒在鐵鎚上瘋狂疾旋，產生出一股霸道的劇烈震盪，由鐵鎚的手柄傳至虎口，強如ＡＶ也抵擋得甚是吃力。

「大塊頭，你死定了！」電鋸巨漢猛力一抽，把電鋸拉後，作勢而起，把全身之力貫到手柄，狠狠地劈下去。

電鋸巨漢的力量超出了ＡＶ意料，劈下來之烈如巨浪海嘯，一擋之下，竟然把不倒戰神震得後退了兩步，手中的鐵鎚更離手飛脫。

「大塊頭，認命吧！今日你注定要死在我澳門電鋸殺人狂手上！」

澳門電鋸殺人狂。落入俗套，好沒創意的諢號。

名號雖然欠奉創意，但無可否認，他的確有點實力。

面對手無寸鐵的ＡＶ，澳門電鋸殺人狂簡直覺得已經掌握了對方的生死。

「連武器也失去，你還怎樣跟我鬥？」電鋸殺人狂沒有即時展開下輪攻勢，突然戲癮大起，讀出正邪對立時，歹角佔上風的電影對白來：「求我吧！只要向我認錯，我答應讓你痛快一死，否則我便先鋸斷你雙手，再鋸斷你雙腳，令你受盡折磨至死！」

按照電影的情節發展，ＡＶ當然沒有求饒，他那雙不屈的眼神亦正符合劇本要求。

「討厭的眼神！」澳門電鋸殺人狂橫劈電鋸：「先斷你一臂！」

大廈外面。

火兒與十二少來了！

二人舉目一望，只見眼前這幢殘舊不堪的大廈，有一種說不出的陰森感覺。外牆的窗戶全部封死，雖然無法看到裡面的狀況，但卻嗅到了濃郁的血腥味道。

火兒抓住刺青大塊頭，與十二少步入大廈內，經過一條黑暗的長廊，來到一間房間前。

「這裡是大廈的控制室……」刺青大塊頭。

火兒把大門踹開，裡面空無一人，卻見房內放置了數十部監察電視機，螢幕裡正直播著大廈房間的虐殺情況。

除了房間，每一層走廊的環境也出現在螢幕中。火兒看見其中一部電視，正上演一場大血戰。

只見兩個滿身是血的漢子，面對數百人的狂攻猛打，正處於生死一線的危急險境！

他們不是信一與ＡＶ還會是誰？火兒的心差點給嚇得跳了出來。

「八樓！他們在八樓！」火兒用刀柄打暈了刺青大塊頭，即奪門而出：「十二少，快上去救人！」

心急如焚的火兒沿大廈樓梯一直跑一直跑。

「兄弟，等我呀！」

八樓長廊。

澳門電鋸殺人狂橫劈電鋸，打算將ＡＶ一臂給鋸下來。星飛電急之間，信一閃身而出，舉起一臂，迎接那把能分金斷土的超級武器。

信一此舉根本是螳臂擋車！

極速轉動的鋸齒直劈向信一的手臂，卻沒有出現預期中的骨肉分裂的灑血畫面。

能人所不能的信一，又一次自編自導一個驚險萬分的鏡頭。

他以手腕上的鐵鑄，擋住了瘋狂的電鋸。

險死還生的情勢，於短短數天內已在信一身上發生了無數次。

經歷過不知幾多次的十萬火急，從地獄入口折返了人間數十趟，信一在瀕死邊緣中，衝破了恐懼的枷鎖，出招已不用思考，只憑直覺而發，反而來得更加精準。

同時，AV的鐵鎚轟在澳門電鋸殺人狂的身上，將他打飛十數米外。

轟退了澳門電鋸殺人狂，可前面的人浪又再冚過來。

他們一同露出貪婪與飢餓的目光，湧向二人，簡直就像一群看見了活人的喪屍一樣。

面對殺之不盡的攻勢，信一與AV到底還能撐多久？

火兒和十二少已跑到五樓。

「嗄嗄嗄……」

轟走了幾人，信一和AV已氣喘如牛。

信一出道十數年，久戰沙場，就算面對何等惡劣的戰況，也不曾感到絕望，自信能憑驚人技能殺出圍困。

但眼前這個窘局，實在太難跨越，連豁達大度的信一也不敢樂觀。

如沒有奇蹟出現，他倆將會魂斷今宵。

「信一！就算我們活不過今晚，也要多抓幾個人來陪葬！」

「對！說得對！嘿嘿……」信一咧嘴一笑：「我們就讓這群狗娘養見識一下，城寨出來者的厲害！」

世上有一種人，遇挫不折，遇劫不驚。既然已有了死的覺悟，還有什麼需要顧慮？能與好友來一場死中求活的血戰，豈止無憾，簡直痛快。

現在便忘情忘我，用熱血熱汗，將生命燃燒至盡頭吧！

——六樓。

——七樓。

——八樓！

當火兒與十二少來到目的地時，均愕然不已，愣住了。

凝望著長廊，二人也不知該如何反應。

「爲什麼會這樣？」火兒。

「信一與AV……到底在哪裡了？」十二少。

八樓的走廊，一個人影也沒有。

瘋狂的廝殺大場面，卻確實地在八樓的長廊轟然大爆發。

AV的怒火之拳，轟在一人的頭上。

碰碰碰碰碰碰碰！

貼在牆上的頭顱，被轟得一片模糊，面骨耳骨鼻骨顎骨與三合土（注）完全混爲一體。

嘭！

頭蓋骨最終承受不了巨大的炮轟，炸個四分五裂！

AV專注解決一人，卻背門大露，讓其他人有機可乘，半秒間添上了幾道血痕。

信一以手銬上的鐵鍊作武器，猛力一發，猶似靈蛇在人海中張開毒口，擇人而咬。

不幸中招的，都痛得狂呼大叫。

猛招之後，信一動作稍爲慢下，身上便中了四刀。

劇痛難耐，血也快要流光，信一雙目亦開始失去了光彩，變得迷糊散渙。

「此戰……該結束了……」信一心道。

兩人背靠著背，面對四方八面的敵人，已無力再戰。

這兩頭猛獸已力竭筋疲，一眾人等把他們團團圍住，等待下一個發攻的時機。

「信一，是我連累了你。」

「做兄弟，說什麼誰累了誰？」信一慘笑：「我不怕死，只遺憾看不到我的外甥出世。」

「……」

人生自古誰無死。可心願未了，死也遺憾。

AV最大的遺憾，當然是不能手刃雷公子！

「全部上，殺死他們！」

一聲大吼，敵人如蝗湧上，撲殺上前。

兩人交換了一個眼神，有了死亡的覺悟，也作好了最後一次出手的準備。

人生的棋局，最有趣的地方，就是往往也會遇著意想不到的變數。

就算面對無路可退的困局死局，只要不絕望，隨時也可以扭轉頹勢，創造奇蹟。

奇蹟，在這個超危急的關頭，出現了！

「信一！AV！」

熟悉的聲線，在走廊的盡頭響起，如雷貫耳，打進二人心坎。

血液，於瞬間燒得火紅灼熱。

這個聲音，來自另一個城寨出來者——

注：一種建築材料，由石灰、黏土和細砂所組成，其實際配比視泥土的含沙量而定，經分層夯實，具有一定強度和耐水性，多用於建築物的基礎或路面墊層。

火兒！

黑暗的盡頭就見光明！

絕望的深淵就有希望！

火兒來了，戰局將因此徹底改寫！

「吼——」

火兒一聲虎嘯，以破竹之勢殺入人群，斜劈橫砍，擋者披靡，霸而疾的刀光破斬出一條血路。

好友救駕，令信一和AV的腎上腺素飆升，人如重新注入電流，渾身是勁，也衝殺上前，上演一場絕地反擊戰！

三人戰意如虹，狂態畢露，誰敢走近他們，都成亡魂。

戰況一下子來個大逆轉，有幾個混混見勢色不對，生出逃亡之念，趁混亂期間，偷偷竄向走廊盡頭，打算沿樓梯遁走，卻見一人從樓梯走了上來。

這個手執日本武士刀的男人，雙目如鷹，緊盯著眼前獵物。

獵物心中一寒，被對方的強大殺氣壓得難以呼吸。

正感進退維谷，不知如何是好之際，但見獵人一躍而起，銀光晃動，已把他們的煩惱解決。

運刀如飛的人，當然是跟火兒出生入死的同伴，十二少。

信一的一方又添一名猛將，令戰情更加樂觀。莫要忘記，他們曾經打垮大老闆的重兵，合起來的威力絕對難以想像。

事隔一年多，這幾個熱血男兒再一次合力迎敵，戰個忘情忘我。

世上有一類人，不懼死亡、不顧後果、不問回報、不作保留、不理世間所有情理法則，上天下地任我行，去幹他們認爲值得去幹的事……

——去闖一個巔峰的瘋癲！

這類人，在世俗人眼中如同瘋子。

瘋子自有瘋子的領域，旁人無可理解，也無法看穿。

只有同一屬性、等級相同的人，才能接通頻道，才能成爲朋友，才能結爲知己。

在他們身上，有一股力量把對方互相牽引，團結一起。

這股力量，

——叫做友情！

長廊，已成血路。

屍橫遍地。死傷枕藉。

仍站著的，只有四人。

「有沒有菸？」信一向火兒比了個討菸的手勢。

「你這菸劇（老菸槍），傷成這樣，還要吸菸，眞拿你沒辦法。」火兒從衣內取出菸包，遞了一支給信一。

「幾天沒抽過……」信一取過了菸，點火，吸了一口：「爽死了！」

「走吧。」火兒一瘸一拐拖著身體。

「你的腿……發生什麼事啊？」信一望著火兒左腿，發現腳踝不尋常地扭曲了。

「說起來，眞是吊詭……我和十二少從閉路電視螢幕得知你和AV在大廈八樓，便立即衝上去，豈知上到八樓卻空無一人……第一個反應，是愕然，冷靜一想，便估計到應該不只有一幢大廈。」火兒：「當時我已很急，如果折返地面再找尋另一幢大廈，太花時間。」

「所以你們兵分兩路，你上天台，十二少往返地面。」

「嗯，萬一天台上並沒有發現，才跑回樓下，便會太遲了。」火兒：「我走到天台，看見對面有另一幢大廈，而附近再沒其他建築，我便知道，你和AV就在裡面！」

「兩幢大廈的距離有多遠？」信一臉色一沉。

「我想，大概四至五米吧。」

四至五米，那不是一個容易跨越的距離，一個失手，便會跌向地面，弄個粉身碎骨。爲了走這條救人捷徑，火兒把自身的安危都拋諸腦後，可以想像當時的他，是何等焦急。

「你是瘋了嗎？」信一兩眼通紅。

「其實情況不算太危險，因爲我當時身處的大廈比對面那幢高兩層，拋物線式往下跳，總比平面容易吧，所以這次算幸運了。」火兒苦笑：「不過著地時有少許失準，摔壞了一腿。」

信一快要流下眼淚耶，爲免醜態再現（他曾因失戀而在火兒面前嚎啕大哭），唯有急急轉換話題。

「開了電影公司，果然夠電影感，懂得在最危急關頭及時出手……你來遲一刻，我倆已死在亂刀之下。」

「你眞不夠朋友，自己來演《007》，起碼也要算上我來一齣《喋血雙雄》（注）才夠Class吧！」

「我又怎會想到姓雷的竟瘋狂至此，連『龍城幫』龍頭也敢殺！」信一吐出一口煙：「早知道那狗娘養的原來患了狂犬病，我便帶齊人馬，開拍齣港澳版《省港奇兵》！」

「管他什麼原因，總之他要和我們作對，便他媽跟他拚了！」

「說得對！一定要讓他知道，香港黑道是不好惹的！」

火兒與信一互相扶著對方，踏著血泊步出長廊。

AV的手臂也橫著十二少後頸，以他的身體作支撐。

「AV，撐住啊！」十二少。

「我們死不了，就是雷公子噩夢的開始！」火兒拍拍AV的肩膀。

這幢大廈是小優葬身之地，AV總覺得，她的靈魂就在附近。

一旦離開，便等同與情人正式訣別。

AV惘然若失，明知不該留戀此地，卻想多耽片刻。

但，就算逗留多久，也始終改變不了小優告別人間的事實。

該走的，便要走。

不情不願，最終也得離開。

永別了……

——我的最愛。

火兒、信一、十二少、AV，帶著疲倦的身軀走出大廈。

度過了一段混沌的黑暗時光，揮去了陰霾。晨光穿越雲層照射在眾人的身上，讓他們確實感受到，活著的感覺。

歷此大劫，四人遍體鱗傷，幾近將鮮血流光。

注：一九八九年吳宇森導演的警匪電影。由周潤發（飾演小莊）、葉倩文（飾演珍妮）與李修賢（飾演李鷹）主演。一九九九年《時代周刊》列為二十世紀亞洲十大影片之一，為亞洲英雄片最巔峰作品之一。

火兒痛失愛子，ＡＶ別了至愛，兩人都很痛很痛！

可他們仍然活下來。

只要不死，便留有報仇的機會。

「龍城幫」、「架勢堂」與雷公子的決戰舞台，將會由澳門移至香港，在這片英雄地捲起新一場——**血腥復仇記！**

第五章

Chapter Five

5.1 崩壞

「火兒，對不起，我們的孩子……沒有了。」

經歷兩天前的大劫，藍男肚內骨肉最終也保不住。她像失去靈魂似的娃娃，躺在病床上，沒哭沒鬧沒開口，直至見到火兒後，才萬分淒涼地說了這一句話。

「我們還年輕……日後還有機會吧。」坐在輪椅上的火兒說。

日後有是日後的事，當下藍男，真的好傷好痛。

藍男的痛，火兒身同感受，只是身為男人，就算再難過，亦要強忍。

「我真的好傷心啊……嗚嗚……」抑壓已久的情緒，終於爆發，藍男的眼淚嘩啦嘩啦地落下：「我們的孩子還有兩個月便出生了！為什麼要這樣對我？為什麼呀？」

自從在城寨重遇藍男後，火兒再沒見過藍男嚎哭，她向來是個倔強女生，就算遇上多難過委屈的事，藍男的眼淚都是在心中流，何曾試過哭成這樣子？

「我們的孩子，明明很可愛有趣的，可他一來到世上，已是一具冰冷的軀體……我好想、好想聽他哭、聽他笑、聽他叫我一聲媽媽！嗚嗚……」

看見藍男哭成淚人，情緒接近失控邊緣，火兒簡直心如刀割。他知道，此刻說什麼話也是枉然，能做的，只有給她一個深深的擁抱。

擁抱著最喜歡的人，藍男有了依賴，哭得更厲害，淚水一下子決堤般湧出，雙手用力地抓緊火兒。

火兒一手抱著藍男，一手輕撫著她頭髮，讓藍男知道，就算她的世界變得千瘡百孔，這個男人也會陪她一同承受，一起面對。

狂哭了三分鐘，藍男的情緒開始穩定下來，當她鬆開火兒之後，才瞧見他的病人服滲出血水。

「爲什麼會這樣的？」

「我在澳門營救信一跟AV時，受了點傷。」火兒微笑：「現在沒事了，別擔心。」

「一共縫了多少針？」

「只幾十針，皮外傷而已。」

藍男知道，縫針的實際數目一定比他所說的更多。

「你的腳怎樣了？」

「不小心摔倒，沒大礙，放心、放心。」

「信一跟AV呢？他們沒事吧？」

「沒事，沒事，都只是皮外傷，他們都跟我們同一所醫院，過幾天我倆一起去探望他們。」火兒爲藍男蓋好被子：「我先去找十二少，晚點再回來看妳，好好休息，知道沒有？」

「嗯嗯。」藍男捉緊火兒的手：「能見回你，眞好。」

火兒拍拍藍男的頭：「傻瓜，我答應妳，以後的每一天，我們也會天天相見。」

見過火兒之後，藍男的確安心不少，激動過後亦稍爲平伏。

儘管有多失意失落，藍男也會努力挺過來；只因在她的生命中，至少還有你。

走出藍男的病房，火兒來到一間冷冰冰的房間。

放在他面前的，是一個死嬰。

——那是火兒和藍男的親生骨肉！

火兒呆呆地望著自己的兒子。本來，還有兩個月，這個繼承了他血脈的小小人兒便可以來到這個世界，可現在卻成了一具沒靈魂的軀殼。

永遠打不開眼簾……

永遠都看不到父母的模樣。

在藍男懷孕的期間，火兒曾幻想過無數開心的片段。三口子一起逛公園、陪伴他到幼稚園、看他讀小學、見證他長大成人……

長大以後，他會變成什麼樣子呢？會像媽媽般機靈可愛？還是跟爸爸一樣剛烈強悍？這原都是火兒充滿期待的未來。

一切美好的憧憬，已然幻滅。

硬漢，猶如斷了線的扯線木偶，頹然坐在輪椅上。

強忍的淚水，失控狂流。

爲什麼？爲什麼？爲什麼？爲什麼？爲什麼？爲什麼？爲什麼？爲什麼？

我到底做錯了什麼？爲何姓雷的要殺害我的至親？

十分鐘後，火兒哭乾了淚，與十二少去到AV和信一的病房。

「藍男怎樣了？」躺在病床上的信一問。

「傷勢不算嚴重，但精神不振。」火兒。

「你要好好照顧她。」

「我會的了。」

「出來混，誰沒仇家？不過禍不及妻兒，雷公子那賤種不理江湖規矩，專做傷天害理的事，這個仇，一定要報！」

「藍男說，當時有個很會打的人奉命來捉她，若非Happy仔捨命相救，她也未必可以保命。」火兒眉頭大皺。

「很會打的……我在澳門的時候，也遇到一個很厲害的人，他是雷公子麾下，懂國術，又會用雙截棍，是個棘手貨色，就算我全力施爲也被他壓下來。」回想當日跟邢鋒一戰，信一餘悸猶存。

鄰床的AV，因目睹愛人慘死一幕而喪失了意志，一直沒有發言，捲曲著身軀，不理世事。但聽到信一的話，亦不由自主張開雙目，想起那個叫邢鋒的人。

AV相信，他跟信一遇到的，是同一個人。

若非邢鋒出手阻止，AV可能已經手刃仇人，轟爆雷公子的頭顱了。

錯過了這次，以後還有埋身的機會嗎？

AV沒有細想，自回港之後，他就像泄了氣，沒了火，從前那股震撼的霸氣，已經消失無蹤。

也是，就算殺掉雷公子，小優也不會復活。仇就算能復，又如何？

AV依然跟最愛的女人陰陽永訣。

他已失去雄心，失去了鬥志。甚至，失去了做人的意義。

從此，如行屍般過日子。

復仇與否，已不再重要。

剛剛那一絲人類氣息一閃而逝，AV又再重回那黑暗的深淵。

「連你也『高度評價』，看來這個人，是有點本事。」火兒握拳：「他不但令藍男受創，更害死我兒，我一定會十倍奉還！」

「我也想盡快出院替她報仇，可經歷此戰，我們個個身負重傷，你的腳踝碎裂，最少也要休養一個月，這段期間，姓雷的必定來犯！」信一露出憂色。

十二少首度開腔：「吉祥說，當日『天義盟』大軍入侵廟街，由一個黑人（King Kong）領兵，其他人都驍勇非常，不似『天義盟』的作風。顯然雷公子已勾結宋人傑，並為他們注入兵力，打算在香港大幹一番。」

「他要在香港參一腳，是他的事，何以要跟我們對著幹？」信一百思不得其解。

「不管什麼原因，總之他敢惹我們，休想可以過得安樂。」十二少：「這場大戰中，我的傷勢最輕，今晚我就向 Tiger 叔請示，準備向『天義盟』發動反擊！」

「龍城幫」兩大高層留院，「架勢堂」要員吉祥重創，江湖瀰漫著一股不尋常的氣氛，誰都知道，很快將會有連場腥風血雨。

接下來的日子，十二少將會以他的旗號，奮力迎戰雷公子！

5.2 細寶

當晚，十二少來到 Tiger 叔的西貢大宅，向他匯報這兩天發生的事故。得知來龍去脈，老江湖 Tiger 叔也知道，這一場仗，是難以避免的了。

「雷公子勾結『天義盟』，向我們出兵，我們如果不反擊，『架勢堂』在江湖還有地位嗎？」Tiger 叔坐在書房的大椅上，徐徐說道：「十二仔，你放心去打吧，Tiger 叔會在背後全力支持你！」

「多謝 Tiger 叔。」

「有沒有什麼戰略？」

「『天義盟』高調攻入廟街，相信亦準備與我們開戰。他們一改龜縮窩囊作風，突然進取，料想雷公子一定給了宋人傑很大助力。」十二少續道：「現在『龍城幫』最會打的幾個也入了醫院，『天義盟』一定會乘虛而入，在短期內再次發動攻勢，所以我們絕不可以坐以待斃，要在他們出手之前，截擊『天義盟』。」

「你打算何時出兵？」

「明晚！」

十二少打算以快打快，在對方出招之前，給他們一個迎頭痛擊，大挫「天義盟」的銳氣。

然而，十二少最合拍的戰友不在身邊，這場仗，他就只能孤軍作戰？要在短促的時間內整合一支有默契的隊伍，是相當困難的事，可戰事一觸即發，刻不容緩。沒有了最佳組合，十二少急需找上能信任的得力門生。

聞戰鼓，思良將。當下，十二少想起一個曾經跟他出生入死的兄弟。

「想找我幫手？你不是說笑吧？」

「細寶，你該知道我從來都不喜歡說笑。」拿著啤酒的十二少，與昔日門生站在蘭桂坊街頭，商討助拳事宜。

「關於你們的事，我也有收到消息，我知道你將要跟『天義盟』開戰，可我卻沒能力幫你了。」

細寶玩弄著手中的打火機：「這幾年我已不問江湖事，當了調酒師，跟這裡的客人有說有笑，生活總算可以。我不想再過那些刀口的日子。」

「你還生我的氣？」

「沒有啦。當年的事，我的確有錯，你對我執行家法是應該的，我怎會惱你？」細寶嘆了口氣：「只不過，發生了那事件之後，我也沒有面目留在『公司』，所以才向你請辭。」

「那我也不勉強你。」十二少飲盡啤酒，然後便揚長而去：「遲些我與吉祥再找你好好一聚。」

能令十二少親自邀請助拳的細寶，必定有過人之處，但他早已退出江湖，樂得平凡，十二少也無謂強人所難。

「細寶……」十二少停下腳步，回頭望向細寶：「你還當我阿大嗎？」

「重要嗎？」

拋下一句話，細寶再沒望十二少一眼，轉身走回酒吧內。

踏入酒吧裡，細寶隨即被一名女酒保截住。

「細寶哥，他就是十二少嗎？一如傳聞般，是個大帥哥啊！」淇淇望向門外，十二少已遠走的方向說道。

「妳對他有興趣？要不要我幫妳作媒？」

「耶！你該知道我心只屬於你！」淇淇的拳頭輕觸了細寶胸口一下。

「多謝了。」細寶走進酒枱裡，開始調酒：「我怕自己無福消受。」

「是了，十二少找你有什麼特別事嗎？」淇淇亮起水汪汪的黑眼睛：「最近江湖烽煙四起，他是不是邀請你出山？」

「妳很多事啊！」細寶單手搖晃著調酒杯：「江湖的事妳知道多少？」

「既然是江湖人的女人，當然要對江湖事加緊留意啦！」淇淇轉了轉眼球：「細寶哥，傳聞你身手厲害，刀快如風，見血封喉，殺人於無形之中……看來傳聞是眞的啊，否則十二少也不會親自前來吧？昔日恩師，大難當前，找上舊日戰友援助，二人放下舊日恩怨，再度聯手對抗大敵……實在太有武俠味道了！」

淇淇跟很多喜歡夜生活少女一樣，都崇拜江湖人物，希望有朝一日成爲黑道阿嫂，享受那種前呼後擁的優越感。除此，她還中意看武俠小說，時常把書中情節套入現實。

淇淇第一次在酒吧看見細寶，已經喜歡上他。當她知道對方曾經是江湖人，而且是十二少的門生，對他更著迷。

可神女有心，襄王無夢，細寶一直對這女生冷冷淡淡。

「妳看太多武俠小說了。」細寶把調酒杯放在吧枱上：「別做白日夢了，幹活去吧。」

酒吧打烊，已近清晨。

踏出酒吧的細寶，一臉倦容、一身酒氣，獨自在街頭踱步。

走著走著，不自覺回想起以往跟隨十二少打拚的片段。

他跟十二少同在廟街長大，十三歲已拜門十二少。當時，十二少也只不過是個年僅十六的少年，卻已是廟街無人不識的小霸王。

細寶跟十二少感情要好，甚至比吉祥更早投其門下。二人一起打架、一起泡妞、一起闖出名堂，感情比親兄弟還要好。

直至四年前，因爲一件事情，在二人的友情路上，突然出現岔口，從此各走各路，互不往來。

曾經同氣連枝的手足，變成陌路。

偶然，十二少也會相約細寶見面，不談以往，也不涉及江湖話題，只說說近況，閒聊瑣碎事。二人就像普通朋友，閒話家常，但已無法回到當時，同哭同笑的日子。

多年來，十二少首次做出相求，細寶又怎會不知事態嚴重？奈何自己已脫離「架勢堂」——江湖事，與我再無關係了。

同一時間，十二少已召集數十精英，在廟街一唐樓單位內，共商戰策。

「『天義盟』的地盤集中在港島區，銅鑼灣跟灣仔是他們最賺錢的地方，這場仗我要以快打快，今晚就揮軍直搗『天義盟』的心臟地帶！」十二少霸氣大盛：「凡遇上『天義盟』的人都不用留手，給我盡情斬！我要用最直接的手法，把這班廢物連根拔起，清不清楚？」

「清楚！」門生同聲應道。

「我們出戰的時間，『天義盟』隨時會來襲。」十二少望向身旁的門生：「阿駒，你實戰經驗豐富，本該隨我上戰陣，不過廟街已經失守一次，我不希望再讓『天義盟』乘虛而入，所以我要你坐鎮廟街，重兵留守。」

「放心，阿大！」阿駒拍拍心口：「我會拚了命力保廟街不失！」

十二少吆喝：「各位手足，此戰關係重大，一輸便連『架勢堂』的招牌也大受影響，絕對許勝不許敗！」

在場都是跟隨十二少多年的門生，他們也沒見過老大如此火大，個個也感受到他的怒火在毛孔噴射出來，斗室的氣氛籠罩沉重緊張。

除了憤怒之外，他們還鮮有的感覺到十二少身上有一份焦躁。

一向處變不驚的人，何以會出現這種情緒？

是因爲吉祥在上一役中險死戰場，令他急於扳回失勢？

還是好友痛失愛子的遭遇，牽動了他的神經？

抑或另有原因？

他當然知道打仗切忌心浮氣躁，一旦失去冷靜，判斷便會失準。可當局者迷，再睿智老練的人，也會被怒火掩蓋理性的一面。十二少並非聖人，而且年輕，所以亦有衝動的時候。

大會結束後，已是天明。一夜無眠的十二少帶著疲憊的身軀步出舊樓，距離大戰還有十多小時。領軍的元帥本應該飽睡一頓，養足精神迎接黑夜來臨。

但征戰無數的十二少一直惴惴不安，因爲直到現在，他還不能確定對手的真正實力。

「天義盟」本是個蜀中無大將的夕陽幫會，宋人傑以退休的心態管治，只想於在位期間盡情賺錢，賺夠了便退位，完全沒有爲「天義盟」的未來著想。

對十二少來說，要對付這種角色根本不費吹灰之力。不過此刻他們的背後，多了一股巨大勢力支撐，實力已不可同日而語。

到底雷公子從澳門調動了多少人過來？

除了那個懂國術的高手、把吉祥打個半死的非籍大漢之外，還有幾個多厲害角色？

換了火兒，他一定會不顧一切，打了再算。但十二少的性格比較審愼，所行的每一步都經過悉心考慮，所以他很少打敗仗。

這是優點，也是缺點。歷史上，但凡成功的領導者、革命家，除了具備超人的實力與領袖魅力外，他們大多都不按事理章法、亦不管世道法則，往往反其道而行，超越一般人所想。跟不上他們思維的人，會把他們視之爲瘋子。

夠瘋夠狂，才能幹出一番驚人事業，痛擊一個又一個對手。

十二少，就是欠缺了這份瘋狂。一個不夠瘋的人，又如何對付比他狂妄無道的對手？

十二少回家澆了個冷水澡，盡量令自己的頭腦保持清醒，希望摒除混亂的思緒，以最佳狀態，迎戰雷公子。

洗了澡，繃緊的情緒得以紓緩。然後，他緩緩地、有節奏地做些輕巧運動。下午時分，獨個兒走到廟街冰室吃茶餐，老闆瞧見他，侃侃而談，盡說些無聊的話題，十二少微笑回應。

吃完下午茶，已到黃昏，他走到一個工業大廈的單位，裡面有幾名門生看守。

這裡是「架勢堂」的其中一個兵器庫，每次打仗，門生都把所需要的兵器集中一個地方，在出兵前再派人運送出去。

十二少絕少現身兵器庫，今次親自「監場」，可知他對此戰，是何等重視。

檢閱過兵器，天空已被黑暗籠罩。

接下來，十二少再沒事情可做，只有等。

一直等到凌晨，十二少騎上戰車，親領兵馬，以皇者姿態直朝銅鑼灣進發！

5.3 暗戰

「幫『天義盟』的場大裝修！」

十二少率領十數門生闖進「天義盟」旗下一間酒吧，二話不說便做出大肆破壞。不消五分鐘，十二少便以狂風掃落葉之勢，搞砸了這間酒吧。幾個「天義盟」保安更被打個體無完膚，暈死地上。

取得頭彩，十二少得勢不饒人，繼續掃蕩「天義盟」其他夜場。一夜之間，已經搞砸了一間桑拿浴室、一間卡拉OK、一間麻雀館以及一間酒吧，打傷了對方數十人。

「架勢堂」大勝而歸，廟街卻沒受到對方來襲。十二少隱隱覺得有點不妥，似乎進展得太順利。雷公子不是借出兵馬嗎？何以銅鑼灣的防守力如此薄弱？就連一個稍爲會打的人也沒有。

太令人費解了。既然雷公子已入侵香港黑道，就沒可能坐以待斃。到底雷公子在盤算什麼？接下來又會有什麼行動？

十二少殫精竭智，怎也摸不透內裡葫蘆賣什麼藥。

當晚十二少致電火兒，告知他戰情。火兒得知後同感進展得太順利，順利得不合常理。

「我們在澳門逃出姓雷的魔爪，那個死變態又怎會不知道我們會反擊？」火兒：「照道理，他們應會重駐兵力銅鑼灣，但偏偏卻違反常理，好像故意調走強將，任由你宰割。」

「他們是否刻意保留實力，暫不想亮出底牌？」

「我也是這樣想，可能他們認爲還未是時候跟我們正面交鋒。只是有一點可以肯定，那幫人正在部署下一步。」火兒頓了頓，又道：「十二少，過了今晚，你暫時按兵不動，全力穩守自己的地盤，雷公子是個性急的人，我猜他會在這一兩天內出招，到時候，我們見招拆招。」

第二天，江湖傳出流言，宋人傑對旗下夜店被破壞一事大感震怒，揚言會在這兩天內，武裝出陣，直搗十二少的根據地，以牙還牙。

消息很快傳到十二少的耳邊。既然雙方難免要碰頭，他亦寧願盡快做一了斷。

十二少預料，「天義盟」會精英盡出，力壓己方。他已打算豁出去，只要尚有握刀的力量，也會一直打下去，直至把「天義盟」的主將殺敗爲止。

轉眼已到晚上，十二少吩咐門生知會附近店鋪老闆，這幾天會有大戰來臨，讓他們提早關門。

踏入十二點，平素還熱鬧非常的大街，今夜變得特別冷清，只有幾個「架勢堂」門生分布在不同角落，一見敵軍殺入陣地，便立即通知十二少。

時間一分一秒過去，過了兩小時，仍未見任何動靜。宋人傑有雷公子撐腰，理應不用再左閃右避。他公告江湖，會跟「架勢堂」追究事件，大張旗鼓，卻再一次龜縮，豈不是淪為笑柄？

雖說宋人傑出了名不要面、無恥無極限，但說到底都是一幫之主，又怎能賴皮至此？他究竟在打什麼鬼主意啊？

「天義盟」的人最終也沒有出現，十二少也沒有什麼法子，只好鳴金收兵。

回到家裡，十二少躺在沙發，腦袋轉個不停，猜度敵方的戰略。

「如果宋人傑跟雷公子結盟了的話，怎可能沒有行動？他們一定有所部署，等我入局。在這個時候，我必定要冷靜，否則便隨時著了他們的道兒。」十二少心忖。

十二少雖然還不知道宋人傑跟雷公子有什麼陰謀，但他可以肯定，對方很快便有所行動。現在他需要的，是大睡一場，保持最佳的精神狀態，才夠力量跟這班狂魔鬥下去。

自從信一在澳門發生事故之後，十二少都沒好好休息過，這一夜睡了五小時，已是這段日子裡睡得最長時間的一晚。

早上十時，十二少走到街頭，打算去吃個早餐，卻見某個街角聚了一班街坊，望著牆上的海報議論紛紛。十二少走近一看，發現那張海報的主角竟是自己，除了有他的照片，還附帶一段文字：

此人名叫梁俊義，又名十二少，古惑仔一名，活躍於廟街一帶，曾任扯皮條，靠販賣子宮維生，專門騙取女人血汗金錢，十八至八十歲也不放過。更有人看見他以金魚作餌，誘拐小朋友入公廁，淫賤不能移，禽獸不如。奉勸各位女士看見此人，避之則吉。

看畢文字，十二少壓住了怒火，他知道這是對方的低級招數，憤怒只會正中他們的下懷。

他要忍，絕不能動怒，因爲怒火只會蓋過理性，令人失去應有的分析力，只要下錯一個決定，便隨時跌進敗亡的泥沼，難以翻身。一子錯，滿盤皆落索。

「宋人傑搞這些小動作只想把我惹火，我不可以被他挑釁。」十二少如是想。

海報張貼在油尖旺（注）一帶，十二少派出門生把海報一一撕掉，就這樣花了好幾小時。

當把海報全部清理之後，十二少打算返回寓所梳洗一下，再作部署，豈料大門的鎖匙孔竟被人用萬能膠封死。

搞出這些不勝其煩的陰招小動作，無非想擾亂十二少，令他動怒。十二少深明此理，故此沉住氣一直忍耐。

注：「油尖旺區」由一九八二年成立的「油尖區」及「旺角區」於一九九四年合併而成。名字由該區的三個主要區域——油麻地、尖沙咀和旺角的字首組合而成。

就在此時，十二少的大哥大電話響起。是門生一通來電。

「阿大，志明告訴我，『天義盟』今日在銅鑼灣召集了過百高層開大會，準備今晚進攻廟街。」

「消息準確嗎？」

「我死黨志明是『天義盟』那邊的人，跟我由小一起長大，今次他是冒著性命危險通風的。」

「嗯。偉仔，你告訴志明，如果他出了事，我十二少一定會罩他。」

當下，十二少急召門生在廟街一唐樓單位內商議出戰對策。

十二少打算親領五十精兵，鎮守心臟大街，廟街外圍屯兵過百，只要「天義盟」的人敢踏入「架勢堂」陣地，駐守在外邊的重兵便把對方人馬團團包圍，來一場困獸鬥。

十二少對己方的實力有絕對信心，只要明刀明槍，他便深信可以力壓「天義盟」。

當晚的天氣很冷，只有攝氏六度，十二少在廟街一直等待對方，可到了凌晨二點，還未見「天義盟」半個人影。

「又是這樣……」

十二少望向身旁的門生：「偉仔，你的消息會否有錯？」

「應該不會……志明跟我情同手足，他應該不會發放假消息給我。」

就在十二少感到事情不妥之時，電話響起。

「喂。」

「十二少，我是宋人傑呀！聽說你那邊的人收到消息，說我召集了過百門生，打算今晚出兵攻打廟街，你們搞錯了，沒錯人是叫來了，不過並非爲了打架，而是打邊爐（注）呀。最近天氣這麼冷，當然要吃些熱騰騰的東西，暖暖身子啦。」電話彼端的宋人傑續道：「慘了，天寒地凍，你們一大班人在大街上苦等，小心著涼喔。如果你肚子餓了，隨時來銅鑼灣找我，我多加一雙碗筷等你啊。」

掛了線，十二少勉力壓下怒火，可底裡五內已在翻騰。

宋人傑最後的一段話，顯然就是告訴十二少：我宋人傑在銅鑼灣等你，夠膽你就來吧。

宋人傑一反常態，主動挑釁，想必他已在自己的地盤擺重兵馬，來一招請君入甕。硬闖敵陣，將會引發一場難以臆測的血拚；再一次收隊，只會大大打擊我軍士氣。進或退，十二少心裡已有答案。

「動身，我們現在便殺入銅鑼灣！」

注：就是台灣的吃火鍋。用筷子夾食材進爐子，抽起筷子時會在爐邊敲一下發出聲響，是謂「打邊爐」。

5.4 虎青

「哈哈哈哈……過癮，眞想看看十二少氣炸了肺的蠢相。」泡浸在溫水浴池的雷公子放聲大笑。

浴池內，雷公子、邢鋒、士撻、宋人傑圍作一團，正在商討對付十二少的計畫。

「雷公子，你眞是絕頂聰明，如此驚人的點子也給你想得到，簡直是我偶像！吃吃吃……」笑得像隻哈巴狗的宋人傑，對新主人搖頭擺尾。

「宋人傑，你這個馬屁精，當眞生不逢時，如果你早點出世，肯定可以成爲一個出色的漢奸，哈哈哈哈哈……」雷公子拍打宋人傑的臉：「我就是喜歡你這副爲了錢可以毫無底線的德性！」

「吃吃吃……雷公子滿意就好。」挖苦當稱讚，宋人傑自我感覺相當良好。

「你叫志明？」雷公子望向宋人傑身旁一名髮色七彩的門生。

「是……」志明囁嚅。

「你跟『架勢堂』的偉仔是自小認識的好兄弟？」雷公子收起笑臉。

「沒錯……」

「出賣兄弟有什麼感覺？」

「起初也有一點點內疚的，不過爲了『公司』、爲了雷公子，我可以去得更盡。」

「哈哈哈哈哈……這小子有前途！我喜歡！」雷公子又再大笑起來：「聽說你在『公司』的工作是代客泊車。」

「是啊。」

雷公子拍了宋人傑的後腦一下：「難怪『天義盟』如此不濟，你根本就不會用人。像志明這種人才，居然一直當代客泊車，宋人傑，你這個領導人怎麼搞的啊？」

「相比起你的領導才能，我當然自愧不如啦。嘻嘻。」

「嘿。」雷公子直視著志明：「志明，你之後跟隨士撻，努力做些成績出來，我雷公子賞罰分明，只要你有表現，一定會有獎賞。這次你做得不錯，待會給你三萬元。」

「多謝雷公子。」志明大喜。

雷公子用金錢從宋人傑手中輕易奪取了幫會的操控大權，登上了「天義盟」太上皇。至於宋人傑，他根本就不介意被雷公子壓在頭上，只要付得起錢，他連屁眼也可以賣掉啊。

「士撻，你的傷勢如何？」雷公子轉移到士撻身上。

士撻本是吉祥的門生，因覺得留在「架勢堂」難有發展，遂過檔「天義盟」，並在廟街之戰上演一場出賣同門的戲碼，若非邢鋒齒冷他的行爲出手阻止，吉祥已經死在他的手上。

「沒事！」士撻拍拍胸口，精明地回答：「我其實很會打，若非吉祥一直把我壓在頭上，十二少又忌才，我早就取代他們成爲『架勢堂』第二號人物了。」

「你士撻驍勇，我早有所聞，否則也不會招攬你過來。」雷公子一笑：「放心留在『天義盟』，日後將會有很多機會給你大展拳腳。」

「雷公子，我士撻保證絕對不會令你失望！」士撻自信滿滿地說。

對於士撻的自吹自擂，邢鋒只報以一個不屑的眼神。

「雷公子，我們惹火了十二少，你猜他會否有所行動呢？」宋人傑問。

「會，一定會。」雷公子答得斬釘截鐵。

「爲何你如此肯定呢？」

「一個原因，因爲他不夠我聰明，所以注定要被我玩弄於股掌之中。」

「犀利啊！幸好我不是你的對手，否則我眞的有十條命也不夠死啊。」宋人傑以誠懇的態度問：「十二少殺入銅鑼灣，敢問料事如神的雷公子是否打算用邢鋒領兵，跟他展開一戰呢？」

「如果要跟他開戰，我老早就出兵攻入廟街，何須搞那麼多動作？」

「那麼，不知你又有什麼奇招呢？」

「以你的智慧，一定想不到的啦。總之就算不費一兵一卒，我也可以令他一敗塗地。」

雷公子一副胸有成竹的樣子，對自己的部署很有信心，深信只要十二少踏入他的領土，便會陷入萬劫不復的死地。

就在此時，一名門生從外面走進浴池，來到雷公子旁邊：「雷先生，剛才十二少帶了十數門生踏入宋人傑的麻雀館大肆破壞。可不到一分鐘，陳SIR便親自領軍把他們制伏，全被押返警署了。」

「哈哈哈哈，好！」雷公子笑得合不攏嘴。

「想不到你會報警……」得知雷公子計畫的宋人傑微感錯愕：「我們是黑社會啊。」江湖人有句不成文的說話：「江湖事，江湖了。」所以涉及黑道的紛爭，他們都會以自己的手法處理，鮮有主動要求警方介入。

「黑社會不用交差餉嗎？香港是法治之地，『天義盟』的店鋪是合法的生意，遭人破壞，送官究治，合情合理。」

「話是這樣說，但我們報警……『天義盟』會被其他幫會看不起的。」宋人傑有點爲難。

「你以爲在你掌舵的日子裡，『天義盟』曾被人家瞧得起過嗎？」雷公子鄙視著宋人傑。

「用不著那麼老實吧……」宋人傑帶點尷尬。

「不說白一點，你這沒腦袋的東西會明白嗎？」

士撻和志明忍笑忍得臉也漲紅了。

「雷公子算無遺策，料事如神，誰在你面前也變成大蠢才吧。」宋人傑腦筋急轉彎，爲自己找下台階。

「其實以十二少的智慧，本該猜到這是一個局；可連日來我的連環攻勢定已把他弄得煩惱不堪。當一個人失去冷靜，求勝心切便會自亂陣腳，輕易就成了我的甕中之鱉。」

「他雖然被抓了，但Tiger叔視他如寶貝，一定會想法子保釋他的。」

「你想到的事，我會想不到嗎？這個世界，有錢便可橫行無忌，有錢就是天下無敵，只要付得起錢，警務署長也要給我舐鞋底！」雷公子仰首：「你以爲警察就會維護世界和平，是市民眼中的慈母嗎？事實是，警察部有不少高層都是我賭枱的客人，欠下我一身巨債，有他們作我的棋子，十二少最少被拘留四十八小時。待他被釋放的時候，他的地盤已被我掃光了。」

「那即是警黑勾結？」宋人傑一愣。

「很神奇嗎？」

「我以爲黑警勾結這些事情只會在雷樂年代才會出現。真想不到雷公子如此神通廣大。」

自從廉政公署成立以後，警黑勾結此等事情已經很難明目張膽地進行，不過正如雷公子所說，警察並非個個都想維護世界和平，他們當中，有的比黑幫更陰險歹毒。

「雷公子，請問你下一步會怎樣行呢？」

「支付薪金給你的人是我，你不該問你的老闆這個問題，而是要向我出謀獻策。」雷公子頓了頓：「不過你的腦袋想出來的計策也好不到哪裡，哈哈哈。」

宋人傑遭雷公子多番恥笑，心中有氣，卻不敢開罪這個米飯班主，只好一直強忍。

面皮十呎厚的他，居然還可堆出笑臉：「吃吃吃，雷公子智勇雙全，我想我窮一生之力也不能觸及邊皮呢。」

宋人傑絕對稱得上奴才中的極品。

「你及不上我是一定的了，別再說廢話。」雷公子揚揚手：「除了邢鋒，全部走。」

「喔？」宋人傑一愣。

「我叫你們走呀，聽不懂廣東話嗎？」雷公子喝道：「OUT！」

「那……雷公子需要我時，隨時找我啦。」宋人傑邊爬出浴池邊說。

「我會啦。」

雷公子對宋人傑呼之則來、揮之則去，當他如狗一樣看待，心情好時摸摸他，讚他幾句，一個不喜歡便把他一腳踢走。

其實這也是宋人傑自找的，連自己的尊嚴也賣了出去，別人又怎會尊重你？做人，應該不卑不亢，就算面對財雄勢大的大人物，也不能卑躬屈膝，出賣自尊。

「邢鋒，我想聽聽你意見，你認為我們該如何打下去？」

對著邢鋒，張狂的雷公子也收起了氣焰，可見他十分器重這個下屬。

「十二少將被拘留四十八小時，吉祥重傷未癒，『架勢堂』最會打的戰將都不能上陣，幫會失去了精神領袖，一定軍心大失，要攻陷廟街，可說十拿九穩。」邢鋒續道：「不過，我認為我們首要對付的，並非『架勢堂』，而是『暴力團』。」

「說下去。」

「大老闆跟十二少的關係不錯，如果我們在這時候攻打十二少的地盤，大老闆一定會插手，反正難免一戰，不如就由我們做出主動！先打大老闆，再攻『架勢堂』。」

「我果然沒看錯人，你跟我所想的一樣。」雷公子滿意一笑：「不過我比較急性子，所以我想同步進行。」

「哦？」邢鋒微感愕然。

「我有一個人想介紹給你認識……」雷公子一笑：「時間剛剛好。」

一陣濃烈氣息在邢鋒身後湧來。

邢鋒回頭一看，只見一個全身赤裸、身逾六呎、方臉大眼、肌腱似鋼、胸前刺滿了龍鳳圖騰的身影，往浴池跳下來。

「雷公子，這個大浴池眞夠氣派，我中意！哈哈哈哈！」來者聲如洪鐘，發出震耳欲聾的笑聲。

「虎青哥喜歡便好。」雷公子拍了拍虎青的肩膊，然後望向邢鋒：「給你們介紹，這位是我頭號門生，亦是我的好兄弟，邢鋒。」

虎青直視邢鋒：「你的厲害我已知道了，力挫AV、轟爆信一、完勝吉祥，現在香港黑道誰沒聽過你邢鋒的名字？」

「虎青哥過獎了。」邢鋒淡然回應。

「邢鋒，虎青哥以前是『架勢堂』的人，輩份比十二少還要高，勇猛過人，戰無不勝，『架勢堂』之所以有今日的地位，全靠虎青哥早年立下的輝煌戰績！」

「雷公子你眞是的，如此明目張膽地誇讚我，哈哈……不過你說的都是事實，我又毋須否認啊。」虎青非常接受：「我成名的時候，十二仔算是什麼東西呀？他連幫我買奶茶的資格也沒有呀！」

一提起十二少，虎青氣得青筋暴現，一副想殺人的模樣。

「十二仔除了長得比我帥了一點點，便再無其他東西勝過我，這打靶種不學無術，就只會拍馬屁，我懷疑他連屁眼也送了給Tiger玩弄，否則那老鬼何以會中了降頭般對他言聽計從？」虎青愈說愈怒：「錯不了，打靶種的菊花一定給Tiger爆過！人渣、賤狗、垃圾！」

「虎青哥，不用激動……」

雷公子正想說下去，卻被虎青截停。

「你不是我，當然不會明白我的感受！」虎青怒吼：「打靶種連同吉祥、細寶用下賤的手段把我害入獄，奪去了我四年青春，四年呀！你知不知道我四年可以賺多少錢？可以幹幾多個女人？就因爲他們，我白白失去了四年時間！」

虎青氣得雙目噴火，視十二少爲殺父仇人一樣。二人本是同根生，何以會反目成仇？這又是另一段關於權力與暴力的故事了。

「虎青哥，『架勢堂』那邊就交給你。」雷公子翹起嘴角：「金錢與人力我統統都可供應給你，總之這四十八小時內，我要你盡情摧毀十二少的地盤。」

「你要我做慈善我就無法答應你，要我幹壞事？我保證令你稱心又滿意！」

「那我就等看好戲了。哈哈……」

出獄不久的虎青本來就打算向十二少發動復仇攻勢，可四年過後，時移世易，昔日由他管轄的地盤已由「公司」其他高層接收。

至於虎青以前的門生，大部分已轉會到其他「公司」，只有少數仍然留在「架勢堂」，不過他們已經跟隨了另一靠山。虎青只是個無人無物的無兵司令。

失去權勢的他，認定十二少背後搞風搞雨，教唆門生離他而去，卻不知道自己的人緣極差，對同門手足亦好不到哪裡，他們其實老早已有異心，只是礙於他的淫威而忍氣吞聲，迫於留下。

生性剛烈、神經大條又暴躁的虎青，當然不會認爲問題出於自己身上。他視十二少爲畢生宿敵，以剿滅他爲人生目標，他在「架勢堂」已經沒了地位，正打算脫離「公司」，另尋落腳地之際，雷公子就找上了他。

雷公子對症下藥，看準了虎青跟十二少的不和關係和簡單頭腦，便向他招手拉攏。

虎青極度痛恨十二少，有他加入戰線，雷公子毋須費心督軍，這名惡漢也會毫無保留，全力出擊，爲十二少戰線帶來連場噩夢。

5.5 門生

十二少被扣留的消息很快傳到了火兒那邊。得悉雷公子的毒計，信一跟火兒同樣心急如焚，恨不得立即出院，跟「天義盟」大火拚。可二人的傷勢未癒，就算走出醫院，也不能御駕親征，率兵參戰。

況且藍男的情緒不穩，火兒更加不可讓她擔心。

未來的四十八小時裡，雷公子必有所行動，「龍城幫」、「架勢堂」隨時受襲，信一把兵力做出調配，重兵駐守城寨，無論如何也要力保「龍城幫」橋頭堡。

另一邊，火兒致電大老闆，欲借助「暴力團」的兵力，死守十二少的地盤，以防敵軍來襲。

大老闆視火兒爲親兒子一樣，又疼惜十二少，跟兩幫人交情向來甚篤，這個忙，他當然樂意幫。

當晚，大老闆便把「暴力團」的精英召集到果欄，商議作戰對策。

「全江湖都知道我跟火兒冰釋前嫌後感情以火箭般的速度增進，比親父子還要親。十二仔又與我一見如故，跟我情同手足，他頭暈我身㷫，有你有我有情有天有海有地……」坐在果欄某單位內的大老闆，對著十數門生，手舞足蹈地說：「正所謂左手是肉，手背又是肉，如今他倆一個入了醫院，另一個被奸人所害，我的心真的很痛很難過！」

大老闆是個愛恨分明的人，他一旦認定了你是他的好朋友，無論你對他做了什麼錯事，他都會找到一百個理由爲你開脫。

他認爲，對於眞正的朋友，除了背叛之外，是沒有什麼過錯是不能原諒和寬恕的。

這就是大老闆的可愛之處。

不過，如果你不小心開罪了他，你便會體驗到惡鬼纏身的恐怖。

「雷公子那臭B夠膽打他們的主意，我就要他付很大很大很大很大很大很大的代價！」大老闆張大嘴巴，相當激動，突然按著肚子，面露痛楚：「肚子很痛……又要去大解……」

一門生問：「大老闆，你沒事吧？」

「沒事！不知何故，剛剛打邊爐後，便上吐下瀉，幸好一起吃的喵喵沒事……」

「那不如先看醫生，再出戰吧。」

「黐孖筋(注)！」大老闆拍打了那門生的後腦一下，激動地說：「打仗看什麼醫生呀？雷臭B陷害十二仔，他定會趁著這個眞空期入侵十二仔的地盤，看醫生此等小事，待我把雷臭B的人打垮再做吧！現在我們便動身進駐廟街，就看他在我面前能玩出什麼把戲！出發！」

大老闆自信非常，只因爲他的確擁有値得自信的實力。他深信，只要給他遇上雷公子的人，定會給對方一個迎頭痛擊。

只是好死不死，今天打邊爐後已絞了幾次肚子，身體有點虛脫。

大老闆正要動身之時，一名氣急敗壞的門生走到大老闆面前，喘著氣說：「大老闆……果欄外面來了一大班自稱『天義盟』的人……揚言要把果欄掃平呀！」

「『天義盟』那班雜牌軍吃了過期春藥嗎？竟敢闖進我大老闆的地方!?」大老闆氣得青筋暴現：「毀我果欄？今晚我就要他們見識，我大老闆的厲害！」

一語甫畢，不遠處便傳來一陣沉重步履，大老闆步出單位一看，只見大班人馬已踏入果欄內街，個個殺氣騰騰，似要跟「暴力團」來一場超級大對決。

爲首的邢鋒喝道：「動手！殺他們一個片甲不留！」

邢鋒帶來的門生，經過精挑細選，每一個都標悍非常，善於武鬥。一聲令下，各人便亮出了武器，向「暴力團」發動攻勢。

大老闆大吼：「兄弟們，上呀！」

戰幔正式拉開，雙方同樣戰意激昂，衝殺上前，展開一場血腥大火拚。

至於邢鋒，他的目標當然是當今江湖名頭最響、武值最高的大老闆。

大老闆打量著邢鋒，他嗅不到對方身上的江湖氣味，但這個外表斯文、沒半點霸氣的人物，卻散發出一股高深莫測的感覺。

直視著他，叫人呼吸也感困難。

「你是誰呀？」大老闆擺出戰鬥格。

注：一句罵人的話，同「黐線」指人神經不健全，經常弄錯事情或話不對題。

「邢鋒。」邢鋒氣定神閒地說：「聽說你是江湖上最厲害的角色，跟龍捲風齊名天下，今日終於有幸可以跟你交手，希望閣下並非名過於實。」

邢鋒語調平和，卻極具挑釁，大老闆又豈能沉得住氣？

「管你邢鋒還是黃蜂，我現在就要把你的屎眼轟爆呀！」

大老闆一聲大吼，便往邢鋒衝殺過去。

面對這條怒海狂鯊，邢鋒仍保持著一貫的冷靜，沒被大老闆的氣勢所震懾。只因他對自己的實力，有著絕對的信心。

一個是深不見底、未嘗一敗的的高手，另一個是制霸江湖、橫行無忌的殿堂級巨人，這一戰到底鹿死誰手，誰可戴上勝利的光環？

同一時間，蘭桂坊。

酒吧打烊，其他員工已離去，只剩下細寶一人收拾東西。

喧鬧過後，酒吧回復平靜。忙了一整夜的細寶躺在沙發上，自斟自飲。繁忙的工作，叫他騰不出半點時間思考，但當靜下來，細寶的腦海便不由自主想起十二少。

細寶雖然脫離了「架勢堂」，但他總會有辦法知道江湖上的消息，他已得知十二少被困羈留室一事，也知道未來的時間，「架勢堂」必會受襲。

「架勢堂」的事已跟自己無關，不必操心，也不用在意。不過細寶卻阻止不了思海，往昔跟十二少輕狂歲月的畫面，在腦裡不斷湧現……

細寶與吉祥，一直都是十二少的得力門生，三人的感情要好非常。

二人跟十二少一起經歷過多場戰役後，度過無數風浪，見證十二少由一個小頭目，擢升爲幫會的領導級人物。

十二少年紀輕輕，卻已深得龍頭 Tiger 叔器重，除了因爲他能征慣戰，更重要的是他從不邀功，亦沒有太大野心，對 Tiger 叔忠心耿耿。

上司最喜歡就是這種下屬，所以 Tiger 叔刻意把十二少的勢力坐大，來抗衡「架勢堂」的另一股勢力。

數年前，虎青在「架勢堂」還未失勢，盤據灣仔區一帶。好勇鬥狠的他在大陸招攬了一班膽正命平之徒爲手下，爲他幹下不少殺人放火的勾當，不擇手段地剷除異己，終於稱霸灣仔。

虎青門生漸增，氣焰大盛，早已覬覦龍頭之位。Tiger 叔又怎會嗅不出味道來？遂對外放出消息，指定十二少爲他的接班人。

消息傳到虎青耳邊，令他非常震怒，決定跟十二少來一場大火拚。

十二少豈會不知道龍頭的用意，他本想以和爲貴，私下相約虎青，希望可以平息同門內訌；可十二少還未約見虎青，對方已經出手，掃蕩了十二少的根據地廟街，而且更殺掉了他幾個門生。

事情已來到一發不可收拾的地步，談判已經多餘，再不出手只會被這頭癲狗窮追猛打，一場同門鬥爭便正式爆發。

一打，便是兩個月。

歷來打仗都是消磨金錢的遊戲，糧草不足，必定影響軍心士氣，這場戰爭令虎青消耗了七位數字的金額，這樣下去早晚也會用盡儲備。

至於十二少，他得 Tiger 叔之助，兵力與金錢的問題已經不是問題。後台強勁，自然打高兩班，他一心迎敵，取得連場勝利，勢如破竹，力壓虎青。

虎青的陣營士氣一落千丈，其門生已知道打下去也是難逃一敗，不少人生出降意，但虎青卻一意孤行，決意戰到最後一口氣為止。

虎青篡位不果，淪為「架勢堂」革命的失敗者，跟隨他的門生亦成了叛軍，前途黯淡。如日中天的十二少卻對虎青門生發出「特赦」通牒，只要他們現在脫離虎青陣營，他便既往不究，獲准繼續留在「架勢堂」，為十二少效力。

消息一出，當然不少人紛紛跳船，虎青身邊就只餘下那班從大陸收買下來的亡命之徒。

十二少這一著把虎青迫瘋了，兵敗如山倒的他，將生命也押上，散盡家當購入了一批軍火，揚言要跟 Tiger 叔同歸於盡。

虎青是個瘋子，瘋子行事從來都不理性，所以十二少相信，他說得出做得到。不過往後幾天，虎青就像是人間蒸發，失去了他的蹤跡。

十二少知道，他一定正蟄伏在某個暗角部署詭計，不久，這場暴風雨的高潮就將爆發。戰事已到尾聲，爲保 Tiger 叔安全，十二少便親自護駕，把他暫時送離香港。另一方面他亦在暗中放出眼線，尋找虎青的藏身位置。

十二少離港當晚曾囑咐細寶及吉祥，不論在任何情況下，也不得擅自行動。

豈料十二少離港的第二晚，細寶收到消息，得知虎青的軍火庫地點。年少氣盛的細寶打算做場好戲，遂遊說各同門兄弟一同出發。

吉祥曾經勸細寶等待十二少回來才行動，可細寶卻認爲到時虎青很可能已轉移陣地。但其實，這只是一個藉口，所有的古惑仔都希望找機會上位，眼前就是一個千載難逢的好機會，只要打垮虎青，不但一夜成名，更會得到龍頭賞識，肯定能平地一聲雷。

細寶心意已決，吉祥不情不願唯有捨命相隨。

細寶領頭，帶著十數同門來到虎青的藏身地，那是位處西貢的魚排，細寶等人手執大刀，暗中潛入，來到門外，準備把門踢開，就往內衝，見人就砍。

豈料當他把大門踢開後，才發現裡面空無一人，原來他們著了虎青的道兒，被設計了。

虎青的人馬從四方湧來，勢如瘋虎的向他們狂砍。細寶等人始料不及，亂了陣子，被對方轟個落花流水，潰不成軍。

目睹同門被狂砍的細寶，自知闖了大禍，愣住當場。虎青向他提刀就砍，他舉刀一擋，連刀也脫手。

虎青第二刀再砍，眼見自己將死在虎青刀下之際，吉祥及時擋在他身前，架下虎青一刀，可虎青力度驚人，吉祥被震開，握刀的一臂發麻。當他回神過來，只見眼前寒光一閃，下一秒，大蓬血水就從他的臉上狂噴而出。

細寶看得全身抖震，只因他瞧見吉祥一目，給砍出了血。

吉祥也以為自己死定了，可幸就在此時，十二少帶著一批人馬及時趕到，隨即跟虎青展開一戰。最終，虎青慘敗於十二少的刀下。

虎青亦因非法管有槍械而被入罪。

細寶為自己的衝動內疚不已，無心在江湖發展，決定脫離刀口日子，解甲歸田。

以往片段仍歷歷在目，恍若在昨天發生。

細寶思緒沉醉於往事裡，全不知淇淇已坐在他身旁。

直至淇淇笑了一聲，細寶才驚醒過來。

「妳不是離開了嗎？幹嘛回來？」

「我遺留了東西，所以回來。」淇淇直勾勾望著細寶：「剛才想什麼想得如此入神，在想我嗎？」

「妳白癡，我怎會無故想妳？」

「或許在你的心裡一直有我，卻怕被我拒絕而隱蔽在心。」淇淇機靈一笑：「你是男生來的，喜歡人家就要拿出勇氣一試嘛，說不定你可以抱得美人歸呢。」

「妳也真不要臉。」

「若非在想我……那你告訴我在想什麼?」

「沒想什麼。」

「我知道，你在想十二少。」

「……」被看穿了心事的細寶，一時間答不上話來。

「我收到消息，十二少被警察扣留了，『架勢堂』兩大戰將都不能參戰，他們的對頭必定會在這段眞空期來襲，通常在這重要關口，歸隱已久的主角都會重出江湖，幫昔日同門一把。」淇淇眼珠轉了一圈，用手肘撞了撞細寶的肩膀：「細寶哥，打算何時出手啊?」

細寶沒回話，走向酒吧大門。

「終於要出手了嗎?」淇淇興奮尾隨。

細寶站到門外，把酒吧的大門上鎖。

「現在去哪裡啊?是不是召集昔日的兄弟開會，商討反擊大行動?」

「沒妳好氣，我哪裡也不想去，只想倒頭大睡。」細寶以食指戳向淇淇前額：「別再胡思亂想，回家睡覺。」

淇淇嘟起嘴，摸摸前額：「你眞的見死不救?」

「『架勢堂』人多勢眾，就算少了十二少和吉祥，他們仍有足夠人手應付對手。」細寶一直往前行：「我已脫離了他們，哪有資格理別人的事?」

淇淇緊貼細寶步伐：「所謂一日阿大，終生阿大。說到底你也是十二少的門生，你眞的如此狠心，見死不救?」

細寶來到了分岔路口，停下腳步，望向左邊的街道：「我走這邊。」

「細寶哥……其實今天是我的生日，你可以多陪我一會嗎？」

「是嗎？」細寶笑了笑，然後步向左邊的街道，向淇淇擺擺手：「我很累了，明天見吧。」

被拒絕的淇淇，一臉沒趣地望著細寶身影漸漸遠去。

「人家生日你也不理，細寶，你好討厭喔。」淇淇嘟囔著，往反方向走了。

淇淇是喜歡細寶的，她能感到，細寶也有一點點喜歡自己，可他卻一直也不作主動，無可無不可的態度，表現冷淡，叫淇淇的芳心難以自處。

「可能細寶心情不好吧，讓他獨個兒冷靜一下也好。他說明天見，即是其實也想見我啦。嘻。」

上一秒還在生氣，下一秒就可以爲他找理由，忘記對方的不是，令自己心情變得愉快。她就是一個心胸寬宏、事事都會往正面方向去想的人。

淇淇正踏著回家的路途，當她轉入一道巷子時，卻發現身後傳來一陣急速的步伐；轉身一看，便見一道巨大的身影向她動手，抓住了她的頭髮，一頭砸在牆上。

不知昏迷了多久，淇淇睜開眼時，瞧見頭頂有一盞朦朧的燈泡，昏黃微光是密室的唯一光源。狹小的四壁，以簡陋的紅磚砌成，沒有窗戶，空氣中瀰漫著一份大雨過後的潮濕霉味。

淇淇想動身，才發現雙手被反綁在椅背上。任她再神經大條也知道，自己被禁錮了。

「放了我呀！我又不是有錢人，幹嘛綁著我呀？」淇淇大嚷：「你們找錯人了。」

外面傳來開門聲，淇淇屏住呼吸，緊盯著前面的木門。

木門徐徐打開，只見一個面目猙獰、方面大耳的巨漢步入。誰看見這一號人物，都會涼了半截，因為一看而知，除了好事之外，他什麼事都會去做。

「先生……看你一表人才，心地應該也不太差吧……」淇淇戰戰兢兢：「我跟你好像不相識，你是否找錯了對象呢？」

「一表人才？哈哈哈哈哈……妹妹，這個大話妳連自己也騙不到吧？」巨漢走到淇淇身前，彎身咧嘴，露出了發黃的牙齒：「我叫虎青，沒錯妳是不認識我，但妳的boy friend細寶卻跟我有很深的積怨喔。」

眼前的巨漢，就是惡名昭彰的虎青，淇淇自知劫數難逃，冷汗涔涔而下。

「虎青先生……你真的搞錯了，我跟細寶只是一般同事，並非男女朋友……」淇淇盡量保持冷靜：「你不相信的話可以找他問個清楚明白，我有他的電話號碼，可以為你代勞……」

「是嗎？我真的搞錯了嗎？」虎青皺起八字眉，更加令人不安。

「是啊，我可以對天發誓。」

「嗯，我相信妳。不過……」虎青淫邪一笑：「我既然捕獲了妳，就這樣放妳走豈非暴殄天物？」

「我求你……不要……傷害我……」淇淇哽咽，淚水已經在眼眶湧出來。

「傻女，叔叔不但不會傷害妳，而且更會好好地愛護妳，對妳做深入了解呀！哈哈哈哈哈……」

淫賤的笑聲在房間盤旋不散，淇淇聽得全身發毛，那肯定是她聽過最恐怖、最邪惡的笑聲。

接下來要發生的事情，將會是一場萬劫輪迴的——慘痛極刑！

三小時後，細寶接到了虎青的來電。

「細寶，我是你爺爺虎青哥，你的馬子落在我的手上，你想救她嗎？」

「我不知你說什麼。」

「不知我說什麼嗎？淇淇這個人你認識吧？」

「你別亂來，我跟淇淇只是普通朋友，放了她！」

「哦，原來淇淇沒說謊，她真的不是你的馬子……那今天當她走運啦，可以一嚐老子的巨砲，哈哈哈。」

「虎青，是男人就放了她，你要玩，我奉陪到底！」

「我是不是男人，你自己問淇淇啦。想我放人，可以啊，叫我一聲虎青爺爺，我立即告訴你淇淇在哪裡。」

「……」

「一句話，救一條人命，划算吧。怎麼啦，再不開口，我就要掛線，你以後就再見不到她了。」

「虎青爺爺，放了她。」

「這不是求人的語氣。」

「虎青爺爺，我求你放了淇淇，我求你呀！」

「哈哈哈哈，乖孫兒，這樣才對啊。」

心情大好的虎青，當眞把淇淇的位置告訴了細寶。

得知地址的細寶，已管不了對方會否有埋伏或圈套，即便動身前往。

用了半小時來到淇淇藏身之處。

甫一打開大門，便見赤裸的淇淇如死屍般躺在地上，旁邊有多個用過的安全套、被撕破的衣服，以及……一灘血水。

來自淇淇下體的血水。

細寶拾起衣服，走到淇淇身邊，輕力地把外衣套上。

細寶在想：是我不好，剛才如果我跟她一起走，她便不會遇害。是我！是我害慘了她！

「細寶哥，我沒騙你，今天眞的是我生日啊，你相信我嗎？」

「我相信妳。」

「你終於肯相信我，太好了……」淇淇一笑：「可以躺在你的懷裡度生日，我眞的很開心……」

口說開心，細寶從抖震的身軀感覺到淇淇的恐懼。

「細寶……」淇淇已笑不出來，突然嚎啕大哭：「虎青把我強姦了後，再叫了幾個男人來，我很辛苦，眞的很辛苦呀！」

細寶雖說不上很愛淇淇，但對她卻是有情意的，只是他無法從往日的過失中釋懷，一直沉溺在內疚與自責之中，不斷消磨著自己的鬥志，臉上不敢掛上笑容，也不敢面對舊日的好友兄弟。

即使吉祥與十二少從沒有責怪他，細寶也在逃避。

縱然他認爲，淇淇是一個可以發展的對象，他也沒心情去開始一段戀情。

沒錯細寶是有點迂腐、有點固執，但世上哪有完人？有缺失、有遺憾；流淚過、悔疚過才算是眞正的人生。

淇淇在細寶的懷中哭得無比淒涼，聽得細寶的心異常絞痛，痛得全身的血液也在發燙。燃起了積壓已久的怒火，令冷了的血，再次升溫。

「淇淇，我一定會替妳出頭！」然後，細寶吐出了一句悶在喉頭已久的話……

「爲了妳，我會重出江湖！」

5.6 大老闆之敗

「我還未敗！再來吧！」頭破血流、全身是傷的大老闆大吼大嚷。

大老闆從昏迷中醒轉，一用力，身軀便如觸電般劇痛非常。

「好痛啊！」

「大老闆，你別激動，否則傷口會爆開。」

大老闆清醒過來，才發現自己躺在醫院的病床上，身體多處包紮著，他跟邢鋒之戰原來已經結束了。

「冷靜，冷靜。」跟他說話的人，是與他在同一所醫院的火兒。

大老闆聽到火兒的聲音，情緒稍爲平伏：「火兒……我怎會在醫院的？我明明在果欄跟邢鋒開戰，怎會一眨眼就身在醫院的？是叮噹的任意門把我送過來嗎？」

戴著口罩的火兒苦笑：「你在任何情況下也能搞笑，我眞服了你。」

「我不是開玩笑，剛才我還在戰場，怎麼會一眨眼就來到這裡？不是被任意門送來，還有什麼原因？」

「因爲你敗了，而且被轟至暈倒，醒來後記憶仍停留在戰場上。」

「我．敗．了？你說什麼？不可能！絕對不可能！」

「你聽我說，你被送到醫院時已經昏迷。身體更多處骨折，左腳膝蓋碎裂，右手臂骨從手肘穿了出來。而且啊，你知不知自己得了霍亂？」

「霍亂？」大老闆瞪大眼睛：「難怪吃了保濟丸也止不了肚痛啦！」

「霍亂也不知道，還逞強出戰，死不了算你幸運。」

大老闆看著被紗布包裹的右臂，試著運勁，才發覺連握拳的動作也做不到。

「怎會這樣的……」

「你冷靜點，試試回想剛才的一戰。」

大老闆放鬆身體，慢慢憶起跟邢鋒交戰的畫面。

他記得，戰事甫一拉開，就以快打慢，起勢進招，打算在最短時間內把邢鋒了結……

「那個邢鋒，體形消瘦，面無四兩肉，只要我認眞起來，五拳就可以把他轟至倒地不起。」大老闆回想起剛才一戰的畫面：「所以我一開始就出盡全力掄拳向他轟過去，那小子根本無從閃避，命中這一拳，至少斷幾條肋骨。但當我的拳擊中他的身體一刻，我的拳竟如泥牛入海，完全傷不了他。一眨眼，他就在我前方消失，走到我身旁。」

「信一跟我說過，邢鋒是個國術高手，他用的很可能是——卸勁。」

「對呀！我也認爲他是用卸勁，因爲接下來第二、第三、第四拳明明都命中了，但都收不到效果……」

火兒在想，大老闆的戰鬥力是無庸置疑的，但他有一個弱點，就是容易動氣，一動氣就會失去冷靜，再厲害的拳，如沒了方寸，也只是在瞎打。加上霍亂影響，令他的力氣大減，此消彼長，大老闆哪能戰勝？

「這小子的卸勁的確有兩下子功夫，我若再搶著出拳，只會不斷消耗體力。我拳如雷動（自以爲），只要給我實實在在地轟中他，那小子肯定受不了。所以四拳過後，我放棄搶攻，索性原地站著挖鼻孔，那小子當然不知我想什麼，他一直望著我，我就一直挖一直挖，把鼻孔挖得乾乾淨淨。當我把最後一粒鼻屎彈走的時候，他終於出手……」大老闆沉起了臉：「他掄起拳，向我直轟過來。比力量，我絕不會敗給任何人，於是便昂然祭起一臂，與他對轟……」

說到最緊張的關頭，大老闆突然頓住，他不是想賣關子，而是接下來故事的發展，荒謬得連他自己也不太相信。

「兩拳交擊，他並沒被我轟倒。我只感到一臂劇痛難當，我的臂骨……竟被他轟碎了。」大老闆心有餘悸：「一臂廢了，但我還有另外一條臂，我正想反擊，身體多處受到連番重擊，他的拳又快又密，簡直好像天馬流星拳（注）一樣，不到半分鐘，我便好像中了過百拳，身體已被轟至多處骨折，但我仍然戰鬥力十足，出拳還擊。可他除了懂天馬流星拳外，還曉得瞬間轉移，把我的拳一一避過。」

邢鋒當然不會瞬間轉移，只是大老闆被打亂了，失去了出拳的節奏。

面對身法矯捷的邢鋒，處於下風的大老闆，打到最後判斷力大失，被對方轟倒地上，

注：日漫《聖鬥士星矢》主角星矢的必殺技，沿著天馬座星位以每秒發出數百拳的超越音速的拳法，每一拳都有百萬噸隕石撞擊之力，敵人會先感受到沖擊波，再聽到聲音，無法回避，且威力與速度會根據使用者的實力而變化，覺醒第七感時可達光速境界，此時每一拳威力都足以粉碎星球，達到更高境界時甚至超越光速！

醒來之時已經身在醫院。

邢鋒先後大敗信一、AV、Happy仔，大老闆本應可跟他一鬥，可又巧合地患上霍亂，帶病在身令他戰鬥力大減。連運也輸掉，火兒不禁嘆了口氣。

大老闆倒了，「暴力團」的精英也在一夜之間慘遭殺敗。未來這兩天，「龍城幫」與「架勢堂」必定成爲雷公子的攻打目標。

此刻火兒如熱鍋上螞蟻，焦急非常，他的心已走到了戰場，可這副負傷的軀體卻把他的靈魂鎖住，一籌莫展。

「大老闆，你好好休息，外面的事交給我好了。」

別過大老闆，火兒跟信一來到醫院的公園。

「我要出院。」火兒巴不得立即回到城寨。

「你現在的傷勢，就算讓你出院，又有何用？你可以落場打嗎？」坐在輪椅上的信一說。

「這次明知不行也要硬撐，『龍城幫』現在群龍無首，我雖然不能親自落場，但起碼可以起精神作用，暫時穩住軍心。」

火兒的話雖然有理，但一旦遇上邢鋒，他只有被對方活生生的屠宰，這是信一最不想發生的。

因爲火兒戰績彪炳，論拳腳功夫，甚至勝於信一，堪稱「龍城幫」戰神。戰神，是不會敗的，只要他一日未敗，他便可以保持著無敵的神話。

只要神話得以保存，便能鞏固「龍城幫」的江湖地位。如果火兒在這時候敗在邢鋒手上，幫會的勢頭便會直線滑落。

火兒怎會不知信一的憂慮，只是現下情勢，他還有什麼選擇？

「火兒，這一次關係重大，就算損兵折將，我也不想你狀態未復之前出手。」信一眉宇間滲透出憂慮：「還有一件事想告訴你，今早醒來的時候，AV已經離開房間，只留下一張字條。」

信一把字條遞給火兒，上書：

火兒、信一，你倆永遠都是我的好朋友。保重，勿念，有緣再聚。

經歷大劫，AV實在需要找尋一片隱地，逃離這個殘酷的世界。

看著字條上這廿三個字，火兒百感交集。AV是他生命中不可多得的朋友，二人曾在九龍城寨度過一段友情歲月。

大老闆圍城一役，AV義無反顧，置生死於度外，跟火兒力抗「暴力團」。這個恩，火兒一直記在心裡，他對自己說過，無論如何，也要令AV重拾信心、重燃鬥志。最後，他做到了。

火兒的熱情，把AV從黑暗的深淵中拯救了出來。彼此的友情亦在不知不覺間加深，他倆已視對方爲肝膽相照的好兄弟。誰出了事，另一人都會奮不顧身，力挺對方。因爲火兒，AV對人間重拾了希望、重燃了鬥志。

可火兒跟他一起努力建立的一切，都已失去效用，白費了。

全因——雷公子。

樂觀的火兒認爲，只要AV仍然在世，他們還會有見面的一天，還有可能再一次浴火重生。不過那是後話，刻下急於面對的，是「龍城幫」與「架勢堂」的問題。

火兒五虎傷了三個，一個走了，另一個又被困在牢籠，就連大老闆這個最後希望也傷成這個樣子，到底這一場仗，如何打下去？

身處絕境中的絕境，火兒仍沒有放棄，他總覺得一定可以想出扭轉逆局的法子。

火兒腦袋急速運轉，正爲解決這次幫會大劫殫精竭智。

驀地，他的腦海出現了一個名字，一個炙手可熱的江湖新貴。

——「洪興」陳浩南。

—火鍋店—

「爸爸，十二少和火兒哥他們最近惹上的麻煩真的很大嗎？」

「哼，那個雷臭B沒陰德，害我兒媳婦小產，又打到火兒、信一五勞七傷；十二少這幾天被弄得倒瀉籮蟹般……怕且，是時候要我出手了……」

「對啊爸爸，為什麼你不去趕走那些壞人啊？」

「妳火兒哥可能面皮薄，不好意思，勞煩爸爸；又可能他太孝順啦，擔心我有事吧！不過事到如今，我也一定要出手了……」

鈴鈴鈴——

「什麼？十二仔被鎖入『臭格』？好好好，契爸幫你們守住廟街！萬大事有我，你不用出院，休息一下啦！」

「喵喵，快點吃，吃完快走，爸爸要趕回去果欄開會啊！」

「加油啊爸爸！不過你不要狼吞虎嚥啦……這些肉都未滾熟，不要吃啊……還有，扇貝和蜆不可以生吃的，要灼熟啊……」

第六章

Chapter Six

6.1 陳浩南

陳浩南，「洪興社」十二頭目之一、銅鑼灣揸FIT（注）人、近期當紅的江湖猛人，他跟火兒，原來曾經有過一段短暫的江湖情。

那時候，陳浩南並非什麼江湖大哥，只是個初出茅蘆、沒名氣、也沒有幹過任何大事的小混混。

江湖人的友誼，大多都建立在拳頭與汗水之中，火兒與陳浩南也不例外。大約在六，七年前，二人也是年少氣盛、少不更事的小子，在酒吧相識的第一天，就一起跟那區的惡人打起來。

那次二人在刀口中倖存下來，就成了朋友。

他們算不上是知心好友，但見面時總會稱兄道弟一番，一起喝酒，一起打架，表面看來很友好，但其實他們只算是酒肉朋友，話題也只圍繞玩樂，很少說及工作與家庭。

人與人之間，總會有些朋友，認識了很久，似乎很了解對方，卻又難以互訴心事，成不了深交。通常到了某個時期，這種朋友便成了過去式，在你的生命中淡出。

火兒跟陳浩南的友情，大概維持了兩年，二人偶有見面喝酒，但話題已經變少，感覺也逐漸生疏。後來陳浩南在「洪興社」的聲望愈來愈高，當上銅鑼灣揸FIT人。

昔日的朋友大有作爲，火兒也替他高興，但表現過熱的話，卻又怕被人誤會攀關係，所以火兒並沒特意找對方大肆慶祝，一切心照便算了。

跟陳浩南已經有一段日子沒聯絡了，有關他的消息，也只憑江湖流傳略知一二。火兒收到消息，陳浩南剛剛收拾了「洪興」的叛將嘣坤，勢頭一時無兩。此刻的他，會是個霸氣外露的江湖惡人？會否變得張狂無道、目空一切呢？

火兒想了一會便致電陳浩南，相約會面。對方亦沒有擺出架子，相當爽快，答應相見。

火兒心底其實已經打定了輸數，只要對方言語間有任何委婉或吞吐，他都不會強人所難。這次見面，就當敘舊算了。

站在醫院公園等待陳浩南的火兒，在夜色中瞧見一個熟悉的身影向自己的方向步近。

牛仔外套，微曲的頭髮，還有那個招牌的挖耳孔動作，依然故我。

升了職的陳浩南，跟火兒的印象中沒有什麼改變。

「很久不見了。」

沒有霸氣的語調，也沒囂張的態度，開口的第一句話，來得很親切。

陳浩南站在火兒面前，露出一笑：「你在澳門惡鬥雷公子一事轟動江湖，眞夠厲

注：「揸」是「操盤、操縱」的意思。「FIT」為「飛」的英文翻譯。「揸FIT人」其實就是「揸飛仔」、「揸飛人」的意思，就是能夠使喚飛仔的領頭人物，也就是某社團老大。另有一詞「話事人」，其使用範圍較廣、地位相對沒有揸FIT人那麼高，一個團體裡可以有幾個話事人，但只有一個揸FIT人，且揸FIT人只能適用於社團組織的老大。洪興社一共有十二個區，每個區都有一個揸FIT人，陳浩南只是其中一個銅鑼灣區揸FIT人，洪興社的龍頭是蔣天生。

害！」

「別耍我了，厲害的話就不會弄成這個模樣啦。」

陳浩南笑而不語，拍了拍火兒的肩膀。這下細小的動作，的確令火兒安心了不少。起碼他知道，眼前這個陳浩南，跟他所認識的仍然相距不遠。

「阿南……」

火兒正要說出目的，陳浩南卻截停了他：「我知道你找我的用意。我跟你雖不算是那種同生共死的好兄弟，但你有事，我仍然會幫手的。你記得嗎，我還欠你一個人情。」

「那麼久的事，你還放在心上？」

「誰對我有恩，我嚫仔南一定會銘記於心。」陳浩南從口袋取出菸包：「當年我在酒吧被六七個刀手追殺，見路就走，走到後巷，遇上正在小解的你，那是我們首次相遇啊。你記得嗎？」

「當然記得，當時你跑得很急，不知絆到了什麼東西，跌在我的身旁。那班刀手舉刀向你迎頭砍下，我不知哪裡來的勇氣，隨手拿起了身旁的垃圾桶砸向他們，褲鍊也來不及拉上就拉著你離開。」

火兒憶起往事，泛起了笑容：「回想起來我有夠衝動的，既不認識你，也不知道對方是什麼來頭，居然想也不想就出了手。」

「你不知道衝動是年輕人的專利嗎？」陳浩南吸了口菸：「若不是遇到你，我可能已被那幫人砍死了。所以我跟自己說過，他日你遇到了什麼事故，我一定會出手相助……兩年前你被大老闆追殺，我便應該幫你了，不過我當時自身難保，被嚫坤挾了過台灣，當我回來時，你已經避走城寨。」

陳浩南所說的全是屬實，當其時他的確受制於同門對頭嚫坤，更在台灣經歷過一場惡鬥，後來他在那邊收拾了嚫坤，才安然回港。

不過事實歸事實，如果他是擔心火兒的話，怎會不主動去找他？

理由很簡單，當大家分道揚鑣了後，其實已度過了熱血的青春期，每行一步都會作出計算。那段期間，剛好就是陳浩南競選銅鑼灣揸FIT人的非常時期，如果跟火兒聯絡了，若他要求自己助拳，枒戰大老闆，那處境就相當尷尬了。

推卻火兒，顯得陳浩南很沒膽量；出手嗎？龍頭蔣天生必定龍顏不悅，對他有直接影響。權衡輕重，陳浩南就沒有主動找上火兒了。

火兒是個聰明人，他也理解陳浩南的心思。當然也不能怪他，出來混，誰不想升職上位？那個攀上權力核心的機遇，一期一會，錯過了不知又要等上好幾年。火兒哪可在這時候要求對方助拳？

此刻陳浩南已登上銅鑼灣揸FIT人寶座，火兒認爲，這算是個好時機。

「我收到消息，雷公子搭上了『天義盟』，打算借助他們在香港擴張勢力，跟你們『龍城幫』來一場大火拚。」陳浩南淡淡地說：「十二少觸礁，你幾位好兄弟全部受傷入院，這段期間，雷公子必定來襲，我知道你需要找幫手。放心，我會盡全力協助你打這一場仗。」

陳浩南主動提出助拳，一切就好辦得多。

「『天義盟』植根銅鑼灣，這一仗我便順道把他們的地盤吞下，擴大我的版圖。」陳浩南這一段話又是一大妙著。這是一場長途戰，火兒總不能長期在幕後指揮，「龍城幫」總會參戰，到時候便跟「洪興」合力，一旦打勝了仗，「天義盟」的地盤就由勝方所擁有，那該屬於「龍城幫」還是「洪興」呢？爲免不清不楚，陳浩南便來個先小人、後君子，我助你「龍城幫」，最終奪回來的地盤要歸我所有。

其實陳浩南也在等火兒「還價」，他不介意跟對方分享收成，但「洪興」一方，必定要佔大比重。

至於火兒，他對「天義盟」的地盤根本沒興趣，由始至終他只在乎雷公子的生死。

「『天義盟』的地盤我不會要，我最想要的，只是宋人傑與雷公子的人頭。」

協議達成，接下來火兒便與陳浩南走到信一的病房。

這是信一跟陳浩南首次見面，閱人無數的信一，一見陳浩南，就知道他是個不簡單的人物。

「『龍城幫』信一，久仰大名。」陳浩南露出善意一笑。

「陳浩南，你的名字也是如雷貫耳，哈哈哈……」

信一輕鬆笑著，雙眼卻一直留意著眼前這個黑道紅人。

或者連陳浩南自己也不知道，經過了年月的洗禮，他的眼神已有了歷練，充滿睿智的瞳仁裡，埋藏了一份深藏不露的寒意。

「南哥認爲這場仗該怎樣部署？」信一試探。

「城寨和廟街是『龍城幫』、『架勢堂』的重要據地，這兩個地方正處於眞空，雷公子必定會進攻這兩個地方，我認爲應該駐重兵力，力保不失。」陳浩南。

「同意。」信一淡然回答。

陳浩南的戰略看似正路，但信一卻知道，對方早就經過了計算。

江湖雖然免不了打鬥，但鬥爭始終會影響生意收入，影響到「公司」的營業額，兩方的高層便有機會出面壓止，到那時候雙方便會「上枱」談判，經了解事情後，通常主動鬧事的一方都是吃虧的，除非雙方也沒有停戰的打算，否則理虧一方都會賠償對方一切損失。

陳浩南雖然答應相助，但他身爲幫會的揸FIT人，當然也得權衡「公司」利益。他爲朋友守住陣地，如果「天義盟」來襲，他也可以大條道理的以自衛而出手。只要不是主動，這一場仗不論戰果如何，「洪興」都沒有吃虧，是一條極自保的策略。

火兒沉默不語，沒有回話，似乎對陳浩南的建議有所保留。

「火兒哥，大思想家上身的樣子，是不是有什麼驚世點子？有的話不妨說出來聽聽。」信一來個 one two，把主導權落回自己人手上。

「阿南的擺陣十分合理，但我卻認爲太被動。我們被雷公子連番挑釁，不斷狙擊，到了此刻再不取回發球權，『龍城幫』就顯得太窩囊，太沒有大將之風了。」火兒語氣變得強硬：「十二少因我們捲入漩渦，在情在理，我們都要替他保住地盤，所以我想阿南坐鎮廟街。而另一戰線，就主動掃蕩『天義盟』銅鑼灣的地盤。」

「……」

這一次到陳浩南不回話了。主動攻打對方陣地，以宋人傑的性格一定會向「洪興」龍頭蔣天生投訴，雖說蔣天生跟宋人傑沒有交情，但總不可出師無名，無故挑起火頭。

「阿南，我會叫阿鬼找幾個兄弟扮作『天義盟』的人到你場子鬧事，之後你們『洪興』便可借題發揮，大肆出手。」

這並非什麼妙著，但總算爲他找到個出手的理由，陳浩南再不答應，就太過斤斤計較，縮骨兼老土了。

況且這個世界並沒有免費的午餐，要鯨吞「天義盟」的地盤，又怎可一點付出也沒有呢？

「ＯＫ，就照你意思去辦。」陳浩南：「不過你似乎還有一環未解決，你要兵分兩路，那麼誰來守住城寨？」

「放心，我打算親自落場，力保城寨。」

此話一出，信一和陳浩南都愣住了。

6.2 開戰

「親自落場？」信一瞪大眼：「火兒哥，別忘記你現在只是個傷殘人士，連阿鬼都可打贏你，給你遇上那個邢鋒，我保證你小命不保！」

「大敵當前，『龍城幫』卻群龍無首，外面一定人心惶惶。我出去坐鎮，無非是要穩住軍心。」火兒：「況且我們曾答應過哥哥要守護城寨，我們倆同留在醫院，你可放心嗎？」

「話是這樣說，不過，以你現在的狀態，若遇上邢鋒就麻煩了……不如我跟你一起出去吧？」

「你有沒有看《龍虎門》（注）？」

「有啊！」信一不解：「幹嘛突然說起《龍虎門》？」

「火雲邪神怎可以胡亂出手，貴為一幫之主，當然要神神祕祕，一出手就來個驚天地泣鬼神啦！」火兒拍了信一肩膀一下：「外面的事，放心交給我吧。」

「但如果邢鋒親自領軍殺入城寨，你會好危險啊。」

注：香港漫畫家黃玉郎長篇連載武打漫畫作品，自一九六九年出版，共1280期。原名《小流氓》，自第99期起改名為《龍虎門》。故事內容為一群功夫了得、出身市井的低下層人物，專門鋤強扶弱、擊倒社會惡霸及黑社會。

「別忘記，城寨裡面還有個超級高手阿柒，他雖然不是『龍城幫』的人，但城寨有事，他一定會出手相助的。」

「……」城寨雖有阿柒坐鎮，但邢鋒是百年一遇的超級高手，想起當日跟他一戰的險象，信一仍捏一把汗。

火兒清楚信一的性格，他跟自己一樣，都是處變不驚、有前無後、打死罷就的那一種人，何曾見過他如此憂心的模樣？

幫會正面臨前所未有的巨大衝擊，稍有差池，「龍城幫」便會跌入萬劫不復之地，信一當上龍頭不久就遇上一重又一重的考驗，這一關挺不過去，隨時把哥哥的基業毀於手中。

此刻信一所承受的壓力，是旁人不能理解的。

唯獨火兒明白。

火兒是信一的好朋友，他們之間已建立了一份深厚的友情與默契。信一絕不希望火兒犯險，可他卻又清楚火兒性格，一旦決定了的事，便很難改變他的主意。

「我知我阻止不了你，一切小心。」

「嗯，總之我答應你，一定不會讓城寨出事！」

臨行之前，火兒來到藍男的病房作道別。

「我要出去了。」

「嗯，你要小心啊。」

「放心，我一定會回來接妳出院。」

「答應我一件事。」藍男直勾勾地望著火兒：「不用顧慮我，做你自己想做的事，盡情地打這場仗！」

「我應承妳，一定會轟爆那個姓雷的，爲我們的兒子報仇。」火兒摸了摸藍男的頭。

她明白跟了一個混黑道的男子，並不可以要求他可以給自己過安穩生活，想過平靜的日子，便應該找個白領上班族。

在城寨長大的她，早就與黑道脫不了關係，煉成了堅強的硬性子，誰傷害她，她也會以牙還牙、以眼還眼。

雷公子殺害了自己的骨肉，她心痛得死去活來，巴不得把仇人碎屍萬段，用他的肉來餵狗。

如今火兒要走進戰場，她沒有阻止的理由，唯一擔心是他腳傷未癒。但她相信火兒自有打算，既然他選擇了出院，一定做了準備。

更重要的是，藍男知道火兒疼愛自己，所以她相信火兒不會亂來，更加不會拿性命來玩。因爲他的命，已不止屬於他一個人。

火兒出院消息很快便傳了開去，當晚他就回歸城寨。有傳他已經傷勢痊癒，準備向

「天義盟」發動一場滅幫巨戰。

火兒在澳門受重創，理應不能在短時間內復元，但別忘記他曾經有過轟敗大老闆的往績，於短短日子盡得哥哥眞傳，在雷公子的地頭救出AV及信一。火兒這名字彷彿成了奇蹟的同義詞，在道上早就被奉爲神級人物。

當一個傳聞不斷被流傳，再不斷被神化，漸漸地，他在江湖便產生了一種無形的影響力。

火兒，絕對有超越一般人想像的無敵大能。

故此他能在大戰之後快速復元，也並非什麼驚人事情。

火兒回來了，大大提升「龍城幫」的士氣。幫中最會打的兄弟已被召回城寨，做好出兵的準備，隨時給「天義盟」一個迎頭痛擊。

不知是火兒的氣場太盛還是其他原因，這一晚九龍城寨並沒有受襲。

九龍城寨過分平靜，廟街卻熱鬧得多了。

虎青趁十二少被扣留的時間，先強姦了淇淇作頭盤，然後就到了他期待已久、攻打廟街的戲肉。

坐在旅遊巴上的虎青心情異常亢奮，這一日他已經等了很久很久，在漫長的牢獄裡，他幾乎每一天也幻想出獄後，親自領軍殺入廟街，把十二少的門生殘殺、把其地盤摧毀的畫面。

這一天終於來了，他興奮得連那話兒勃起，腎上腺素也急速上升。

虎青手執開山刀，全身血液沸騰，步出車廂。

與此同時，幾輛已停下的旅遊巴車廂內，走出一個又一個的慓悍漢子，個個手執利刀，殺氣騰騰。

他們全都是由雷公子從澳門安排過來，參與這場大戰的精兵，爲數過百。

「一會由街頭掃到街尾，把十二仔的地盤掃清光。誰敢出來阻手阻腳，給我打！」虎青對眾大漢吼道：「瞧見『架勢堂』的人，什麼也不用說，一個字！斬！」

一眾：「知道！」

虎青不止痛恨十二少，對Tiger叔亦恨之入骨，他身陷圍囹後變得一無所有，從前的地盤、昔日的風光都在一夜間煙消雲散。

不少江湖大哥，一旦潛逃或者坐牢，當事過境遷欲重回道上，大多已經時不我與，不是被遺忘，就是過時脫節。想東山再起？不是不能，就是你能否找到新的落腳點。

虎青幸運，出獄便被雷公子羅致，這是一個千載難逢的翻身機會，只要打垮十二少，便等同重創「架勢堂」，虎青的名頭定會再次響亮。

這一次是見證他強勢回歸的重頭戰，誓要藉此奪回他所失去的風光明媚。

上一次King Kong跟邢鋒的突襲，已令十二少戰線元氣大傷，只要再下一城，便會大挫十二少的銳氣，一雪前恥。

虎青精神抖擻，準備爲「架勢堂」帶來一場血腥噩夢。可當他踏入十二少的領土，才發現整條大街的店舖已關上門，街心更站了一群黑壓壓的人影。

「哼！沒有十二仔，你們只是一班雜牌軍。」虎青揮刀衝前：「殺殺殺！替他們做忌！」

一呼百應，虎青大軍氣勢如虹，向前方衝殺過去。

面對虎青的粗暴氣勢，對方的爲首者一臉從容，抓抓耳窩：「過了時就是過了時，連對白也如此老土，你還是回鄉耕田吧。」

狂暴的虎青赤紅，祭起大刀，向那人疾砍。

「一刀殺了你！」

虎青這一刀既狠且疾，朝對方的頭顱直砍，深信定可把他斬殺。但世事往往就是出人意表，虎青勢如破竹的一刀，竟被對方的刀擋下了。

虎青臂力驚人，曾經一刀把敵人攔腰分屍，也試過一拳把對手的面骨轟碎，連眼球也給擠出窟窿。他認爲全江湖沒有人可以敵得過他（他從不承認敗給十二少），也沒有人可以跟他比力量（他幸運，還未遇上ＡＶ），可眼前這個男子卻輕易地擋下自己的刀，實在叫他感到萬分錯愕。

「你是什麼人？」

「『洪興』陳浩南。」

陳浩南發力，把虎青連人帶刀也給震開。

「陳浩南？」

虎青坐牢期間也曾聽過陳浩南的事兒，他是近期「洪興」最當時得令的角色，風頭甚猛。他怎麼走到廟街擺下陣勢？

以虎青所知，陳浩南跟十二少應該沒有交情。「洪興」與「架勢堂」也沒邦交。虎青認為，陳浩南一定收取了十二少巨大利益，否則絕不會無緣無故助拳。

「陳浩南，這是我跟十二仔的私人恩怨，你最好不要插手。否則，你們『洪興』將會惹上很大的麻煩呀。」

虎青的目的只是十二少的地盤，並不想節外生枝，故此希望能以說話唬走陳浩南。虎青一方的人馬，見他跟陳浩南格了一刀便停手，其他人亦勒住韁繩，暫且按兵不動。

「虎青，你以為說一兩句廢話就可以叫我收隊？」陳浩南不屑一笑：「你不是那麼天眞吧？如果你害怕我陳浩南，不想與我為敵的話，你們現在可以轉身走，我今天可以放過你們，不過——只限今天。」

陳浩南的話對虎青極盡輕視。火爆的粗暴漢，被氣得全身肌肉賁張，每個毛孔都噴出火焰，皮膚都快要被怒火逼爆似的。

「陳浩南，我就看你這個銅鑼灣揸FIT人有多厲害！」

虎青的怒吼，正式拉開了「洪興」與「天義盟」之戰的序幕。

6.3 嚫仔南的實力

虎青一心乘十二少困在牢籠的黃金時間揮軍橫掃廟街，卻突然殺出個陳浩南來，氣得他七竅噴火，恨不得把陳浩南砍成肉碎。

虎青騰空而起，把全身的力量貫於一臂，揮出力發千鈞的一刀，橫砍陳浩南。

此刀又狠又霸，勢度厲烈無比，換了是一般的對手，定會被嚇得魂飛魄散，不懂招架。但陳浩南乃「洪興」新一代最出色的人物，除了擁有出眾的江湖智慧，當然也有非比尋常的驚人實力。

面對虎青的猛刀，陳浩南不驚不怯，反手握刀，自下而上，擋住了霸絕的一刀。

差不多同一時間，陳浩南一腳送出，踹中虎青的腹部。

「很猛的一腳……」虎青心道。

中了陳浩南一腳，虎青退了兩步，吐一口氣，提刀再上。

「嚫仔南，我虎青跟你拚了！」虎青的刀又再向陳浩南砍下。

陳浩南朝虎青橫劈出佩刀：「不是拚，難道我跟你玩泥沙嗎？」

陳浩南的刀再次跟虎青交擊。有了之前的經驗，虎青知道對方力度過人，故此這一刀他谷盡全力，勢要把陳浩南壓下去。

接下虎青的刀，陳浩南感到一股強大的力量自刀身傳至虎口，令他握刀的手抖震起來。

「殺殺殺殺殺！」

虎青一口氣再劈出三刀，以攻爲守，在短時間內爆發連串重型轟炸。

虎青的刀如暴風狂雨，愈打愈急，陳浩南擋得很是吃力，被迫得節節後退。

「哈哈哈，嘅仔南，你這個揸FIT人不是很會打的嗎？怎麼對上我虎青哥卻像個低能兒一樣？」虎青不斷揮刀：「還手啦，怎麼不還手呀？我叫你還手呀！」

狂妄的虎青繼續瘋狂進擊，短短十幾秒間已揮劈了十三刀，橫斬直砍，力度甚大，卻毫無章法，一味急攻。

雖然虎青打出的刀是沒經過思考，但無可否認，他的刀勢急疾無倫，封殺了對方反擊的可能。

「嘅仔南，今日你注定要死在老子的手上了。」虎青大吼。

虎青氣勢如虹，狂攻猛打，每一記都是勁度十足，刀鋒撕裂空氣，劃出「嗖嗖」的破風聲，當眞先聲奪人。

面對眼前如怒潮咆哮的刀勢，陳浩南就只有挨打的份兒。看似受制於虎青，但其實他一直都留意著對方的動作，只等待一個反撲的機會。

虎青不住狂攻，竟沒發現自己的速度及力量也在減弱，還露出自信的狂態，以爲陳浩南已成甕中之鱉，任由自己宰割。

「嘅仔南，連一點還手能力也沒有，你到底有沒有試過街頭鬥毆、有沒有試過刀光劍影的日子？我知道了，你這個揸FIT人是靠舐蔣天生的屎眼騙回來的？哈哈哈……」虎青狂妄大吼：「舐屎眼小子，讓虎青哥給你上一堂實戰課吧！」

虎青以爲吃定陳浩南，繼續祭刀揮劈，但力量與速度亦已經老了。這一刀朝陳浩南的頭顱橫削，卻被對方矮身避開。

一刀落空，虎青便感到一股巨大寒意湧襲，低首一看，只見一道銀光在他腹前閃過，眼看快被膛開肚破，虎青及時往後彈開，避過一劫。

定神一看，腹部已被拉出一道口子，閃遲半秒，已經爆肚而亡。

虎青未及回神，便感前方迎來一記強烈的刀勁，舉頭一看，已見陳浩南上了電般提刀疾劈。

勢道奇烈的刀鋒直噬虎青面門，嚇得他冷汗直冒，慌忙地舉臂招擋。

「噹」的一聲，虎青被震得手臂發麻。

驚魂未定，便見陳浩南第二刀又再砍下來。

虎青本能舉刀再擋，豈料一擋之下，竟連手中刀也脫手甩飛。陳浩南的實力遠遠超出他的預期。

「連刀也握不穩，還敢在我面前裝腔作勢？」

陳浩南目光如炬，踏步而前，渾身透射出凜冽的懾人氣勢，令人望而生畏。就算是虎青此等難纏角色，也被壓得有點難以喘息。

「他媽的！你陳浩南算老幾？我虎青出來混的時候，你連奶水也未戒呀！」虎青赤手空拳，如坦克般往前衝：「我徒手就把你轟爆！」

虎青勢如瘋狗般撲向前方，掄起拳頭，直轟陳浩南。拳如炮彈，最少也達三百磅以上。陳浩南卻完全不為所動，立時提起左臂擋下了虎青一拳。

中拳的位置，隨時響起「勒勒」的骨折聲響。

「哈哈！」

虎青哈哈兩聲就僵住了笑容，只因他知道著了對方的道兒。陳浩南受此一拳，前臂一陣劇痛，同時他把握了這個埋身距離，握刀的右臂在虎青的身上拉出一道銀光。

銀光自虎青的左腰斜拉至右臂，虎青自知出事了。還未及痛楚，他便看見一道血光慢慢從身上浮現，再過了兩秒，大蓬血水便從傷口噴灑出來。

剛才陳浩南硬接虎青一拳，目的就是要令二人的身位拉近，繼而在近距離下砍出決定性的一刀。

虎青沒錯是好打，但他太莽撞、太衝動，遇上陳浩南這種頭腦冷靜的敵手，就很容易掛了。

胸口血流如注，戰鬥力大減。再看自己帶來的人馬，不少已經倒地，看情勢，己方正處於下風，大勢已去，糾纏下去，也難以扳回劣勢，所以虎青作了一個果斷的決定。

「撤退！」帶傷而逃的虎青，邊退邊盯著陳浩南，不忿地說：「嘰仔南，你敢插手我和『架勢堂』的事，即是與雷公子為敵，我就看你能否擔當得起？」

「我天塌也撐得起，想再跟我打，隨時來銅鑼灣找我。」陳浩南雙目透出刀鋒的寒芒：「我陳浩南奉陪到底。」

虎青大軍敗走，陳浩南並沒有乘勝狙擊，因爲他的目的已達，保住了十二少的城池，已沒必要窮追猛打。

廟街有陳浩南壓場，俐落地贏了漂亮一仗。

另一邊廂，火兒按照計畫，派出門生冒充「天義盟」的人，在陳浩南的場子鬧事。事件發生後一小時，「洪興」一方便相約「天義盟」的人上枱會談。

是次談判，「天義盟」要求在自己地盤內的酒吧進行。「洪興」亦大方接受，無懼對方主場之利。

酒吧內，站滿了「天義盟」的人馬，所有人的目光幾乎同時投向「洪興」的頭領身上。

「洪興」的代表，只帶了幾個門生到場，面對眼前那班凶神惡煞的惡徒，卻沒半點怯意。只見他稚氣未退的臉上有一道斜斜刀疤，破了相，但這一道疤痕卻令人看起來更具殺氣。

這個二十出頭、卻已滲透著濃烈的大哥氣息的人物，正是代表「洪興」一方，陳浩南的得力門生，大天二。

坐在大天二對面，分別是「天義盟」資深成員B輝與鱷魚，以及被雷公子力捧的士撻。

「大天二，帶幾個人來就夠膽跟我們談判，你當你自己是黃飛鴻，可以一個打九個？」B輝打開了開場白。

「我老大常跟我說，人強不需要馬壯，有用的，幾個就夠。」大天二快速地掃視了B輝後面的人：「要這樣多布景板幹嘛？」

「哼！別以爲只有『洪興』出打仔，我們『天義盟』的人也是有勇有謀有實力！」鱷魚拍桌大吼。

「鱷魚先生，你會打就眾所周知的啦。你早前跟『龍城幫』Happy仔的大戰，已成爲了江湖佳話啦。」

正確來說，那一戰應該是鱷魚給Happy仔修理了一頓。大天二的揶揄，氣得鱷魚面紅耳赤，反駁不來。

「開場白說夠了，入正題吧。」士撻插話，沖散了鱷魚的尷尬：「你們『洪興』不知開罪了誰，場子被搗亂，是你們自己的事，爲什麼要把這筆帳算在我們的頭上？」

「敢做不敢認？」大天二瞥了後旁的門生一眼：「財仔，你把當時的情況說出來。」

「剛才我們的酒吧來了一大群人大吵大鬧，起初還可以容忍，後來他們愈來愈過分，不但在場中四處潑酒，還影響了其他客人。我好意請他們離開，他們便自稱是『天義盟』的人，其中一人把手中的酒樽砸在我的頭上。我們還手，他們便拿出傢伙大肆破壞我們的場子，有幾個兄弟更被打傷……」財仔說。

「聽到啦，這次明顯就是『天義盟』惹起事端，我現在給你兩個選擇：第一，交人。第二，賠償我們所有損失。」大天二斬釘截鐵地說。

「哈，大天二，開庭也要人證物證，現在行凶者不知所蹤，怎能憑你們單方面的說話就斷定動手是『天義盟』的人？或者他們是由另一幫會冒充，更有可能……」士撻緊盯著大天二：「是你們『洪興』自編自導自演的一齣好戲。」

「你這樣說，就是覺得我們『洪興』冤枉你們啦？」

「我只是作個假設而已，況且你們『洪興』專出打仔，我們『天義盟』何德何能可以弄傷你們呀？」

「明刀明槍，你們當然不是我們的對手。但『天義盟』一向鬼鬼祟祟，暗中把傢伙帶進來，我的兄弟始料不及，著了道兒有什麼稀奇？」大天二視線移向鱷魚：「而且剛才鱷魚先生也說過，『天義盟』的人有勇有謀有實力，再加上一些下三濫的伎倆，要弄傷我們的人，並非全無可能。」

「你要耍野蠻，我一定說不過你。」士撻態度強硬：「搞那麼多動作，無非就是想跟我們開打，別以為『洪興』會員夠多就可以在銅鑼灣隻手遮天，『天義盟』已今非昔比，你要打，我們絕不會龜縮！」

「別說了！打吧！」鱷魚猛吼一聲，已經搶先動身，撲向大天二。

大天二反應不慢，雙手往跟前的桌底一翻，便把桌子提起，擋住了鱷魚的衝勢。

鱷魚踹出一腳，把眼前的桌子往橫踢開，正想撲前，卻見大天二及幾個門生已奪門而出。

「走？刀疤仔，你剛才不是很神氣嗎？」

鱷魚啣尾追出，打開大門，眼前景象卻叫他當場愣住。

酒吧門外的馬路上，滿是黑壓壓的身影，他們全都是「洪興」的人馬，陳浩南派系門生。

「各位兄弟，」大天二大喝：「我們用實力告訴他們，誰才是銅鑼灣的眞正王者！」

「改朝換代，就在今日！」鱷魚咆哮：「把『洪興仔』轟出銅鑼灣！」

繼陳浩南、虎青兩大巨頭一戰之後，「洪興」與「天義盟」亦在銅鑼灣展開了另一場地盤爭奪戰。

一邊是陳浩南的得力門生大天二，這一次獲領兵重任，不但背負著社團與陳浩南的榮辱，而且關乎個人的聲望，所以絕對不容有失。

另一邊的鱷魚與B輝，雖然是「天義盟」的高層，但由於社團積弱，龍頭宋人傑又無意發展，他們總是被其他「同行」瞧不起。二人也曾想過離開，可又備受輕視，只因其他人根本就不會對一個夕陽幫會的「高層」感興趣。

他們一直也鬱鬱不得志，總希望有日可以打響幫會的招牌、得到重視、取得江湖地位。能跟「洪興」正面交鋒，一爭長短，就是成爲眞正江湖大哥的最佳踏腳石。他們心裡熱火翻湧，咬緊牙關，打算豁了出去，一定要爲「天義盟」、爲自己爭一口氣，一洗頹風，叫全江湖知道，他們也有火氣、有實力，並非無能的窩囊廢！

6.4 逆鱗

兩軍交鋒，大天二勇字當頭，力敵B輝鱷魚，以一敵二仍不落下風，鬥個難分難解。新加入「天義盟」的士撻，狀況甚佳，在敵陣中揮舞雙刀，斬傷了多名「洪興」成員。

眼見遠處的兄弟被士撻所傷，大天二心神亂了，只想盡快打退B輝鱷魚，上前為同門解圍。

鱷魚一刀劈下，大天二舉刀就擋，同時以手肘轟向他的面門。中肘的鱷魚鼻孔噴出血水，往後退開。大天二動身上前，不料背後一涼，竟被B輝劃了一道口子。

大天二頭也不回，握刀的手往後橫拉，刀勢極快，B輝冷不及防，來不及抽刀抵擋，只能往後退，可始終閃避不了，面門被刀鋒割出一道血痕。

幸好這一刀不算深，只在顴骨留下淺淺的傷痕，閃遲半秒，便要入骨。

甩開二人，大天二往士撻飛撲。眼見對方勇猛非常，士撻也不敢托大，立即橫抹一刀，跟大天二作首度對決。

「噹」的一聲，二人刀刃迸發耀眼刀光，誰也沒退，看似旗鼓相當，但其實大天二因著背門受傷，影響了出刀的力度。

第一刀，誰也佔不了上風。二人同時被對方震開，氣也不回就順勢打出了第二刀。兩把露出了鋒利獠牙的刀口往前撲噬，勢要飲盡敵人的鮮血。

第二刀交鋒，士撻被震退，大天二順勢而上，劈出了十足勁度的第三刀。

「大天二的動作好快！」士撻心道。

士撻急忙地抽刀擋駕，然後又響起了一記清脆的刀鋒交擊聲。

一碰過後，士撻雙腳竟然失去了重心，跌倒地上。氣勢已失，再難言勇。

大天二的戰鬥力比想像中強大，打下去士撻也無十足把握，他跳槽不久，就算輸也不能輸得太難看，否則就很難得到雷公子的信任。

目前士撻有兩個選擇，一：就是跟大天二再拚，但可能會落得慘敗下場。二：鳴金收兵，撤出戰場。士撻爬起身，緊握著刀，內心正徘徊於撤與戰之間。

「今日你們『洪興』人多勢眾，我不跟你瞎鬥。」士撻臨走也不忙在口舌上爭勝：「下次再見，我一定會把你狠狠教訓。我們走！」

「走？我還可以打呀！」鱷魚站在士撻身旁，不忿地說。

「來日方長，遲早可以打爆那班『洪興仔』。我們還有其他事要做，今日不宜跟他們糾纏。」

士撻難得被雷公子重用，他生怕打下去會敗得難看，無法交代，故此作出果斷的對策。

「走吧。」

士撻放下話轉身就走，鱷魚B輝以及一眾門生尾隨，撤離戰場。

大天二沒有狙擊，因爲背部的傷口血流如注，令他實力大減，剛才的一刀已經用上他最大的力氣，再打下去，他未必是士撻的對手，幸好他勉力維持強勢，把他們唬退。

一戰結束，「洪興」連贏兩場，大挫「天義盟」銳氣。

雷公子一心借「天義盟」入侵香港黑道，敗了一仗，理應大發雷霆，但他卻反常地沒有動怒，也沒有責怪士撻和虎青。只讓他們暫時按兵不動，等候他下一步指示。

第二天，雷公子跟邢鋒走進元朗。

除了「天義盟」外，早前雷公子還跟「龍城幫」的新界元老狄秋會面，拉攏合作，共同對抗信一派系。

狄秋早已覬覦「龍城幫」龍頭之位，難得有雷公子這股外來勢力相助，他當然求之不得，只是愛面子的他當日沒有一口應承。

那次之後過了一星期，雷公子再次致電狄秋，二人相約了今日作第二次會面。

「新界地方，又熱又多蚊，這死老頭怎樣也不肯出九龍，食古不化！」手臂被蚊叮了幾口，雷公子啐一啐道。

黃昏時分，雷公子跟邢鋒在元朗郊外，踏上前往目的地路程。

「邢鋒，你認爲『洪興』何以會蹚這趟渾水？」

「『龍城幫』、『架勢堂』損兵折將，『洪興』在這段時候介入，明顯不過，就是跟他們達成了協議，正聯成一線，打算跟我們來一場龍爭虎鬥。」邢鋒淡然地說。

「哈哈哈哈，好！好呀！易打的仗一點也不好玩，想不到火兒跟信一倒有點頭腦，這仗場，有意思！」雷公子笑說：「那個火兒，只餘下半條人命，走出來有什麼作用？只要我喜歡，一根指頭就可以壓死他了。我不攻城，不是因爲忌諱他，而是我有更好的計畫。」

「你想借狄秋之力打信一。」

「沒錯。」雷公子在狄家祠堂前停下：「到了，待會慢慢說吧。」

祠堂外圍，有度半圓石拱門，門頂有個「狄氏家祠」的牌坊。穿過石門，裡面是個偌大的古舊大廳。

中央放了張松木桌子，那裡坐了兩個人。一個是狄秋，另一個是個二十出頭、輪廓硬朗、體形健碩、一身運動服的英氣男子。

雷公子與邢鋒在二人對面坐下。

「狄老大，我們又見面了。」雷公子虛假一笑，然後望向身旁的邢鋒：「跟你們介紹，這個就是我頭號門生兼社團第一號戰神，邢鋒。」

「哦，就是你打敗了大老闆？」狄秋抽著長煙斗，打量邢鋒。

「嗯。」邢鋒冷冷回應。

「果然後生可畏。」狄秋拍拍隔壁男子的背部：「這個是我的兒子逆鱗，剛剛從荷蘭回來。」

「一看令公子的外型就知道他是個會打的人。」雷公子對逆鱗露出欣賞之色：「連兒子也召回來，看來狄老大已做好作戰的準備，來一個改朝換代的大戰，哈哈。」

「雷公子，先小人後君子，你想跟我們聯手不是不行，但我有一個條件，這次只是短期搭檔，當信仔被拉下台後，我們的關係便結束。」狄秋吐出一口煙：「另外，你要知道，這次是你來求我幫手，所以別命令我做任何事。」

「嘿，好啊，沒問題。信一是我倆的共同敵人，我們聯手把他轟出城寨之後，你登基龍頭，我也可以正式進軍香港。到時再看看我們兩幫人有沒有其他合作空間。」雷公子的笑容帶點輕佻，心想：「臭老頭，想借我之力踢走信一然後便甩掉我，嘿，你的如意算盤打得眞響。」

「往後的事遲些再說。」狄秋板起了臉：「別浪費時間了，入正題吧。接下來你想怎樣做？」

「我們跟信一那邊鬥得火紅火綠，他們幾個大將已被打殘，現在肯定軍心大失。我想也是時候輪到狄老大你出手了。」

「你有什麼計策？」

「九龍城寨是『龍城幫』的根據地，此刻群龍無首，我認爲現在是攻城的好時機。」

「給你把整個城寨搶回來又如何？爛地一片，毫無價値。」

「那狄老大有什麼高見？」

「信仔他們近幾年雖然有不少開始涉足正行，不過黑社會始終是黑社會，當然亦有很多偏門生意，外圍賭注、地下錢莊、賭館等才是他們的收入來源。這些檔口全部集中在九龍城，只要給掃蕩了，他們的經濟便大受影響。」狄秋徐徐地說：「這一代的年輕人，個個利字當頭，金錢掛帥，就算口裡多有義氣也好，始終也要吃飯的，只要斷了信仔的糧草，然後再出招就事半功倍。」

「既然狄老大已有了全盤計畫，那麼你打算何時動手？」雷公子翹起嘴角。

「到適當的時候自會動手。」狄秋冷冷回應。

「什麼才是適當的時候？」雷公子皺眉。

狄秋望向逆鱗：「逆鱗，你說吧。」

「在我們出手之前，我想你們在『龍城幫』港九各區地盤惹起火頭。」逆鱗首度開腔。

「為什麼要這樣做？」雷公子揚一揚眉。

「信一跟我們雖然不和，但說到底他跟我們都是同屬『龍城幫』，如果我們現在動手，就是對同門不義，信一如此狡猾，他日一定會用這項罪名盯著我們不放。」逆鱗淡定地說：「所以……」

「所以就由我方挑起戰火，搞亂各區生意，屆時各方社團一定會對我們大感不滿，要兩幫人作出交代，於是你們就藉此機會——公審信一。」雷公子接話。

「雷公子聰明過人，完全猜到了我們的部署。」

「對你們來說，這個當然是個好計畫，不過這大計卻對我們大有影響。」雷公子不滿：「我們四處惹起火頭，便成了滋事份子，一個搞不好，隨時變成了江湖公敵，成為眾矢之的。」

「富貴險中求，要打垮信一，當然要有點風險，唾手可得的事情，任誰都可以做到。你雷公子大人物做大事，在澳門街呼風喚雨，就算香港的古惑仔聯手起來也不是你的對手吧？」

逆鱗表面奉承，實際是要迫雷公子答允。

「哈，正所謂猛虎不及地頭蟲，你不用給我扣帽子了。既然這次是大家聯手，沒理由風險我冒，收成卻由你享。這樣吧，我們可照你計畫進行，但萬一我們成爲其他社團的攻打目標，你們便不能再藏頭露尾，一定要出手跟我們共抗外敵。如果連這樣也不能承諾，我就眞的看不出你們合作誠意，那麼這次的合作，只好拉倒了。」

兩次跟雷公子會面，狄秋都是擺出一副高高在上、趾高氣揚的態度。雷公子這番話無非是想一挫狄秋的銳氣，同時讓他知道，自己也有底線，不要再得寸進尺。

雷公子的態度突然強硬，殺狄秋一個措手不及，一時間接不上話，木然呆住。他的反應已經露了餡。

「哈，臭老頭。」雷公子心中竊笑。道：「狄老大，其實我的要求也不算過分，你認爲怎樣？」

「雷公子，我們這一著是螳螂捕蟬，黃雀在後。胡亂出手，只會打草驚蛇，壞了大事。」逆鱗保持平穩：「你放心，總之在適當的時候，我們一定會有所行動。」

「如果我們四面楚歌，敵不過他們，給轟出香港，到時你們的什麼大計也會泡湯。」

雷公子凌厲：「大家坐同一條船，我出了事，你們也不能獨善其身。」

雷公子雖然討厭，但也說得沒有錯，他一旦吃了敗仗，整盤計畫也都摧毀了。

跟雷公子合作，是把信一拉下馬的最好機會，錯過了這次，何時才會出現第二次機會？十年？廿年？信一最大的本錢是青春，這是狄秋沒有的，他已經一把年紀，再沒有時間等待下一個十年，所以他萬萬不能放過這次合作機會。

他花不起時間，也沒有輸的本錢。

「好，我應承你，如果你們身陷險境，我們一定會全力出手助戰。」狄秋明顯急了。

「好！有狄老大這一句話，我便放心了。哈哈。」雷公子得逞，笑容更加噁心。

6.5 烽火連天

打鐵趁熱，雷公子與狄秋的會面後第二天，雷公子便立即以雷厲風行的手段實踐行動。

虎青、士撻、B輝、鱷魚，各自領軍，採取快閃戰略，分別突襲旺角、灣仔、深水涉、尖沙嘴四區，每區集中攻打一個檔口。行動火速，只作搗亂，一見「龍城幫」的人便立即撤兵，沒跟他們作正面交鋒。

一夜之間，「龍城幫」四個地區被「天義盟」攻襲。除四區外，九龍城幾個私密檔口亦受到攻擊。

手法快捷，短短一小時已經掃蕩了兩間賭館以及一間外圍檔，更把駐守人員重創，不費吹灰之力就擊潰了九龍城內幾個重要陣地，只因這次領頭的人是戰無不勝、當者披靡的猛將——邢鋒。

另一方面，十二少終於從羈留室獲釋。

經過四十八小時的精神折騰，心繫兄弟的十二少明顯臉容憔悴了不少。甫一步出警局，他便心急如焚，恨不得立即飛到廟街。

「小明，廟街那邊情況怎樣？」警局外早有幾個門生在等待著他，十二少緊張地問。

「阿大放心，廟街沒事，我們的兄弟也沒有損傷。」

「哦？」十二少認定被扣留的時間內，雷公子必定有所行動，他還以為廟街已經失守，小明的回答，當真叫他始料不及。

「『天義盟』的人沒有來襲？」

「有啊，領頭的人是虎青。」

「虎青？」十二少：「連他也來了……」

虎青在自己被囚禁的時候有所行動，十二少立即意識到，虎青跟雷公子很可能已聯成一線。

雷公子已經難應付，現在還來了個麻煩惡人，接下來要面對的事情，實在叫人頭痛啊。

「虎青既然出手，他一定全力出擊，你們如何抵擋得了？」十二少大惑不解。

「把虎青打倒的，不是我們，而是『洪興社』的陳浩南。」

「陳浩南？」

十二少跟陳浩南並不認識，他並不會無緣無故助拳。十二少正想追問，小明便告訴他陳浩南是受火兒之託而出手。

度過了危險的四十八小時，十二少總算暫時舒一口氣。

「阿大，火兒哥囑咐，讓你出來後，便往城寨會合他。」

「嗯……」

火兒出關，十二少知道，這場大戰已經升溫。

「你們先回廟街，我要去一趟城寨。」

十二少正要離開，卻望見對面馬路站著個熟悉的身影。

十二少走到那人面前，停下來：「細寶。」

「阿大！」

一句「阿大」，卻如電般震撼了十二少的心坎。

十二少雖然不知道細寶爲何改變主意，但他在此時出現，的確爲十二少注入了強大的力量。

「虎青回來了。」

「連你也知道。」

細寶得知虎青回來的消息，十二少大概猜到，虎青已經向他展開行動了。

「細寶，虎青是否已經找上了你？」

「嗯……他把我的朋友輪姦了。」

得知一切的十二少，雙拳扼得勒勒作響，恨不得立刻就跟虎青開打。

「阿大，這一場仗，我想跟你一起打。」

「好。」

「我們下一步怎樣？」

「現在先跟火兒會合，然後再作部署。」

十二少趕往城寨之時，火兒與一眾精兵以及陳浩南，在信一的賭館展開閉門會議。

「龍城幫」多個地區受襲，身爲社團第二號人物，火兒責無旁貸，他認定事件由雷公子幕後策劃，雖然不知道他有何動機，但可以肯定，他要置「龍城幫」於死地。

由他生擒AV開始，雷公子便打算將「龍城幫」有關的核心人員鏟除，矛頭直指信一與火兒，連帶他們的黃紙兄弟也不能倖免。

雷公子來意不善，火兒亦沒有理由跟他客氣，來到這個階段，再沒有談判的餘地，也沒有任何決戰規則。只要能把「天義盟」及雷公子轟敗，什麼手段都可以派上用場。

「雷公子這瘋子，總是跟我們『龍城幫』過不去，沒錯他是有點勢力，但不代表天下無敵，況且這裡是香港不是澳門，輪不到他橫行無忌。」說起雷公子，火兒的怒火不斷上升。

「你們『龍城幫』想怎樣，我嘅仔南一定全力協助。」陳浩南抓抓耳窩。

「還有我們。」十二少打開賭館大門，跟細寶步入。

「十二少！」

再見十二少，火兒即面露喜色。大戰在即，他最需要的，還是推心置腹的好友同伴。

在江湖男人的世界裡，除了女人，兄弟就是生命中不可或缺的部分。只要遇上了，就會發光。

「跟你介紹……」火兒望向陳浩南：「這位是『洪興社』的陳浩南。」

「十二少，久仰大名。」陳浩南伸出一手。

「南哥，謝謝你。」十二少跟陳浩南握手。

「你叫我南哥，我受不起的，叫我阿南吧。」陳浩南一笑：「『天義盟』是大家的共同敵人，幫你等同幫我自己，不用客氣了。」

兩雄首遇，在陳浩南眼中的十二少，是個帶點正氣、爲朋友可以赴湯蹈火的人。十二少曾聽過不少關於陳浩南的傳聞，知道他是個能征慣戰的猛人，對兄弟有情有義，深得門生擁戴。今日一見，就覺這個人的氣度不簡單。

「我們繼續吧。」火兒說：「以前我們跟什麼人開戰也好，都留有和解的後著，但這一次絕對沒有議和的可能。我要不惜一切，豁盡所有去打這一戰！我們沒有輸的籌碼，一旦輸了，我們很可能會一無所有，連生存的權利也被剝奪。這次已沒回頭路可走，因爲就算我們避戰，雷公子也不會放過狙擊『龍城幫』，所以我們唯一可以做的，就是盡全力打這一仗，你們要記住，今次一輸，便連『龍城幫』的江山也都輸掉。」

「你想怎麼打？」陳浩南。

「『天義盟』已經有所行動，我不管他背後有什麼目的，也不管他有什麼陰謀，我只知道我們要以牙還牙，要他們知道，我們『龍城幫』絕不好惹！」火兒一如既往的清晰：「阿南，今次始終是『龍城幫』的事，我不想把你捲得太深，你繼續在銅鑼灣跟他們斜纏吧，其他區的戰線交給我跟十二少。」

「沒問題。」

經過半小時的閉門會議，火兒下令要立即展開反擊。當晚便由十二少、阿鬼、陳浩南分成三條戰線——迎戰「天義盟」。

往後幾天，火兒大軍精英盡出，在「天義盟」各區地盤進行了大反擊。兩軍更作多次交鋒，本來以「天義盟」的實力及財力是沒可能跟「龍城幫」抗衡，可重賞之下必有勇夫，雷公子大打銀彈政策，令「天義盟」內部士氣大力增升。加上虎青、邢鋒以及雷公子從澳門調配過來的援手，「天義盟」的實力已經不可同日而語。

兩軍交戰了近一星期，「龍城幫」與「架勢堂」聯盟出擊，竟然也不能把「天義盟」打垮。當然，負傷的火兒只能在幕後督軍，未能御駕親征是一大關鍵。

大戰爆發一星期，各區夜店生意大受影響，其他社團的生意亦受到牽連。事件由「龍城幫」與「天義盟」而起，不同的社團為此大感不滿，促請他們盡快解決事情。

戰火亦因為外來壓力而暫遏。

這場仗只是剛剛開始，但「龍城幫」已經付上了大量金錢損失，除了生意受影響，還要付一大筆安家費、醫藥費等支出，金額達到七位數字。

每天都在燒銀紙，不能無了期的打下去。就在火兒為未來的戰事大感苦惱之際，「龍城幫」內部亦出現了巨大震盪——

元老王狄秋認為信一管理不當，令社團地位大受影響，故跟一班元老召開了緊急會議，動議廢除信一龍頭之位。

6.6 選老坐

這邊廂「龍城幫」正與「天義盟」打大仗，那邊廂狄秋卻攞下毒計，集結一班新界元老勢力，打算強行把信一拉下馬，廢除他的龍頭之位。

事關重大，信一就算傷患未癒，也不得不負傷出院，趕往元朗。

元朗狄氏宗親會內，狄秋已經召集了多名不同幫會高層及十多名元老開會，包括他的胞弟狄偉、黃紙兄弟孟大成以及候任龍頭太子逆鱗。

除了「龍城幫」的人，還來了幾個其他幫會頭目。

「在座的都是『龍城幫』老臣子、開荒元老，『公司』所有的東西都是靠我們雙手打回來的。信仔當了龍頭只有短短日子，卻弄得滿城風雨，『公司』損失慘重，再讓他搞下去，不出半年『龍城幫』這三個字便會成爲歷史陳跡！」孟大成聲如洪鐘：「我動議，廢信仔，即日開始，由狄老大接掌龍頭之位。」

孟大成的話，換來一班元老的附和，一致表決——重選龍頭，廢信一，立狄秋。

「信仔太年輕了，根本未夠火候。」

「沒錯，信仔算老幾？一點江湖地位也沒有，如何服眾？」

「就這樣決定叫信仔交出權杖，革除他所有職務。」

「好，我們現在正式投票……」

就在孟大成正想進行投票之際，信一及時來到選舉現場。

「投票也不等我？說到底我也是現任龍頭啊。」信一由近身阿鬼陪同下推門而進，來到現場。

信一在這個時候出現，坐在主席位上的狄秋卻不爲所動，一副高高在上的架勢，似完全不把對手放在眼內。

「信仔，你來得正好，可以親眼見證選票結果。」孟大成：「贊成廢信一，立狄爺的人，請舉手。」

話語甫畢，孟大成便率先舉手，之後在場所有人，除了信一、阿鬼和狄偉之外，其他人都舉起手投下狄秋神聖一票。

「哈哈，投票結果相當明顯，一致通過，由狄爺接掌『公司』龍頭職務，即日生效。」孟大成笑說。

「你以爲我會接受這個小圈子選舉嗎？」信一有點不悅。

「小圈子？在座全都是『龍城幫』的元老，個個份量十足，絕對夠資格重選龍頭。」孟大成句句有力：「這個選舉絕對公正、透明、具公信力。信仔，我勸你還是不要戀棧權力了，自動把權杖交出來，退位讓賢吧。」

「你們認爲我不適合就拉我下馬，到下一個上場，突然不合意，又可以隨隨便便把他廢掉，『公司』有制度的，不是任由你們喜歡怎樣就怎樣！」信一沉住氣：「上場以後，我一直爲『公司』打拚，你們沒有理據，也沒有權力廢我！」

「爲『公司』？哈哈……信仔，你知否你上場以後，爲『公司』帶來什麼麻煩事？我現在逐一告訴你吧。」狄秋淡然：「第一，你在位的日子，四處惹事生非，我已經多次被警方問話，他們跟我說，再把你放任，就會大力打擊『龍城幫』。第二，你好大喜功，搦戰雷公子。爲求達到目的，妄顧同門死活，不理大局，一意孤行招惹他，令我幫兄弟受傷。」

狄秋振振有詞，字字鏗鏘，想必早已把「台詞」唸得滾瓜爛熟，倒背如流。

「第三，你急功近利，爲了擴張自己的勢力，不斷拉攏其他幫會歸邊，本來這是好事，可你行事魯莽，一天到晚只顧打仗，連『公司』的生意也不管，令業績下滑，累及其他生意伙伴，這筆帳到頭來又算到『龍城幫』的頭上。你要記住，『公司』的錢，在座所有人也有份，再給你搞下去，不出半年我們便要乞食了。」狄秋瞪大眼睛：「憑這三大罪狀，就足夠理由將你降職罷免！」

狄秋一口氣說出這番「合情合理」的說話，一時間信一也沒有回應。

信一沒有反駁，不是他口才不及，而是他爲狄秋的處心積累而感到失望。

「怎麼啦，無話可說了吧？」狄秋冷笑。

「我出去打仗，並非爲個人利益，難道兄弟有事我袖手旁觀？『公司』被人壓在頭上，我還手有什麼問題？你們喜歡龜縮在元朗是你們的事，我只會繼續走我認爲對的路。」

社團被雷公子不斷狙擊，狄秋身爲元老不但沒有幫手，更在此時趁火打劫，信一的容忍已到臨界點。

面對信一的強硬態度，狄秋仍然一臉從容，就像早已料到信一的對白。

「你爲兄弟當然沒錯，不過你營救的那個什麼AV，好像不是『公司』的成員。你要當英雄，是你自己的事，好啦，到頭來弄出個大禍來，卻要動員『公司』幫你收拾殘局，似乎說不過去啊。」狄秋一面嚴肅：「打仗的錢全都是『公司』數，你爲了個外人，令我們損失重大，請問你怎樣向我們交代？」

「這筆帳，我會自己還給『公司』。」

「錢你當然要還。」坐在信一對面的逆鱗說：「不過你仍然要讓出龍頭之位。因爲我們一致認爲，這個位不適合你坐。」

「你是誰？有什麼輩份跟我說話？」信一盯著逆鱗。

「說輩份嗎？論資排輩，你跟龍捲風，我是狄爺的直系，大家也是第二輩，你頂多職位比我高。」逆鱗意態囂張，全不把信一放在眼裡：「不過今晚過後，說不定我的位置比你還要高呢。」

「……」狄秋之子不分尊卑，一副不可一世的模樣，信一的怒火已燒著了。

「信仔，不必多言了，接受現實吧。」孟大成一喝：「我代表『公司』宣布，秋爺即日上任『龍城幫』龍頭坐館。」

「大成叔，你什麼時候當了『龍城幫』代言人？」信一正色：「你們喜歡搞小圈子選舉是你們的事，總之今日的事我絕不會承認！」

「你說我們小圈子選舉？哼，你又何嘗不是搞黑箱作業？龍捲風去世那天只有你和火兒在身邊，除了你倆，根本沒有人知他臨終前說過什麼，說不定他叫你把權杖交給我，你深深不忿，篡改遺言。這都不緊要，如果你有能力，我叫你阿大也沒關係，重點是你管治不力，除了我們新界『線』之外，其他幫會的大哥也對你處事手法很不滿。」狄秋望向坐在長桌最末的一人：「『長興社』昌哥，你說句話啦。」

「信仔，最近你們日日打架，殃及池魚，尖沙嘴的生意大受影響，這樣下去，我們的場子肯定要關門大吉。」年約五十、頭頂光禿禿的昌哥說。

「華樂幫」龍頭大哥權接話：「你們的家事本來輪不到我們插手，不過信仔你既為龍頭，行事就該有分寸。動不動就出兵，弄得全城亂七八糟，烽火連天，太不成熟了。」

大哥權跟狄秋份屬好友，是上一輩江湖人物，對新一輩的作風總是看不順眼，況且他早已對信一帶有偏見，認為他年紀太輕，沒資格跟他在江湖平起平坐。

接下來，其他社團的高層你一言我一句，大數信一不是，看來今日不但是新界「線」的小圈子選舉，更是狄秋擺下的一個局——秋後算帳，公審信一。

「信仔，這樣下去你早晚成為江湖公敵，說到底也是一場同門，秋叔也不想見死不救。」狄秋義正詞嚴：「我以『龍城幫』大元老及龍頭身分降旨，由即日起罷免信一所有職務，限你一星期之內交出權杖、名冊及數簿。」

狄秋擁兵自重，自立為帝，在場又全是狄秋的人，信一處境惡劣，站在他身旁的阿鬼，從未試見面臨如此嚴峻形勢。

以前有龍捲風壓場，江湖沒有人敢找「龍城幫」的麻煩，信一等人度過了好一段風平浪靜、順風順水的日子。不過人總要成長的，長輩不可能罩你一世。

哥哥的死，留給信一的，不止是龍頭大位，還有令他必須急速成長的覺悟。

能做事不如會作勢，欲成事不如先造勢；一旦失勢，就算拿著巨大的籌碼，也會輸得乾乾淨淨。

此刻的信一怎會不緊張？但他記得哥哥曾說過，無論情形有多惡劣，你有多緊張也好，也絕不可以讓你的對手看穿，輸人不輸勢。

信一吸一口菸，終於吐出話：「八國聯軍？好，我就豁出去跟你們玩！」

信一身處劣勢卻處變不驚，雙目突然開了光，吐出逼人寒芒。

「『長樂社』對我不滿，打！『華樂幫』對我不滿，打！『和聯勝』對我不滿，打！『勇義會』對我不滿，打！」信一怒視狄秋：「自己人對我不滿，還是這一句——打！」

既然再無道理可說，信一便向各大社團下戰書，他媽的打個稀巴爛吧！

「哼！你以爲自己是RAMBO，可以憑一己之力打垮整個江湖？」狄秋怒喝：「你要打，好，那就開戰吧！以前我處處對你忍讓，今日開始我不會再留情面給你，一直打，直至你交出權杖——撤出九龍城寨爲止！」

「終於說出心底話了，你根本一直想借機會，重返九龍城寨。」

「九龍城寨是我跟龍捲風打回來，他死了，我們奪回屬於自己的地方，有什麼問題？」

「跟你多說也浪費時間，總之權杖跟數簿我一定不會交出來，有本事你就殺了我，自己入城取。」

信一轉身就走：「在座有誰不怕死就儘管放馬過來，我們九龍『線』的人出名好戰，我信一出名爛打，我連命也不要跟你們打！」

信一向全場人放下了一封極具火藥味的戰書，一眾幫會的頭目，無一不被信一的氣勢所震懾。

「今次是我們『龍城幫』之爭，與其他人無關。」狄秋瞪向信一：「信一，一戰之後，再沒有什麼九龍『線』、新界『線』，誰打輸了，就要——永遠退出『龍城幫』！」

「一言爲定。」信一：「戰場見。」

拋下一句話，信一與阿鬼便告離去。這一次的注碼巨大，誰也輸不起，輸掉的一方，將會把所有江山也斷送給對方。

會議結束，最終得出四個字的結論——

勝者爲王。

6.7 分裂

這次不愉快的會面結束後，信一便立即趕返九龍城寨。

「沒有轉彎餘地了，開戰吧。」火兒：「我們跟『天義盟』正打個日月無光，狄秋卻趁這時候來謀朝篡位，重選龍頭，居心叵測。」

除了信一與火兒，十二少、細寶、阿鬼也在賭館內開會。

「九龍城的地下檔口只有自己人知道地址，『天義盟』何以能在一夜間連環掃平？明顯就是狄秋通風報信。」火兒續道：「狄秋已經跟『天義盟』達成協議，聯成一線夾擊我們。」

勾結「天義盟」，即是跟雷公子脫不了關係，私通外敵跟出賣同門，乃遭五雷誅滅的嚴重罪狀，信一最不想發生的，看來都已經發生了。

「狄秋明知我們跟雷公子水火不容，還要跟他結盟，已經超出了我們的容忍界線。狄秋不惜一切拉你下馬，他不念同門情義，我們也沒理由讓他好過，這一戰只有其中一方死掉才能了結，我們再沒有其他選擇——殺了狄秋吧。」火兒望向信一：「你認為如何？」

火兒跟狄秋沒有交情，當然可以不顧情面，去得很盡。可狄秋始終是信一的「長輩」，這場由雷公子而引發的同門內戰，實在很為難，很難打啊。

信一吸著菸，腦海思索著今次的事件……

「雷公子曾經試過取下我的性命，又害死了火兒跟藍男的骨肉，他與『龍城幫』之間，就只存在著不共戴天的仇恨。秋叔公然彈劾我、罷免我，到底有沒有想過我的感受？我是哥哥的指定承繼人，我下台，連哥哥的聲名也會受損，我又怎可以隨隨便便交出權杖呢？爲什麼秋叔你不可站在我的立場著想？爲什麼我們兩幫人一定要兵戎相見，流血收場？」信一想。

這場內戰，牽連重大，未得到信一下旨，火兒也不敢爲他拿主意。

信一吸了一口又一口菸，神色從未如此凝重。

從來天塌也不當成什麼回事的信一，這次眞的到了人生交叉點。

直至手中的香菸熄滅，終於有結論了。

「火兒，就照你的意思去做。」信一捻熄菸：「不用顧慮什麼，放盡去打，直至把狄秋派系打垮爲止。」

爲了大局，縱然千萬個不情願，信一最終也下了這個無奈的決定。

聖旨一出，便如覆水，一發難收。

火兒又怎會不知好友的難處，只是事情來到這個局面，已經不能再以和平方式來解決。是狄秋不仁在先，那就莫怪我們無情不義。

「十二少，這已經演變成我們『龍城幫』的家事，這場戰爭，你暫時不便出手。」信一。

「嗯，我也明白你們現在的處境。不過你和火兒的傷勢還未痊癒，我怕你們不夠人手打這一仗……」十二少想了想，望向身旁的細寶：「我派細寶過來幫你們吧。」

信一與火兒同時望向細寶，只覺眼前這個年輕人很俊秀，帶點斯文，完全不像出來混的樣子。

「細寶比吉祥更早跟我，後來他退出了，所以你們沒有見識過他的身手。放心，有他幫手，你們一定可以打高一線。」十二少對火兒說：「細寶早就退出『架勢堂』，如果你沒問題，他可以暫時加入『龍城幫』，當你門生。」

「那就辛苦你了。」火兒拍拍細寶的肩膀。

「別客氣，火兒哥，要打架，你隨便叫我動手可以了。但我想你答應我，『天義盟』的虎青，一定要留給我。」

「你與虎青的過節很深？」

「當年他因為阿大、吉祥和我而入獄，對我們懷恨在心，他一出牢便找我報復，把我的一位好朋友……強姦了。」

江湖有句話：禍不及妻兒。雷公子的人卻一再傷害女人，簡直人神共憤、天地不容！

「放心，虎青一定會留給你。」火兒說出要害：「但現階段，我們先要解決內部問題。狄秋挑起戰火，雷公子應該會暫時收手，看定情勢才出招。也就是說，雖然狄秋跟雷公子合伙，但雷公子暫時會按兵不動，由得我們『龍城幫』自相殘殺，待我們元氣大傷才加入戰線。」

「火兒，這場戰事由你指揮，採用什麼策略，如何調兵遣將，由你全權負責。」

「收到。」信一把權力下放，是因爲他知道萬一兩方到了生死關頭，他會因私人感情而壞了大事。火兒跟元朗的人沒有瓜葛，所下的決定一定會比信一更狠更爽快。

火兒獲任元帥，議程將進入戰略部署一環的時候，陳浩南卻突然出現，進入這間臨時會議室內。

「阿南？」這一次會議火兒並沒通知陳浩南，看見他前來，也有點出奇。

「我有話要跟你們說……」陳浩南面帶歉意：「我們這邊暫時不能出手了。」

陳浩南不請自來，火兒已大概猜到不會有什麼好事。

「宋人傑找過我們的龍頭蔣先生，自動交出灣仔五間酒吧保安權給『洪興』，另擺廿圍酒席，作爲談和的條件。」陳浩南：「本來蔣生並不理會我跟『天義盟』的事，但宋人傑認了錯又給『洪興』賠償，所以蔣生就答應下來，就此算了。」

「宋人傑自動投降，如果蔣生還要作狙擊，就顯得太沒氣量。」信一乾笑：「宋人傑視錢如命，突然如此豪爽？哈，肯定又是雷公子的意思啦。」

「嗯。『天義盟』跟『洪興』本就沒什麼深仇大恨，宋人傑給了蔣生十足面子，所以我們這邊也不得不停手。」陳浩南無奈：「火兒，認眞抱歉，之後的事我幫不了你們。」

「別這樣說，你保住了廟街，已經幫了很大的忙。」火兒：「以後的事就交給我們吧。」

「如果日後眞的有什麼需要，一定要找我幫手。」

「好！」火兒笑說：「你放心，我答應過你的事，一定會信守，他日我們把『天義盟』

轟出銅鑼灣後，他們的地盤會歸你們『洪興』。」

「這些小事，以後再算，目前最要緊的，就是如何打這一戰。」

「我們跟新界那邊已經正式宣戰，接下來就是我們『龍城幫』的內戰。所以不單只有你，連十二少他們也不便幫手。」

「火兒，我看好你，專心打好這場仗。」

「承你貴言。」

陳浩南走了。多年沒見，火兒跟他之間還是好像有一堵牆隔住，令二人的關係不能躍進。

火兒跟信一、AV、十二少、吉祥之所以能成爲好友，大概大家都是同一類人，對朋友，可以推心置腹，毫無保留地把心底話說出來。

大家也擁有一顆赤子之心，行事和想法也比較簡單直接。

陳浩南就不同了，他是一個有城府、有野心、有計算的人，雖然不會害朋友，但處事手法卻狠辣。

在江湖混，狠辣一點當然也是人之常情，否則如何能在這個複雜的地方拚搏？

這一次陳浩南退戰，一方面是因爲上頭施壓，但最重要的，是他錯判了「天義盟」的實力。起初他以爲可以很快收拾他們，然後把其地盤鯨吞。打下去才發覺，不是想像中般容易，他雖有信心最終也能將對方壓下，但要付出的金錢與人力，也是無法估計的。

宋人傑求和，絕對是一條很好的金樓梯，好讓他能退下戰線。

陳浩南擁有火兒沒有的心計，所以如果鬥手腕、鬥政治，火兒是會輸給他的。

而亦因爲陳浩南夠狠又夠實力，多年之後才能得到蔣天生的賞識，由他接棒，當上「洪興社」龍頭，成爲香港黑道、無人不識的當世梟雄。

陳浩南離開之後，火兒等人繼續商議對策。另一邊廂，狄秋亦在元朗祠堂作「香堂」，進行簡單的升職儀式。

狄秋是老派江湖人，雖然幫會正處於內訌分裂，但他既然成爲了新界「線」的龍頭，就算再簡單也好，做過了儀式，他才能名正言順，黃袍加身，坐上幫中最高領導者的「山主」寶座。

登基儀式結束，狄秋與狄偉兩兄弟來到一棵參天巨樹下乘涼。

「阿偉，我知你不想我跟信仔開戰，不過人在江湖，身不由己，有些路不得我們挑選，是時勢迫你這樣走，避不了。」狄秋撥著浦扇。

「哥……有心避怎會避不了？」狄偉一臉憂色：「我總覺得，我們不該跟那個姓雷的聯手對付信仔。」

「大哥跟你血脈相連，怎會不知道你的想法？你認爲信仔是我們的後輩，又是龍捲風的親信，盡可能都要留一線。」狄秋沉聲：「我不是沒給他機會和平共處，但當日我們第一次談判的時候，信仔的態度強硬，親口對我說要出兵打我們，打足三百六十五日，直至把整個新界『線』連根拔起爲止。你也該記得吧？」

沒錯當時信一是說過這種狠話，但前提是狄秋當日咄咄逼人，不仁在先。狄偉沒當面說出狄秋不是，只因他清楚這位大哥的性格，令他難以下台，對事情並沒好處。

「九龍跟新界一向相安無事，其實只要取得平衡，大家不一定要兵戎相見。」

「怎樣平衡？」

「我們可以推行雙龍頭制度，一個九龍，一個新界，各自管理自己的地方。」

「雙龍頭？信仔什麼輩份？哪有資格跟我平起平坐？就算我首肯，信仔也不會答應。」狄秋臉上變色：「他權力慾太大了，一心想把我們壓下來，所以你不用再爲他說話了。」

狄秋這番話，其實是他心底的想法，不想跟人分享龍頭寶座的，是他自己才對。

「阿偉，念舊情是好事，不過我覺得你應該面對現實，我們跟龍捲風的情義已成過去，毋須再理會他門生的感受。」

「不過……」

「不過什麼？我有說錯嗎？由我們從九龍走回新界那天開始，我們的關係亦到此爲止。」狄秋放下扇子，劃火柴燃點了長煙斗：「況且，龍捲風根本不是你想像中那麼重情重義，他明知傳位給信仔會惹起我不滿，何以仍要作這決定？全因他心術不正，用人唯親！信仔當了龍頭，『公司』就一直落在他派系手上，龍捲風的名字就能歷久不衰，永遠跟『龍城幫』掛勾。哼，臨死還能想出如此毒計，剛愎自用，這種人值得你尊重嗎？」

「在你心目中，老大眞是這種人？」

「對。」

「他以前爲我們做過的事，你一點也沒記在心上？」

「沒有。」

「哥，我知你口硬心軟，我肯定你不會忘記，老大當日如何在九龍城寨把你們從震東手上救出來。」

聽到震東這個名字，狄秋瞳孔放大，心有餘悸，思緒跌入了三十多年前，那一個叫他畢生難忘的黑夜……

—隔離病房—

「十二仔，你對我真好；我有傳染病你也來探我……」

「霍亂事小，吊幾天鹽水就好，反而全身骨折要點時間才能癒合。」

「你那麼關心我，不枉我當你是『半邊仔』（半個兒子）；好啦，我恩准你約會喵喵啦！我想通了，女大女世界，你一表人才，做我女婿都算及格。」

「吓……」十二仔一定是太驚喜太高興了吧，所以接不上話？

女大當婚，雖然我不捨得女兒出嫁……或許，到時候十二仔肯入贅？

「爸爸，你亂說什麼啊？我跟十二少沒有關係啊！」

「嘻，不用害羞啦！女孩子說沒事，就是有事；說無所謂，就是有所謂；說不喜歡十二仔？就是喜歡啦！」

「爸爸，真的沒有啦！我當十二少是哥哥而已。」女兒嘟起嘴，大發嬌嗔。

「真的不是嗎？那……妳喜歡什麼樣的男孩子？火兒已有兒媳婦了，我不許妳做二奶，破壞人家家庭幸福啊！」

「我也當火兒哥是哥哥而已……其實呢，火兒哥跟十二少也是華DEE的類型，我喜歡的，是像張國榮那一類的男生呢！」

十二仔像華DEE嗎？我覺得我比較像啊。（我瞄了十二仔一眼，他雖然木無表情，但我看得出他內心正在沾沾自喜！）

「張國榮？那……只有死鬼龍捲風才相似！可惜他又沒生兒子……」

國家圖書館出版品預行編目資料

九龍城寨2：龍城第一刀 / 余兒 著.--初版.--台北市：奇幻基地，城邦文化發行；家庭傳媒城邦分公司發行 2019.5（民108.5）
面： 公分.--（境外之城：91）
ISBN 978-986-97628-1-6（平裝）

857.7 108004676

ISBN 978-986-97628-1-6
Printed in Taiwan.

境外之城 091

九龍城寨 2：龍城第一刀

作　　者 / 余兒
企畫選書人 / 張世國
責 任 編 輯 / 張世國

發　行　人 / 何飛鵬
副 總 編 輯 / 王雪莉
業 務 經 理 / 李振東
行 銷 企 劃 / 林德柔
資深行銷企劃 / 周丹蘋
資深版權專員 / 許儀盈
版權行政暨數位業務專員 / 陳玉鈴
法 律 顧 問 / 元禾法律事務所　王子文律師
出版 / 奇幻基地出版
城邦文化事業股份有限公司
台北市 104 民生東路二段 141 號 8 樓
電話：(02)25007008　傳眞：(02)25027676
網址：www.ffoundation.com.tw
e-mail：ffoundation@cite.com.tw
發行 / 英屬蓋曼群島商家庭傳媒股份有限公司城邦分公司
台北市 104 民生東路二段 141 號11 樓
書虫客服服務專線：(02)25007718・(02)25007719
24 小時傳眞服務：(02)25170999・(02)25001991
服務時間：週一至週五09:30-12:00・13:30-17:00
郵撥帳號：19863813　戶名：書虫股份有限公司
讀者服務信箱 E-mail：service@readingclub.com.tw
歡迎光臨城邦讀書花園 網址：www.cite.com.tw
香港發行所 / 城邦（香港）出版集團有限公司
香港灣仔駱克道 193 號東超商業中心 1 樓
電話：(852) 2508-6231 傳眞：(852) 2578-9337
馬新發行所 / 城邦（馬新）出版集團
【Cite(M)Sdn. Bhd.(458372U)】
11, Jalan 30D/146, Desa Tasik,
Sungai Besi, 57000 Kuala Lumpur, Malaysia.
電話：(603) 90578822　傳眞：(603) 90576622

封面插圖 / 人尤
封面設計 / 邱宇陞工作室
排　　版 / 極翔企業有限公司
印　　刷 / 高典印刷有限公司
■2019 年（民 108）4月29日初版一刷

售價 / 320元

廣　告　回　函
北區郵政管理登記證
台北廣字第000791號
郵資已付，免貼郵票

104台北市民生東路二段141號11樓

英屬蓋曼群島商家庭傳媒股份有限公司城邦分公司 收

請沿虛線對摺，謝謝

奇幻基地

每個人都有一本奇幻文學的啓蒙書

奇幻基地官網：http://www.ffoundation.com.tw
奇幻基地粉絲團：http://www.facebook.com/ffoundation

書號：**1HO091**　　書名：九龍城寨2：龍城第一刀

請於此處用膠水黏貼

奇幻基地

讀者回函卡

謝謝您購買我們出版的書籍！請費心填寫此回函卡，我們將不定期寄上城邦集團最新的出版訊息。

姓名：＿＿＿＿＿＿＿＿＿＿＿＿＿＿＿＿ 性別：□男 □女

生日：西元＿＿＿＿＿＿年＿＿＿＿＿＿月＿＿＿＿＿＿日

地址：＿＿＿＿＿＿＿＿＿＿＿＿＿＿＿＿＿＿＿＿

聯絡電話：＿＿＿＿＿＿＿＿＿＿傳真：＿＿＿＿＿＿＿＿＿＿

E-mail：＿＿＿＿＿＿＿＿＿＿＿＿＿＿＿＿＿＿＿＿

學歷：□1.小學 □2.國中 □3.高中 □4.大專 □5.研究所以上

職業：□1.學生 □2.軍公教 □3.服務 □4.金融 □5.製造 □6.資訊

□7.傳播 □8.自由業 □9.農漁牧 □10.家管 □11.退休

□12.其他＿＿＿＿＿＿＿＿＿＿＿＿＿＿＿＿

您從何種方式得知本書消息？

□1.書店 □2.網路 □3.報紙 □4.雜誌 □5.廣播 □6.電視

□7.親友推薦 □8.其他＿＿＿＿＿＿＿＿＿＿＿＿

您通常以何種方式購書？

□1.書店 □2.網路 □3.傳真訂購 □4.郵局劃撥 □5.其他

您購買本書的原因是（單選）

□1.封面吸引人 □2.內容豐富 □3.價格合理

您喜歡以下哪一種類型的書籍？（可複選）

□1.科幻 □2.魔法奇幻 □3.恐怖 □4.偵探推理

□5.實用類型工具書籍

為提供訂購、行銷、客戶管理或其他合於營業登記項目或章程所定業務之目的，英屬蓋曼群島商家庭傳媒（股）公司城邦分公司，於本集團之營運期間及地區內，將以電郵、傳真、電話、簡訊、郵寄或其他公告方式利用您提供之資料（資料類別：C001、C002、C003、C011等）。利用對象除本集團外，亦可能包括相關服務的協力機構。如您有依個資法第三條或其他需服務之處，得致電本公司客服中心電話 (02)25007718請求協助。相關資料如為非必要項目，不提供亦不影響您的權益。

1. C001辨識個人者：如消費者之姓名、地址、電話、電子郵件等資訊。
2. C002辨識財務者：如信用卡或轉帳帳戶資訊。
3. C003政府資料中之辨識者：如身分證字號或護照號碼（外國人）。
4. C011個人描述：如性別、國籍、出生年月日。

對我們的建議：＿＿＿＿＿＿＿＿＿＿＿＿＿＿＿＿＿＿＿＿

請於此處用膠水黏貼